Marcada

Harper L. Woods

Marcada

Tradução de Luciana Dias

COPYRIGHT © FARO EDITORIAL, 2024
COPYRIGHT © *THE CURSED*, 2023 BY HARPER L. WOODS

Todos os direitos reservados.
Nenhuma parte deste livro pode ser reproduzida sob quaisquer meios existentes sem autorização por escrito do editor.

Diretor editorial **PEDRO ALMEIDA**
Coordenação editorial **CARLA SACRATO**
Assistente editorial **LETÍCIA CANEVER**
Preparação **NATHÁLIA RONDAN**
Revisão **GABRIELA DE AVILA e THAIS ENTRIEL**
Diagramação e adaptação de capa **VANESSA S. MARINE**
Imagens de capa e miolo **ADOBE STOCK e FREEPIK** | @Shy Radar @chaiyapruek, @pedro, @juan, @ Jason Reid @longquattro

Dados Internacionais de Catalogação na Publicação (CIP)
Jéssica de Oliveira Molinari CRB-8/9852

Woods, Harper L.
  Marcada / Harper L. Woods ; tradução de Luciana Dias. — São Paulo : Faro Editorial, 2024.
  256 p.

  ISBN 978-65-5957-616-6
  Título original: The cursed

  1. Ficção norte-americana 2. Literatura fantástica I. Título II. Dias, Luciana

24-2186   CDD 813

Índices para catálogo sistemático:
1. Ficção norte-americana

1ª edição brasileira: 2024
Direitos de edição em língua portuguesa, para o Brasil, adquiridos por FARO EDITORIAL
Avenida Andrômeda, 885 – Sala 310
Alphaville — Barueri — SP — Brasil
CEP: 06473-000
www.faroeditorial.com.br

Para os que amam assassinos.

SOBRE OS AMALDIÇOADOS

TRAIÇÃO.

Ele foi a dissimulação à espreita na noite; a verdade que não previ. Depois de uma vida de manipulação, finalmente soube a verdade. Eu era sua marionete — mesmo sem nunca ter visto as cordas.

Mesmo sabendo como a traição de Gray é profunda, não consigo me livrar da conexão inegável que existe entre nós dois — a maneira como um único olhar dele faz minha alma arder. Nós não somos iguais. Somos inimigos, prontos para lutar pelo futuro daquilo que antes eu sempre quis destruir.

Agora que a Aliança se foi, a vingança que eu achei que quisesse não é mais minha prioridade. Os bruxos que restaram não tiveram nada a ver com a morte da minha tia, e a única pessoa que está atrapalhando a reparação de todas as injustiças é o mesmo homem determinado a me manter na sua cama.

Mas os membros remanescentes do coven nunca vão me perdoar pelo papel que desempenhei na sua destruição e subjugação, e a pior parte de tudo é que nem posso culpá-los por isso. Eu fui ingênua, acreditando nos meus próprios delírios de grandeza quando o destino claramente tinha outros planos para mim. Planos que foram acionados séculos antes de eu nascer.

Mas até mesmo isso era mentira, e agora é meu dever fazer tudo ao meu alcance para reverter a situação.

Para proteger o meu coven do ódio do meu marido — não importa a que custo.

PRÓLOGO

LÚCIFER ESTRELA DA MANHÃ

Cinquenta anos antes

Loralei Hecate vagava pelos corredores, seu cabelo de um preto intenso balançava enquanto caminhava. O pedaço de ônix na palma da sua mão de nada adiantaria para protegê-la da criatura em seu encalço, mas isso não a impedia de se agarrar a ele como se sua vida dependesse disso enquanto eu a seguia pelas sombras. Sua melhor amiga era uma Branca, que deu a pedra para Loralei se proteger da sensação constante de estar sendo perseguida da qual não conseguia se livrar.

A única proteção que teria encontrado seria estar cercada por outros bruxos, e, para piorar, ela foi imprudente a ponto de sair do refúgio da sua cama à noite. Não tive muito trabalho para tirá-la de lá, bastou um sussurro a chamando, tão sutil que não ativou o amuleto em volta do seu pescoço.

Eu me mantive nas sombras para evitar que ela percebesse minha presença. Sua morte precisava ser no lugar certo, porque, por mais que ela precisasse morrer, eu não queria que ela sofresse. Não tinha nenhum desejo de que seus instantes finais fossem preenchidos com medo e escuridão.

A morte dela não era nada pessoal. Na verdade, era apenas um sacrifício destinado a fazer tudo se concretizar.

Séculos de planejamento dependiam desse momento e exigiam o cessar das batidas do seu coração, mas ela conquistou meu respeito após desempenhar seu papel nos anos que culminaram nesse momento.

Loralei parou de repente, se virando para olhar para mim. O azul intenso dos seus olhos brilhou na escuridão, reluzindo como o luar com um tom roxo pálido que lembrava tanto o da sua ancestral, Charlotte. Sua testa franziu e sua boca se abriu em um grito silencioso quando ela se moveu, deixando o cristal ônix cair no chão.

A proteção da pedra ficou esquecida quando ela viu que era eu que estava atrás dela. Ela não sabia quem eu era de verdade, ou *o que* eu era por baixo do invólucro de carne e ossos que eu habitava, mas nada bom podia vir de um Hospedeiro perseguindo sua presa na calada da noite.

Dei um único passo em sua direção e parei de repente quando olhos díspares miraram na minha direção. Uma mulher apareceu na luz fraca que reluzia através das janelas, se aproximando com hesitação de Loralei. Seu corpo parecia irreal, como se ela estivesse e ao mesmo tempo não estivesse lá. Se eu estendesse o braço para tocar nela, me perguntei se encontraria carne ou apenas o mais fraco eco de uma memória quase esquecida.

Loralei correu em disparada para a frente em direção a uma curva no corredor enquanto a mulher procurava nas sombras que eu considerava minha morada. Ela não viu nada, seu olhar sinistro e multicolorido rastreando todos os lugares, procurando como se ela pudesse me *sentir*, mas não me ver.

Mas eu a vi.

Eu a senti. Assim que aqueles olhos roxo e âmbar pousaram nos meus, soube exatamente o que ela era — quem ela era. Seu cabelo preto retinto caía pelos ombros em ondas suaves, o tom avermelhado das pontas me lembrando o melhor merlot. Seu corpo era curvilíneo e macio, com coxas grossas que eu só conseguia imaginar envolvendo a minha cabeça, e seios que iriam balançar quando eu a fodesse.

Minhas intenções para a "filha de dois" nunca foram torná-la minha. Nunca foram ficar com ela, apenas usá-la pelo que sua rara combinação de magia pudesse me oferecer.

Tudo mudou quando um rugido ressoou no meu peito, perfurando o meu corpo. O chão tremeu sob meus pés com a força dele, as janelas chacoalhando na parede enquanto obras do destino estalavam e se encaixavam em uma interminável sinfonia como o som de ossos balançando ao vento.

Loralei agarrou o saco de ossos no quadril quando a jovem bruxa Hecate se virou e seguiu a tia, o fantasma do seu semblante piscando ao luar. Seu olhar recaiu no envoltório como se ela sentisse o chamado dos ossos, parte dela reconhecendo que um dia eles seriam seus.

Ela os queria, e tudo o que eu queria era pegar o que era meu.

Ela.

— Não tenho o que você procura — disse Loralei para o vazio.

Ela continuava me encarando, seu corpo estremecendo com cada passo que eu dava. Os corredores pulsavam reconhecendo o que passava por eles à medida que eu soltava as pequenas amostras de poder que eu podia acessar nessa forma, preenchendo a universidade com a minha presença.

A bruxa Hecate mais jovem, a mulher que ainda não tinha nascido, vacilou e se apoiou com uma das mãos na parede. A respiração das duas bruxas ondulava à frente do rosto delas enquanto a temperatura do corredor ficava tão baixa que chegava a queimar.

— Loralei! — a bruxa mais jovem chamou em pânico. Loralei desviou o olhar para o lado como se ela também tivesse visto a estranha bruxa, seus olhos se arregalando ao reconhecê-la. Ela soltou o saco com os ossos que lhe davam poder, seu corpo ficando imóvel enquanto eu assistia a algo se estender entre elas.

— Corra, Charlotte. Corra! — gritou ela conforme a outra bruxa se aproximava para ajudar sua tia.

Charlotte.

Havia uma certa familiaridade nela, emanando do seu corpo em ondas que me lembravam da bruxa original. Daquela que havia me chamado na floresta naquela noite e implorado por meios de obter vingança.

Mas aquele nome estava errado, como se a parte que permanecia independente daquela familiaridade se rebelasse contra a noção de estar tão completamente ligada à ancestral que havia começado tudo aquilo.

Ataquei, minha mão com garras saindo das sombras tão rápido que duvidei até mesmo que a nova bruxa tivesse me visto. O peito de Loralei revelou três marcas de corte abertas vermelhas e profundas, e seu sangue espirrou no rosto da mais nova. Ela estendeu o braço ao cair de joelhos, segurando a sobrinha pelo braço conforme o chão estremecia. Dei um passo para me aproximar, pronto para pegar o que era meu, mesmo que isso destruísse tudo.

Meu corpo se moveu como se estivesse em transe, como se ela tivesse usado os ossos que não possuía para comandar meu corpo.

— Acorde, Willow — sussurrou Loralei, revirando os olhos.

Willow.

Era esse o nome certo. Aproximei-me ainda mais, minha atenção fixada não na bruxa que tinha vindo matar, mas naquela que eu planejava possuir um dia.

Varri minhas garras no ombro dela em três movimentos rápidos e incisivos. Willow gritou enquanto seu sangue fluía para baixo das minhas unhas, cobrindo meus dedos e me fazendo sentir completo pela primeira vez em séculos. Levei os dedos à boca, obtendo o primeiro gosto do meu futuro.

Ela se virou para me olhar, e me perguntei se a criatura curiosa me veria lá parado. Eu me perguntei se ela já era minha enquanto eu me inclinava para baixo, arrastando o nariz pelo cabelo dela na sua nuca e inalando o seu cheiro.

— Acorde! — gritou Loralei.

O chão tremeu sob os meus pés enquanto minha raiva aumentava, a bruxa que sangrava fazendo tudo o que pudesse para tirar minha bruxinha de mim. Willow caiu, seus joelhos prontos para bater na pedra.

Até ela desaparecer.

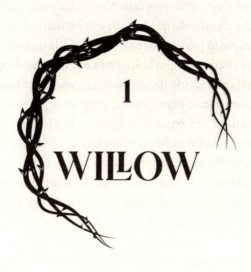

1
WILLOW

Arfei no momento em que aqueles estranhos e brilhantes olhos dourados encontraram os meus sem hesitação, o olhar fixo me prendendo no lugar. Minha mão tremeu contra o peito dele e, piscando, tentei reprimir lágrimas horrorizadas.

O que foi que eu fiz?

Engoli em seco, desviei devagar meu olhar do dele e fitei os arquidemônios, observando nossa interação com muito mais interesse do que eu gostaria. Mexi a mão, ainda pressionada contra o peito dele, sua pele rachando e descascando onde tinha queimado contra a minha. Um enjoo ardeu no fundo da minha garganta com o cheiro quando eu a puxei outra vez e vi a carne viva no formato da minha mão.

A marca era um vermelho vivo contra o dourado da pele dele. Minha respiração vibrava nos meus pulmões à medida que eu lutava para me libertar, mas não ousei fazer isso tão rápido. Ele me observava, seu olhar dourado e sinistro avaliando cada movimento meu, enquanto eu tentava sufocar o pânico que se alastrava pelo meu corpo.

A mão dele se moveu rápido quando me afastei, rasgando mais da pele queimada e carbonizada. Ele me segurava firme pela cintura enquanto eu tentava me soltar. Movendo-se devagar, ele se sentou, deslizando com fluidez e suavidade, um movimento que não entregava um indício sequer de quanto tempo seu corpo esteve vazio e negligenciado. Eu me movi junto com ele já que ele não me deu escolha. Ele balançou as pernas devagar para a lateral do catre, que os arquidemônios haviam elevado, colocando-o nos braços do trono de Tétis para que sua altura estivesse nivelada com a minha quando eu me levantasse.

O catre, apesar da posição precária, não se deslocou quando ele se mexeu, seu movimento tão controlado que beirava o sobrenatural. Seu olhar inflamado nunca deixou meu rosto para mirar os outros na sala quando sua outra mão se levantou, indo para baixo do meu braço livre e se instalando na minha cintura. Seus dedos agarraram o tecido da minha blusa, juntando tudo contra a minha pele enquanto ele me trazia para a frente, entre suas pernas abertas.

Ele manteve seu olhar fixo no meu, ignorando o tremor da minha mão e do meu lábio inferior, se inclinando para pressionar a testa na minha. Soltou um suspiro profundo no momento em que nossa pele se tocou, a mão que agarrava o meu pulso se contorcendo conforme seus olhos finalmente se fechavam.

Engoli em seco, me afastando para encará-lo. Rangendo os dentes de trás, ele tirou a mão da minha cintura e a ergueu para deslizá-la por baixo do meu cabelo e tocar a minha mandíbula. O suor deixou minha pele escorregadia com o contato, o corpo dele tão quente que parecia ser capaz de me queimar. Era um contraste tão grande com o frio marcante que sempre permeava o ar em volta do seu Hospedeiro.

— Não me olhe assim, Bruxinha — murmurou ele, com suavidade, pressionando a mão na curva da minha nuca quando tentei me desvencilhar do seu toque.

Aqueles olhos etéreos se endureceram em um olhar furioso, brilhando como ouro derretido quando eu usei esse momento de distração para arrancar a mão do seu peito. Tentei não olhar o perfeito contorno que maculava sua pele, e a maneira como não parecia mostrar qualquer sinal de cura como eu esperava.

Ele inclinou a cabeça para fitar a marca, seus lábios abrindo um sorrisinho cruel.

— Você me marcou — disse ele, erguendo o olhar sem levantar a cabeça, um indício de dentes brancos nos seus lábios entreabertos. Era um olhar de satisfação presunçosa, puramente dominante. Um predador que ganhou sua presa.

— Fiz tudo o que você pediu — afirmei, balançando a cabeça e tentando me desvencilhar dele. Ele pegou minha mão, erguendo-a para fitar o que restava da carne queimada dependurada na minha pele. Quando ele tocou nela com um único dedo, assisti horrorizada aos resquícios derreterem e se transformarem em sangue, deslizando para fora da minha mão e caindo no chão aos nossos pés. Da mesma maneira que ele derreteu a nova carne dos ossos do coven para formar Charlotte, e a lembrança estava fresca demais na minha mente.

— Fez, sim — concordou ele, tracejando um dedo pelo seu sangue e subindo com ele para onde meu pulso saía da manga do meu suéter.

— Então me deixe ir. Você não precisa mais de mim — argumentei, mantendo a voz baixa. O dedo dele parou aquele tracejar lento e traiçoeiro na minha pele, congelando enquanto sua unha pareceu se alongar na súbita raiva que pulsava dele em ondas.

Perfurou a minha pele, meu próprio sangue brotando, e arfei com a calidez do seu sangue deslizando para dentro da ferida e se emaranhando com o meu próprio. A sensação não deveria ser aquela, não deveria invadir minhas veias com um calor que formigava e que me fez arder.

Mas invadiu.

— Você quer me deixar — disse ele, voltando devagar aquele olhar animalesco para meu rosto de novo. Não havia calor na rigidez da sua ira, apenas uma raiva que eu não queria contemplar enquanto eu me encolhia tentando me afastar.

— Que motivo eu teria para ficar? — perguntei. O rosto dele caiu em desânimo em seguida, a raiva que havia pouco estivera ali desapareceu tão de repente que me impactou. De alguma maneira, o grande vazio e a falta de emoção nas suas feições eram piores do que a sua raiva.

Ele me soltou, me fazendo cambalear e tropeçar nos meus próprios pés com minha súbita liberdade. Dei mais um passo para trás enquanto ele se levantava com toda a tranquilidade do mundo, essa forma tão similar à do Hospedeiro que ele ocupou por séculos. Só que aquela forma tinha sido uma imitação vazia do homem real na minha frente, da beleza masculina e dominante que caminhava na minha direção com uma confiança deliberada.

Ele era tão lindo antes, mais bonito do que qualquer ser humano que eu já tinha visto, mas agora, nessa forma, de alguma maneira ele era ainda *mais*. Seu cabelo estava mais grosso, mais escuro, de um castanho profundo tão próximo de preto que apenas os lampiões acima conseguiam expor a diferença. Sua estrutura óssea era mais acentuada de alguma maneira, mais refinada e distintamente máscula. Seus olhos dourados pareciam repousar mais profundos na estrutura do seu rosto, tornando sua testa mais pronunciada. Apesar do delicado volume da sua boca, a tensa linha que ela formava era ameaçadora e cruel enquanto ele me encarava. Ele parecia maior do que antes, não apenas na altura, mas na largura também. Seus músculos estavam entalhados nessa figura esbelta, como se ele fosse uma escultura que pertencia a uma das igrejas de Roma.

Porque elas foram inspiradas nele.

Até mesmo seus antebraços e suas mãos transmitiam força e habilidade de rachar minha coluna em duas se eu olhasse para ele de modo hostil. Sua essência preenchia o espaço, nos mergulhando na escuridão conforme o ar ficava doentiamente quente, o gosto de maçãs cobrindo minha língua.

— Consegui o que vim fazer aqui e coisas que eu nunca iria querer — falei em uma tentativa de relembrar a ele que sempre tive um plano ao vir para o Vale do Cristal. No meu cenário ideal, essa cidade sempre foi só um ponto de parada, se eu conseguisse sobreviver a ela pelo menos.

O que parecia improvável, dada a série de eventos lamentáveis.

Como ser esfaqueada pelo homem por quem de alguma maneira eu acabei me deixando apaixonar, como a garota ingênua que ele me acusou de ser.

Até eu sabia que não tinha chance de lutar pela minha liberdade. Minha magia estava distante, usada em excesso no rompimento do lacre, e sem nada da terra por perto para eu invocar. Olhei para o trono dos Madizza pelo canto do olho, as pétalas de rosa pretas retintas esvoaçando em um vento invisível como se elas sentissem o fraco chamado da minha magia.

Dei um passo para trás mais uma vez, esperando me aproximar só mais um pouco e evitar a promessa de morte que Lúcifer carregava em seus olhos. Bati as costas em alguma coisa imensa e dura e inclinei a cabeça para olhar para onde Belzebu me fitava com desinteresse — suas asas pretas e de couro se contorcendo ao se curvarem em volta dos seus ombros. Ele estendeu o braço na frente do meu corpo, segurando meu queixo com uma das mãos enquanto a outra tocava na parte de trás da minha cabeça.

Minha respiração ficou presa na garganta, percebendo o que ele pretendia mais rápido do que eu conseguia reagir. Gray não me deu nem a cortesia de ele mesmo me matar, permitindo que seu servo fizesse o trabalho sujo afinal.

Os olhos de Lúcifer se arregalaram, sua expressão ficou horrorizada e sua boca se abriu de repente.

— Não! — ordenou ele na hora em que Belzebu estalou a minha cabeça para o lado.

Um estalo ressoou no meu crânio quando Gray correu para a frente, me alcançando na hora em que eu caí. Ele me impediu de desabar no chão quando minha cabeça pendeu em um ângulo anormal que eu não conseguia endireitar, meus pulmões comprimindo enquanto eu dava o suspiro final.

A mão dele bateu no meu peito, uma dor se espalhando pelo calor do seu toque quando tudo o que me cercava era frio.

Mas, por dentro, eu queimava.

2
LÚCIFER

Willow caiu, suas pernas cedendo enquanto seus olhos se reviravam. Belzebu a soltou como se ela o tivesse queimado quando gritei para protestar, como se isso bastasse para desfazer o que havia feito. Meu corpo se moveu com mais velocidade do que achei que seria capaz, me fazendo cambalear um pouco enquanto me acostumava à sensação da minha própria pele envelopada em volta da minha alma.

Antes que Willow atingisse o chão, deslizei um braço por baixo dela para amortecer a queda. Estremeci com o ângulo antinatural do seu pescoço, a maneira como ele pendia frouxo sem qualquer sustentação óssea. A sua figura me lembrou a de Susannah, a maneira grotesca como sua morte tinha se agarrado ao que restava dela mesmo depois que Charlotte e eu a ressuscitamos do túmulo.

Não.

Os olhos dela se reviraram enquanto sua alma era separada do seu corpo físico, o fantasma do seu espírito subindo do seu peito em uma vaga forma nebulosa.

— Me desculpe — murmurei, mesmo sabendo que ela não ia me ouvir. A Willow que eu conhecia não conseguia mais sentir os que estavam tentando alcançá-la, seu espírito perdido para o chamado do Inferno na sua alma. O que eu estava prestes a fazer lhe provocaria dor, ia atormentá-la, e é provável que a fizesse me odiar ainda mais.

Empurrei a mão para dentro da névoa que saía do seu coração, batendo a palma da minha mão na pele nua do seu peito. Tentáculos escuros de magia sombria e proibida se espalharam pela névoa que poderia ter lhe trazido paz se sua alma não tivesse sido condenada pelas ações dos seus ancestrais, envolvendo o que restou de Willow e se agarrando a ela.

A pele dela rachou sob minha mão, se abrindo como se ela fosse feita de porcelana. A escuridão se espalhou pela sua pele como as trepadeiras que ela amava, criando um vácuo no seu corpo enquanto eu concentrava a minha magia para agarrar até o último fiapo da sua alma. Eu não deixaria nenhuma parte dela me escapar, não deixaria nenhum pedacinho da mulher que passei a desejar mais do que minha própria liberdade se separar do que a tornava *ela mesma*.

Os tentáculos travaram, enjaulando-a em um abraço cruel e brutal enquanto seu corpo estremecia nos meus braços. Minha mão livre avançou para cima nas suas costas, deslizando por baixo da blusa e tocando na marca que eu tinha feito no seu ombro. A que a tornava *minha*.

A que me permitia prendê-la a mim em uma tentativa desesperada de salvá-la.

Suas costas se arquearam involuntariamente enquanto minhas unhas se enterravam no centro do triângulo que eu havia infligido à sua pele, se alongando em garras pretas que furaram sua carne. Eu sabia que a agonia que ela sentiria ao acordar seria insuportável, que ela se lembraria de partes do que ocorrera nas dores que atormentariam seu corpo.

Aninhando-a nos meus braços, inclinei-me para a frente e toquei a testa dela com a minha, mantendo-a em posição enquanto eu movia minha mão no seu peito, enterrando os dedos entre as frestas que eu havia criado na sua pele.

A magia obscura que usei para aprisionar sua alma ali voltava para mim, cercando minha pele e prendendo-a de volta no seu corpo. Foi só quando a alma dela retornou, envolvendo seu coração e se aconchegando na carne morta e inútil do corpo dela, é que eu puxei os dedos para fora e encarei o lugar onde a névoa escurecida com estrias pretas e verdes bem claras rodopiavam dentro da fenda que eu tinha feito.

Ela estava lânguida quando a puxei de volta, erguendo meu antebraço para Belzebu, que o fitou e engoliu em seco.

— Lúcifer... — disse ele, sua voz diminuindo até parar conforme ele olhava de mim para a minha mulher.

— Faça agora — ordenei, assistindo enquanto ele desembainhava sua adaga preferida da tira atravessada no peito. Ele a pressionou para dentro da parte inferior vulnerável do meu pulso, arrastando-a para cima pela minha veia até alcançar a parte interna do meu cotovelo. O que eu desejava fazer exigia muito mais sangue do que qualquer mortal poderia dar sem qualquer dificuldade, apenas a verdadeira imortalidade da minha forma oferecendo uma salvação para ela.

O sangue jorrou aos montes da minha veia, pingando no chão aos meus pés quando me movi para colocar o pulso por cima da boca de Willow. Ela estava inconsciente enquanto eu pressionava seus lábios, sujando sua pele e permitindo que meu sangue se acumulasse na sua boca. Os arquidemônios ficaram em silêncio enquanto esperávamos o fluxo escorrer para o fundo da garganta dela, para o seu corpo consumir o que consertaria o mal feito à sua figura humana.

Uma respiração irregular encheu seus pulmões, seu pescoço se mexendo e estalando de volta para o lugar ao mesmo tempo em que os ossos se consertavam. Inclinei minha cabeça para a frente, puxando-a com mais firmeza para mim e sentindo alívio com o elevar e abaixar do seu peito em um ritmo estável e natural. Era o mesmo ritmo de quando eu a observava dormindo, as mesmas batidas de coração que ecoavam com suas respirações.

Meu sangue gotejava no chão e minha carne trabalhava para se recuperar, tensionando-se quando me levantei com Willow nos braços e me encaminhei para a porta. Seus gritos de dor começaram, rasgando meus tímpanos e me fazendo estremecer. A dor naquele som era inimaginável. Pensar no que ela devia estar sentindo para emitir barulhos daquele tipo mesmo nas profundezas do seu sono…

— Lúcifer, precisamos saber o que você quer que nós façamos. Está claro que os planos mudaram — Asmodeus chamou atrás de mim.

— Os planos podem esperar, porra — disparei, deixando que os arquidemônios causassem qualquer destruição que desejassem ao coven. Nenhum deles importava. Nada *daquilo* importava.

Apenas a bruxa nos meus braços.

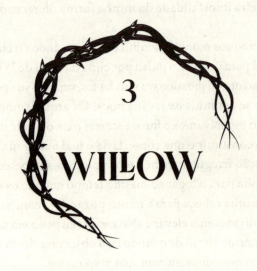

3
WILLOW

EM UM MOMENTO, HAVIA apenas escuridão. Apenas um vazio onde antes havia luz. Os vagos vestígios de chamas queimavam o fundo das minhas pálpebras, me provocando e me importunando como se meu espírito tivesse se aprontado para arder na fogueira.

Depois havia o ar, brusco e doloroso ao encher meus pulmões. Meus olhos se abriram de repente quando arfei com dificuldade, me sentando tão rápido que minha visão oscilou de tontura. Meus pulmões queimaram com o ar que os encheu, como se eles tivessem sido congelados no tempo, esperando que eu acordasse.

Meu pensamento estava uma bagunça, um labirinto do qual eu não conseguia encontrar a saída. Meu peito ofegava com o esforço, como se eu tivesse acabado de correr um quilômetro e meio; minha respiração lutava com o pânico que me consumia. Minha mão rastejou em direção à minha garganta, agarrando a pele ali à medida que tentava me lembrar como fui parar na cama de Gray.

No momento em que meus dedos tocaram minha pele, o som do meu pescoço sendo quebrado irrompeu na minha memória. A escuridão que veio logo em seguida, assim como a dor completa e ofuscante que assolou o meu corpo.

Com dificuldade, saí da cama, os cobertores se emaranhando quando atirei as pernas por cima da beirada. Caí no chão com um estrondo e, em pânico, lutei para me libertar da confusão completa que eles formavam. Chutando e afastando as cobertas com as mãos, ao mesmo tempo em que eu balançava a cabeça de um lado para o outro, rastejei em direção ao banheiro no outro lado do quarto de Gray.

— Willow! — gritou ele, mas eu não conseguia olhar para ele. Não suportava olhar para ele mesmo quando o senti entrar pela porta aberta para sua área de estar privada. Fiz uma careta tentando me levantar, resistindo à vontade de gritar porque parecia que eu não conseguia livrar minhas pernas da porcaria do cobertor.

Meu peito latejava de dor, coloquei a palma da mão nele enquanto uma voz sufocada saía arranhando da minha garganta.

Gray se mexeu, evitando minhas pernas com cuidado ao retirar o cobertor e o largar em cima da cama. Minhas pernas estavam nuas no chão, apenas uma camisola preta cobrindo minhas partes íntimas, e apertei as coxas com firmeza. Ele se agachou do meu lado. O seu rosto surgiu na minha frente.

— Você está bem — afirmou ele baixinho, sua voz enganosa e tranquilizadora. Para mim, foi como uma melodia de extrema suavidade, uma magia provocante que não estava lá na sua forma Hospedeira.

O próprio pecado envolto em pele, um corpo destinado a atrair humanos para um lugar de sofrimento eterno.

As lágrimas arderam nos meus olhos quando percebi traços que ainda me lembravam do homem que eu conhecera, daquele que eu, de alguma forma, como uma idiota, tinha permitido que me iludisse e fizesse eu me apaixonar por ele.

O homem que nunca existiu, para começo de conversa.

Envolvi meu estômago com os braços, minha mente um turbilhão. Eu não conseguia entender tudo o que tinha acontecido. Não conseguia compreender as implicações do que ele havia feito, ou por quanto *tempo* ele planejara isso.

— Como eu cheguei aqui? — perguntei, engolindo em seco e fechando os olhos com força. Eu não teria vindo para essa cama por livre e espontânea vontade, não depois de tudo que ele fez. Havia uma lacuna na minha memória que me impedia de me recordar.

Eu rompi o lacre e coloquei Gray de volta no corpo de Lúcifer, mas eu me lembrava de muito pouca coisa depois daquilo.

— Você precisa descansar — declarou Gray, estendendo o braço para a frente para deslizar a mão por baixo do meu cabelo. Seus dedos roçaram minha pele primeiro. Depois a palma da sua mão cobriu minha mandíbula e me virou para encará-lo. Seus olhos dourados brilhavam enquanto ele me fitava, seu polegar roçando na minha pele em um carinho suave.

O som do meu pescoço quebrando de novo pulsou na minha mente, me fazendo saltar para trás, para longe do demônio em pessoa.

Com uma inspiração profunda e trêmula, tentei acalmar a náusea crescente no meu estômago que veio junto com essa constatação.

— Eu morri — sussurrei, minha voz quase inaudível enquanto eu encarava Gray. *Lúcifer.* Eu me forcei a pensar, lhe dando o nome que ele sempre teve. Separando o ser que estava ali diante de mim daquele que eu achei que conhecia.

— Por pouco tempo — replicou ele, como se isso o absolvesse de qualquer culpa.

Seu demônio quebrou meu pescoço, me retirando do mundo que eu mal tinha começado a ver. Mas perceber isso foi o suficiente para entender que ele havia feito uma coisa muito pior para me trazer de volta.

— O que você fez? — questionei, cobrindo minha boca com a mão quando o meu enjoo piorou.

— Volte para a cama, amor. Seu corpo precisa de mais descanso — disse ele, ignorando minha pergunta por completo.

Soltei um gemido e me coloquei de pé, correndo para o banheiro com a culpa pulsando no meu peito, que já estava latejando. Minhas pernas deslizavam pelo caminho, como se não fossem minhas. Havia alguma coisa tão *errada* no corpo que sempre fora meu, alguma coisa tão estranha em relação ao que eu sempre chamara de minha casa neste plano.

— Willow — repetiu Gray, me seguindo com passos lentos e calculados. Ele me envolveu pela cintura, me levando até o banheiro e me deixando cair de joelhos na frente do vaso sanitário bem na hora que meu estômago expurgou.

Dedos suaves e gentis puxaram o meu cabelo para trás, tirando-o das laterais do meu rosto, juntando as mechas na minha nuca enquanto eu vomitava.

— Você vai ficar bem — murmurou ele, e fiquei pensando se essas palavras eram mais para convencer a mim ou a ele mesmo.

Meu estômago continuou com espasmos muito depois de eu parar de vomitar, meu corpo convulsionando ao tentar expelir o que não estava mais lá. Levantei o braço, limpando a boca com as costas da mão, depois coloquei cada mão em um lado do vaso e me levantei, apesar da fraqueza. Dando descarga no conteúdo, tentei não entrar em pânico ao ver o líquido vermelho enchendo o vaso e fui até a pia para limpar a boca, esfregando com força.

— Não se preocupe, Bruxinha. Esse sangue não é seu — disse Gray, sempre prestativo, vendo a pia manchada de rosa. Como se vomitar sangue fosse minha maior preocupação no momento.

O reflexo que vi no espelho quando ergui o olhar enfim pareceu ser aquilo de que eu me lembrava, como se não houvesse sinais das maneiras como eu tinha mudado de forma tão drástica. A única diferença destoante pousava no meu peito, no alto do meu decote, onde um círculo preto manchava minha pele.

Tentáculos de escuridão sangravam do centro, cravados na minha pele como rachaduras em uma vidraça que ainda não tinha se estilhaçado.

Meu amuleto pendia logo acima, o fio de ouro rosé visível contra a turmalina preta e a marca. Meu lábio inferior tremia enquanto eu o fitava, tentando não deixar meus dedos tocarem na mancha.

— Isso vai sair? — perguntei, enterrando os dentes no meu lábio inferior. Era uma coisa tão estúpida para me preocupar, quando a alternativa era apodrecer no Inferno.

Porém, eu não queria passar o resto da vida marcada pelo fato de que ele havia se sacrificado para me salvar.

— Não — respondeu ele, seu tom calmo, me entregando uma garrafa de enxaguante bucal. Peguei, me recusando a lhe agradecer, dei um gole e enxaguei mais a boca.

Fitei-o pelo espelho quando terminei, mantendo os olhos fixos no seu olhar dourado e sinistro. Seu cabelo estava mais desarrumado do que nunca, seu torso ainda nu. A linha branca de uma única cicatriz se revelava do seu pulso até o cotovelo, e tive certeza de que ela não estava lá antes de eu...

Engoli em seco.

— Quem? — demandei, me virando para encará-lo. Ele se aproximou quando me virei, me prendendo entre o seu corpo e a pia conforme ele se inclinava para a frente.

— Não importa — disse ele sem alarde, encolhendo os ombros de leve e erguendo a mão para tocar, com um único dedo, a escuridão florescendo do meu peito.

Arfei, tentando avaliar meu melhor plano de ação. Gray era forte quando eu achava que ele fosse só um Hospedeiro, mas essa forma devia ter um poder infinito à sua disposição. Foi ele que criou minha ancestral. Aquele que lhe deu a magia que ela compartilhou com todos os bruxos. Esse tipo de poder fazia o que eu possuía ao meu alcance parecer insignificante.

— Importa para mim — afirmei, sem saber como agir.

Meu instinto era socá-lo na garganta — dar uma joelhada no saco dele — mandá-lo de volta ao inferno para sempre, e, a julgar pelo sorriso arrogante no seu rosto, o canalha sabia muito bem.

— Não olhe para mim assim quando eu posso te curvar em cima da pia e te relembrar exatamente o que você quer, Bruxinha — rosnou ele, me pegando pela mão enquanto me guiava para fora do banheiro. Tropecei nos meus próprios pés, meus passos descoordenados. Ele tirou as cobertas que havia jogado na cama quando me ajudou a me soltar.

— A única coisa que eu quero fazer é cortar a porra da sua garganta — disparei, estremecendo quando ele abriu a gaveta da mesa de cabeceira e pegou uma faca.

Ele a estendeu para mim, virando-a de modo a segurar os lados planos da lâmina entre dois dedos e me entregou o cabo.

— Vá em frente então, amor. Veja do que adianta fazer isso — disse ele, sua voz se transformando em uma risada presunçosa.

Peguei a faca, segurando o cabo e não encontrando conforto nenhum naquilo. Eu podia abrir a garganta dele, mas eu sabia que não serviria de nada. Ele ia sangrar no chão todo, mas a vida nunca se esvairia dele por uma ferida na carne.

— Você certamente sabe que isso não vai terminar bem para nenhum de nós dois. Como exatamente acha que isso vai acabar? — perguntei, enfiando a ponta da adaga na mesa de cabeceira do lado da cama.

Gray parou, colocando um dedo embaixo do queixo.

— Terminar? — indagou ele, sua voz ficando intrigada, como se fosse eu que tivesse perdido a noção. Como se *eu* precisasse acordar para a vida. — Não existe fim para nós dois, Bruxinha.

Dei um passo para trás, o colchão pressionando a parte posterior das minhas coxas e não me deixando saída a não ser que eu quisesse me tornar vulnerável ao subir nele. Parei, erguendo o queixo e o encarando.

— Tudo acaba, Lúcifer. Até mesmo você — eu disse, forçando meu lábio inferior a permanecer imóvel. A tarefa parecia assustadora, até *impossível*, mas eu acharia uma maneira.

— Você lembra quando eu disse que posso me dar ao luxo de ser paciente? Um dia, tudo o que você conhece, todo mundo que ama, vai deixar de existir. Só restarei eu, serei o único a quem vai poder recorrer. — Suas palavras me atingiram feito um soco. — Seria uma pena se você lutasse contra isso: *nós*. Poderia acabar me motivando a contribuir para o curso natural da vida e da morte e nos livrar de todos aqueles a quem você poderia se voltar para pedir ajuda.

Engoli em seco, encarando-o com a testa franzida enquanto eu tentava compreender o significado das suas palavras. Com certeza ele não estava querendo dizer…

A lembrança de Lúcifer rápida e eficientemente matando os outros doze estudantes que estavam na Bosque do Vale me forçou a fechar os olhos.

Ele podia. Ele podia, e ele ia.

— Lúcifer — murmurei, a súplica silenciosa na minha voz me enfraquecendo. Eu o odiava por me obrigar a me rebaixar implorando pela vida dos poucos amigos que eu tinha.

— Esse não é quem eu sou. Não para você — disse ele, ríspido, pegando meu rosto com delicadeza e passando o polegar pela minha bochecha.

— Gray — falei, a palavra saindo engasgada. Não queria mais que ele fosse Gray. Queria me lembrar do mal que se escondia embaixo da pele dele.

— Não precisa ser assim — expressou ele, as palavras sendo uma lembrança de como havia sido entre nós por tão pouco tempo. Não respondi, incapaz de encontrar as palavras para lembrá-lo que ele foi o *responsável* por isso. Ninguém o *forçou* a me manipular, a me usar para seu próprio fim. Ele se inclinou para a frente, tocando os lábios nos meus com suavidade. E se afastou antes que eu pudesse ao menos protestar, sua boca quente onde eu estava acostumada a senti-lo frio. — Descanse.

Virei o pescoço para olhar para a cama e balancei a cabeça. Precisava ver Della e Iban, saber que eles estavam seguros.

— Eu preciso...

— Você precisa dormir. Seu corpo voltou da morte, por mais breve que tenha sido. Durma, minha Willow — insistiu ele, pressionando meus ombros para baixo até eu não ter escolha a não ser me sentar na ponta do colchão.

— Não. Eu preciso saber quem pagou meu preço. Quem você matou no meu lugar para satisfazer o equilíbrio — demandei, tentando me impulsionar para ficar de pé.

— Que o Inferno me ajude, Bruxinha. Você vai descansar mesmo se eu tiver que botar você na cama e te prender eu mesmo — argumentou ele, a ameaça pairando no ar entre nós. Eu não o queria na cama comigo, não quando eu temia não conseguir me controlar perto dele.

Mesmo o odiando, ou até mesmo querendo estripá-lo e mandá-lo de volta às profundezas do Inferno pelo que ele havia feito comigo, uma parte de mim se lembrava de como era tocar nele quando achei que ele gostasse de mim.

— Vou descansar — falei, sugerindo uma trégua por enquanto.

Uma batalha de cada vez, lembrei a mim mesma.

— Se você me disser quem — persisti, observando-o cerrar os dentes de frustração.

— Uma bruxa. Não sei o nome dela, nem me importo. Belzebu fez tudo rápido e sem dor, da mesma maneira que fez com você — disse ele, a declaração realista parecendo verdade. Gray não se dava ao trabalho de se familiarizar com as bruxas que não tinham nada a lhe oferecer em troca.

Aquiesci, esperando que ele pelo menos reconhecesse Della ou Margot como minhas colegas de quarto. Só me restava esperar que elas não tivessem sido mortas por minha causa, seria incapaz de viver com isso na minha consciência.

Devagar, levantei as pernas para a cama, ignorando a dor nos ossos já que parecia que todo o meu ser estava se mexendo com aquele movimento. Como se meu corpo não conseguisse se ajustar à estranheza de voltar da morte. Deitei-me de costas de uma maneira esquisita, desejando estar com mais roupas e detestando pensar em Gray trocando minha roupa enquanto eu estava inconsciente. Gray me cobriu assim que minha cabeça tocou no travesseiro, tomando um lugar na cadeira do lado da cama.

Suspirei, fitando o teto.

Quem é que consegue dormir enquanto o diabo observa?

4
WILLOW

A luz entrava pela janela no outro lado do quarto, o fraco resquício dos raios solares desaparecendo no horizonte no momento em que abri os olhos devagar. Um murmúrio suave saiu pela minha garganta quando me forcei a me sentar, aninhando minha testa nas mãos, pois uma dor de cabeça lancinante parecia me partir em duas.

Respirando fundo algumas vezes, olhei em direção à cadeira que Gray tinha ocupado quando, de alguma forma, adormeci. Meu instinto de sobrevivência estava deixando muito a desejar se eu conseguia descansar com o diabo me velando, já que era óbvio que não podia confiar em nenhuma de suas motivações ou planos.

Deixe eu te amar.

Essas palavras perturbadoras soavam no meu ouvido quando, ainda fitando a cadeira vazia, empurrei o cobertor para os pés e liberei minhas pernas. É provável que ele tivesse trancado a porta do quarto ao sair, então andei até lá devagar, com passos desequilibrados, para testar a maçaneta. Ela mal se moveu, a fechadura ainda imóvel. Virei-me depressa demais e cambaleei.

Que merda havia de errado comigo?

Enxotei a sensação rígida e incômoda no meu corpo, me aproximando da janela, onde os últimos raios da luz do dia brilhavam. Olhando para o pátio embaixo do aposento de Gray, engoli em seco ao procurar qualquer pista de um Hospedeiro ou arquidemônio lá.

Não avistei ninguém, e tornei a olhar para a porta do escritório de Gray. Eu não conseguia me imaginar abandonando os outros ao destino no qual eu tive um papel tão preponderante, mas eu não ia poder ajudar ninguém se continuasse trancada no quarto do diabo.

Meus olhos se fecharam enquanto eu virava a tranca em cima da janela, e só os reabri quando consegui amenizar a culpa que eu já sentia.

Eu ia voltar, prometi a mim mesma. Prometi a *eles*, embora eles não pudessem me ouvir. Havia apenas algumas semanas, cheguei a esse lugar determinada a destruir o coven e todos que faziam parte dele. Eu estava comprometida em obter a vingança para a qual fui criada, mesmo que isso significasse minha própria morte.

Então por que eu hesitava em deixá-los à mercê do seu destino agora?

Fiz uma careta empurrando a janela para cima com raiva da minha própria hesitação, estremecendo quando a força que empreguei rachou o vidro. Com os dedos trêmulos, toquei nas finas rachaduras, meus olhos fixos nas mãos que pareciam idênticas às que eu lembrava de *antes* de tudo aquilo.

Antes de eu morrer.

Engoli em seco e escalei o peitoril da janela. Sabia que tinha pouco tempo, que Gray nunca me deixaria sozinha por um período muito longo. Claro, ele sabia que fugir seria a primeira coisa em que eu pensaria, então é provável que ele não esperasse que eu acordasse tão cedo.

Consegui colocar as pernas para fora do peitoril, me sentindo tão esquisita quanto um cervo recém-nascido enquanto manobrava meu corpo pelo espaço pequeno. Naquela parte, o edifício de pedra era como um penhasco, sem pontos de apoio para me deixar mais perto do chão. Espiando o pátio abaixo, fechei os olhos e inspirei, enquanto invocava a parte de mim que me era tão vital como ar.

A terra embaixo respondeu, as trepadeiras da treliça que subiam pelas laterais do edifício se contorcendo conforme ganhavam vida. Elas cresceram devagar, se estendendo na minha direção até eu conseguir esticar o braço e segurá-las. Enrolando um galho na minha mão e agarrando com força, inspirei fundo.

Bruxas verdes não deveriam voar, e saber do impacto que me esperava se eu caísse era quase suficiente para me mandar de volta ao quarto que tinha se tornado uma prisão.

Um rancor mesquinho me impulsionou para fora. Pulei, satisfeita em saber que, se eu morresse na tentativa, pelo menos eu arruinaria os planos de Gray.

Ele não ia ganhar. Não depois do que eu havia feito, não depois da maneira como minha vida inteira tinha sido uma manipulação displicente para seu próprio ganho egoísta. Eu não queria pensar em quem eu poderia ter me tornado se não fosse pelo sofrimento que ele causou através de qualquer conexão que ele e meu pai tiveram.

Abafei um grito na hora em que despenquei em direção ao chão, me movendo aos poucos, primeiro como se o tempo tivesse parado assim que meu corpo saiu do peitoril. O ar correu para me encontrar, forçando minha camisola para cima em volta da cintura enquanto eu caía em um suave abraço nas trepadeiras que se lançaram para a frente para me pegar.

Fechei os olhos quando o solo se aproximou, certa de que as trepadeiras não conseguiriam me impedir da morte que me esperava. Enrolando-me em posição fetal, estremeci quando caí em alguma coisa macia que me empurrou de volta ao ar assim que me segurou.

O impulso amorteceu boa parte da força da minha colisão, tornando a segunda batida contra alguma coisa felpuda mais desconfortável do que dolorosa. Relaxando o corpo, afastei as pernas do peito, e finalmente abri os olhos e percebi embaixo de mim a almofada de flores que haviam se erguido dos canteiros do jardim para me aninhar.

Elas subiram um pouco mais, me empurrando para me deixar de pé, antes de recuarem de volta para dentro da terra. A trepadeira que estava enrolada na minha mão se apertou mais, os espinhos se enterrando na minha pele para tirar o pagamento em sangue pela ajuda.

Os ossos em volta do meu pescoço tilintaram quando me afastei das plantas, me lembrando da presença deles a cada passo. Examinei a entrada de carros e a estrada que cortava o caminho pelo meio da floresta que eu sabia que era muito provável me levarem à morte certa, mas eu sabia que fugir da Bosque do Vale seria muito mais difícil se eu fizesse isso em plena vista.

Engoli em seco quando me encaminhei para a floresta e os Amaldiçoados que me esperavam lá, determinada a me arriscar com as feras em vez de com os arquidemônios. Os Amaldiçoados podiam ser mortos.

Eu não tinha tanta certeza quanto aos arquidemônios.

A trepadeira desenrolou do meu braço devagar conforme eu andava, relutante em me deixar partir. Ela sabia tão bem quanto eu que eu era a melhor chance que essa terra tinha de se recuperar de vez. Recusei-me a aceitar a despedida naquele toque saudoso, prometendo que eu as ajudaria quando retornasse para fazer o coven voltar a ser o que ele sempre deveria ter sido.

Sangue escorria pelo meu braço enquanto eu me encaminhava devagar para a floresta. Meu ritmo se tornou mais constante e fiquei menos insegura com a maneira como o meu corpo funcionava. O que quer que tenha mudado em mim quando Gray me trouxe de volta dos mortos não podia ser visto, mas eu sentia nas linhas bem-torneadas dos músculos sob a minha pele. Sentia a força estranha e pouco familiar em cada um dos meus dedos.

Meus passos ganharam impulso, aumentando a velocidade até eu disparar em direção à floresta. Normalmente, eu teria detestado correr desde o início. Pior, teria detestado ter que correr antes mesmo de mover as pernas.

Aquilo não demandava energia, eu me impulsionava para a frente com tão pouco esforço que quase tropecei. A figura corpulenta saiu das sombras da floresta logo que pisei nela, e abriu suas asas rijas que se enrolavam na frente do corpo para ocultá-lo. O cabelo de Belzebu estava desgrenhado, emoldurando sua mandíbula quadrada enquanto ele me encarava.

— Você devia estar dormindo, Consorte — disse ele enquanto eu escorregava para frear na sua frente. Ele nem sequer estremeceu quando a minha tentativa esquisita de controlar meus membros me fez esparramar para a frente, trombando nele e batendo minhas mãos na pele bronze e brilhante do seu peito.

Ele tinha se tatuado com runas que cintilavam com o mesmo dourado dos olhos de Lúcifer, os símbolos enoquianos parecendo se contorcer embaixo da minha mão. Entrei em pânico e me afastei. Caí sentada na grama, meus dedos instintivamente se enterrando no solo.

Ancorando-me contra o desconhecido, contra o medo do arquidemônio na minha frente.

— Você me matou, porra — falei, diminuindo meu tom de voz em sinal de advertência.

O desgraçado encolheu os ombros, suas asas se abrindo por trás, como se elas precisassem se esticar.

— Desculpe. Da última vez que Lúcifer e eu nos falamos, você deveria morrer. Eu não estava a par da mudança nos planos.

— *Desculpe*? — perguntei, a voz tão incrédula quanto eu me sentia. — Acha mesmo que isso é suficiente para o que fez comigo?

Ele arrastou o olhar pelo meu corpo, voltando para o meu rosto sem mostrar nada além de desinteresse nas feições.

— Você me parece ótima.

— Eu não estou *ótima*. Você sabe o que é ficar presa no abismo entre a vida e a morte? Por acaso faz ideia de como é desorientador e aterrorizador saber que você morreu e de alguma maneira ainda está presa nesse buraco do Inferno? — gritei, me lançando para a frente.

Espalmei ambas as mãos no peito dele, empurrando-o com toda a minha raiva concentrada naquele movimento. Os olhos de Belzebu se arregalaram por um breve instante em choque antes que o som da minha carne batendo contra ele eclodisse pelo pátio. Ele cambaleou para trás, mal se equilibrando com a ponta da asa no chão atrás de si, enquanto nos encarávamos.

Ele se endireitou e estreitou o olhar, fitando a palma das minhas mãos, que enxuguei na seda da minha camisola.

— Volte para o seu marido, Consorte. Ele não vai gostar de te ver fora da cama tão cedo.

— Ele *não* é meu marido — disparei, minhas narinas se inflando com a lembrança constante de que alguma coisa havia sido feita comigo enquanto eu estava *dormindo*.

Ele se aproximou, pairando imponente sobre mim, me fitando com a expressão séria.

— Se isso te fizer sentir melhor, que seja… Não sei que feitiço você lançou, mas foi bem feito já que a mesma armadilha que usou para fazer com que ele se apaixonasse foi o que te aprisionou afinal de contas.

— Acha que enfeiticei ele? — perguntei, zombando e me esquivando dele para me encaminhar para a floresta.

Que se foda.

A mão dele envolveu meu bíceps, interrompendo meu movimento e permanecendo imóvel do meu lado.

— Acho que você queria ele aos seus pés, e conseguiu exatamente o que queria. Ele deixou amigos no Inferno para não arriscar perder você para o lacre. Se isso não é um feitiço, então não sei o que é.

— Vai ver ele se encantou pela minha personalidade cativante. Isso não passou pela sua cabeça, não é? — desafiei, puxando meu braço. A mão de Belzebu escorregou, seus dedos deixando hematomas conforme ele lutava para continuar me segurando.

Ele baixou o olhar e voltou a erguer antes de bufar uma risada suave e presunçosa.

— Sei muito bem quem você é, Willow Hecate. Não estou impressionado.

Minha fúria cresceu, revirando no meu estômago com uma força que tirou meu fôlego. Eu não conseguia ver através do borrão vermelho da minha raiva, que afunilava minha visão enquanto encarava o demônio que estava tentando me subestimar e me acusar de enfeitiçar o diabo, tudo ao mesmo tempo.

Os galhos nas árvores estalaram, se movendo como se fosse obra do vento, mas não havia nenhuma brisa que pudesse justificar isso. Na verdade, o ar ficou parado de um jeito anormal quando olhei dentro dos olhos roxos do demônio.

Ele parecia não perceber o farfalhar das árvores que eu sentia no meu sangue, alheio à maneira como elas cresciam devagar na direção dele com a minha cólera.

— Chega, Belzebu. Largue minha mulher malcomportada. — A voz de Gray veio de algum lugar atrás de mim. Suspirei, tentando não estremecer quando Belzebu soltou meu bíceps devagar e se afastou. Parei, tentando acalmar o zumbido no meu sangue, mas mantendo a vida em volta à minha disposição caso precisasse de ajuda.

Engolindo em seco, dei meia-volta e encarei o homem que de repente foi de "bom demais para ser verdade" para se tornar o meu pior pesadelo.

Ele estava de terno, mas sem o paletó, então só uma camisa social branca cobria seu peito. As mangas estavam dobradas revelando a pele dourada tão diferente do tom pálido da sua pele antes de ele tomar seu corpo de volta. Suas mãos estavam fechadas do lado, o único sinal físico da sua ira, e isso tornava o músculo no seu antebraço tenso e visível. Ele inclinou a cabeça para o lado, deixando seu olhar descer pelo meu corpo, ainda coberto apenas pela camisola de seda que ele havia me colocado na minha pressa de fugir.

— Vai para onde, Bruxinha?

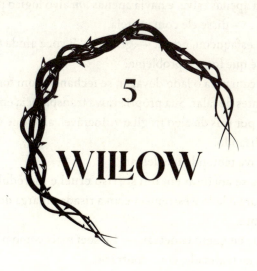

5
WILLOW

— Estou indo embora — afirmei, inspirando fundo enquanto ele abaixava o queixo bem de leve. Uma semana antes, eu podia ter deixado passar a mudança sutil, mas alguma parte de mim reconhecia seus movimentos pelo que eles eram.

Uma ameaça. Uma promessa.

Ele suspirou e caminhou devagar em direção ao ponto onde eu estava, junto a Belzebu. Não falou nem uma palavra para me dizer que eu estava proibida de ir embora, mas, na verdade, não precisava. Virei devagar para encará-lo melhor à medida que ele se aproximava. O arquidemônio finalmente se afastou e se encaminhou para a universidade. Suas asas se contorciam conforme ele andava, e tive uma sensação aterradora de que era um sinal da sua irritação com o homem que se aproximava de mim.

Gray ergueu a mão devagar, deslizando-a por baixo do meu cabelo e me segurando naquele ponto sensível onde minha mandíbula encontrava a lateral do meu pescoço.

— Não torne isso mais difícil do que precisa ser, amor.

Eu me desvencilhei do seu toque, estremecendo quando seus dedos deslizaram pela frente da minha garganta, e sua mandíbula enrijeceu. Seus olhos dourados brilharam, um contraste tão terrível ao azul que eu me acostumei a ver me encarando.

— Não tornar isso mais difícil? — ecoei, minhas palavras soando ríspidas enquanto o abismo de raiva no meu interior ameaçava me engolir inteira.

Eu tinha um objetivo para tudo isso. Tinha um *propósito* para tudo de horrível e ruim na minha vida. Antes havia uma maneira de canalizar, mas agora…

Agora, havia apenas raiva, e havia apenas *um* alvo lógico para ela.

— Willow... — disse ele com cautela.

— Você me esfaqueou, porra! — gritei. — E você ainda tem coragem de agir como se eu é que fosse o problema?

A mão dele caiu para o lado devagar, se fechando com força, e ele abriu e fechou a boca antes de falar. Sua própria raiva transparecia embaixo das palavras, escondida por trás de algo frágil e vulnerável, algo que eu não ia perder meu tempo analisando.

— Você estava tentando me deixar.

Meus lábios se abriram em um sorriso cruel e incrédulo quando virei minha cabeça para o lado e estremeci com a risada amarga que saiu rasgando da minha garganta.

— Claro que eu quero te deixar. — Eu soei mais como o demônio e ele a vítima, quando, na realidade, era o contrário.

Eu tinha acreditado em cada manipulação. Em cada mentira e fatos distorcidos.

— De novo — continuei, pausando ao voltar minha atenção mais uma vez para ele. Meu sorriso sumiu, minha risada parou de repente e eu me inclinei na direção dele. — Você me enfiou a porra de uma faca.

— Para salvar a sua vida! — vociferou ele, me puxando com força pela mão para junto dele. Meu peito colidiu com seu tronco, mandando arrepios por dentro de mim apesar das roupas entre nós. Sempre tive uma sensibilidade aguçada para o corpo dele e sentia a carga de atração entre nós, mas aquilo estava mais intenso desde que eu retornei. — Tudo o que eu fiz naquela sala de tribunal foi para manter você viva.

— Não — argumentei, balançando a cabeça.

Ele não podia reescrever o que ele tinha feito como se fosse pelo meu bem. Como se eu tivesse pedido para ele matar todos aqueles bruxos.

Eu preferiria ter morrido.

— Tudo que você fez naquela sala de tribunal foi por *você*. Foi para que você pudesse ter seu corpo nesse plano. Tudo o que fez por *séculos* foi para que você pudesse acabar bem aqui, e fodam-se as consequências e as pessoas que se machucaram no processo. Se fosse por mim, você nunca teria aberto o lacre.

Ele fez uma pausa, pegando minha mão livre e colocando-a no peito onde sua camisa estava desabotoada. Meu dedo roçou na sua pele nua, e seus olhos se fecharam devagar com um suspiro de prazer. Ele agarrou firme o meu pulso, me mantendo presa ali e inclinando a cabeça para o lado. Um sorriso mínimo curvou seus lábios enquanto ele abria aqueles olhos dourados para me encarar.

— Você está certa. Eu fiz o que precisei fazer para estar aqui de verdade, para sentir *isso* — disse Gray, pressionando minha mão com mais força na sua carne. — Foi por mim e somente por mim, e esperei séculos para isso acontecer. Entretanto, se eu não tivesse tomado a costela de você, você teria dado sua vida pelo lacre. Eu não podia permitir isso.

— E por que não? Esse sempre foi o plano, não foi? — perguntei, esperando pela confirmação de até onde essa enganação tinha ido. Se tinha sido tão intensa quanto Charlotte havia sugerido, se eu fosse de fato o preço da oferta dela, então eu não via nenhuma outra maneira.

Ele teve a decência de parecer envergonhado, franzindo os lábios.

— Isso foi antes.

— Antes do que exatamente? Antes de você trepar comigo? Antes de você dizer ao meu pai para me criar acreditando que eu estaria vingando sua irmã, mesmo tendo sido você quem matou ela? — rebati.

— Antes de eu ver você na noite em que matei Loralei — disse ele, roubando o ar dos meus pulmões.

— Isso é impossível — repliquei, soltando o ar pelo canto da boca em escárnio. — Isso foi décadas antes de eu nascer.

— E mesmo assim foi a noite em que marquei você como minha — afirmou ele, enfim soltando meu pulso e tocando a parte de cima do meu ombro. Seus dedos roçaram a minha pele nua, as pontas raspando no olho do diabo com o qual eu tinha acordado depois do meu pesadelo.

— Loralei estava morta fazia décadas nessa altura, Gray — argumentei, me recusando a admitir o que eu tinha visto no meu pesadelo. Era inexplicável demais para se levar em conta.

— Para você — admitiu ele, reconhecendo o meu argumento. — Apesar de eu ter feito essa marca em uma aparição que surgiu do lado dela quando a matei, há cinquenta anos.

— Não estou entendendo como isso é possível. Eu não tenho esse tipo de magia — tentei racionalizar, minha voz diminuindo. Mesmo assim, não havia como negar o que ele disse, não quando eu sabia o que tinha visto.

O que tinha sentido.

— Você canaliza a sua magia Preta pelos ossos dos seus ancestrais. Mesmo sem os ossos, o sangue deles corre pelas suas veias. Existe uma conexão aí que nenhum dos seus parentes levou em consideração, mas parece que talvez você possa entrar na vida deles nos seus sonhos, se você tentar.

— Eu não tenho nenhum interesse em usar qualquer coisa relacionada à linhagem Hecate — disparei, com a compreensão de que cada pedacinho da minha vida tinha me trazido até aqui; para o momento em que eu morreria.

Charlotte queria que eu consertasse o que ela tinha feito. E eu só queria ir para casa.

— Seria uma tola se não fizesse isso. Você vai precisar usar se vai tomar o lugar da Aliança aqui — objetou Gray quando eu o afastei de novo. Eu não conseguia pensar direito com as mãos dele em mim, com aquela energia entre nós que desafiava toda a natureza, fazendo minha pele pinicar de sensibilidade.

— Não tenho intenção nenhuma de tomar o lugar de ninguém. Vou embora do Vale do Cristal. — Engoli em seco ao falar essas palavras, sabendo que era a única maneira de eu reconquistar qualquer parte da minha humanidade. Resgatar quem eu queria ser em face de tudo o que eu tinha perdido na vida.

Eu não seria mais o fantoche do diabo.

Gray suspirou quando me afastei e fui em direção à linha das árvores esperando por mim e pelos Amaldiçoados, que me caçariam se pudessem. Até isso seria muito melhor do que uma vida como prisioneira. As árvores balançavam como se pudessem me dar boas-vindas em casa, me tomando nos seus braços quando coloquei o pé na floresta.

— Por favor, não me faça fazer isso com você — asseverou Gray atrás de mim. Parei no meio de um passo, colocando o pé no chão devagar, já que algo na sua voz fez meu coração se apertar. Ele caminhou lentamente e me virei para observá-lo, enraizada no lugar como a árvore atrás de mim. — Fique comigo, Bruxinha.

— Ou o quê? — perguntei, olhando para ele com a expressão séria. Dei um passo para trás quando ele se aproximou, seus movimentos despreocupados e naturais, como se ele não ligasse para nada nesse mundo.

— Ou vou tomar de volta o que eu te dei — respondeu ele, finalmente me alcançando.

Ele encostou um único dedo no meu peito enquanto eu tentava convocar a terra ao meu redor. Um sussurro das árvores retornou, uma desculpa no vento, mas nada o atingiu. Nada me defendeu dessa vez.

A unha dele se alongou em uma garra, a ponta afiada pressionando a minha pele. Arquejei quando ela furou, uma gota de sangue irrompendo devagar da ferida. Não foi o corte em si que arrancou o ar dos meus pulmões e fez meu corpo estremecer de dor.

Foi o sufocamento da minha magia, o súbito silêncio enquanto as árvores em volta de mim se aquietaram. Pela primeira vez desde que fiz dezesseis anos, elas ignoraram meu chamado.

— Gray — arfei.

Ele cerrou a mandíbula, arrastando a unha pelo meio do meu peito. O corte que ele abriu foi superficial e fez verter pouco sangue, mas uma névoa verde girou ao emergir do ferimento. Ele virou a mão, deixando a névoa se assentar na palma à medida que ela era liberada de mim.

— Não precisava ser assim — disse ele, seu rosto triste quando ergui os olhos para encarar os dele. Minhas mãos tremiam quando agarrei a dele, mantendo-a junto ao meu peito. Tudo dentro de mim estava vazio, a falta de ruído na minha cabeça tornava tudo tão...

Desolador.

Meu lábio inferior tremia e lágrimas ardiam em meus olhos.

— Não faça isso — implorei, odiando a súplica nessas palavras. — Por favor. — Uma névoa preta seguiu a verde, se juntando na mão dele enquanto ele roubava o que tinha dado a Charlotte e aos primeiros bruxos Madizza. — Não sei quem eu sou sem isso — falei com um soluço engasgado.

O rosto dele exibiu o que eu teria chamado de um tipo de tristeza, se não fosse ele a me causar aquela dor. Ele ergueu a mão livre para tocar minha bochecha, se inclinando para encostar a testa na minha.

— Você é minha — afirmou ele, enquanto lágrimas rolavam pelo meu rosto e meu queixo caindo na mão dele, que me recusei a soltar. — Não posso permitir que continue com a magia que você usaria para me deixar.

— Eu vou ficar — garanti, minha voz ficando mais desesperada enquanto aquele silêncio se expandia na minha cabeça. Meu estômago revirou, enjoado, e uma nítida sensação de estar totalmente sozinha no meu corpo me dominou. Não consegui me lembrar de nenhum momento em que me senti tão desconectada de tudo à minha volta, quando a solidão ameaçou me engolir inteira. — Vou ficar, faça qualquer coisa, menos isso, Gray.

Ele suspirou, sua boca tocando de leve na minha enquanto eu chorava.

— Eu queria poder acreditar em você. Queria poder acreditar que não vai me deixar, mas você conta tantas lindas mentiras, esposa. Não posso acreditar em nenhuma delas — declarou ele.

A casca da árvore atrás de mim parecia estranha e desconhecida, não lembrava em nada o conforto quente da terra.

— Faço qualquer coisa — falei, soluçando, ao tentar mandar aquela magia de volta para dentro de mim. Ao tentar tomar de volta o que era meu.

— Então faça um pacto comigo, amor. Existe uma coisa especial que eu quero, e essa é a única maneira de você sair deste lugar com a sua magia — propôs ele, seus olhos dourados brilhando, o diabo embaixo da sua pele querendo sair para brincar.

Eu não suportava a ideia de estar presa a um pacto, de não haver outra maneira de driblar a verdade, a não ser me acostumar com aquele tipo de solidão.

— O que você quer? — perguntei, mesmo que a possível resposta me aterrorizasse. Ele já tinha o próprio corpo. Certamente era o máximo a que seus planos distorcidos e doentios poderiam chegar.

— Quero finalmente consumar nosso casamento — disse ele com simplicidade, enfiando uma mecha de cabelo atrás da minha orelha.

Minha confusão me impeliu a questionar tudo.

— Mas nós já... — parei de falar, incapaz de completar a frase. Eu não conseguia acreditar que eu estava tão cega a ponto de dar a porra da minha virgindade para *o diabo*.

— Eu estava usando um invólucro falso de carne — retrucou ele, a suavidade na sua voz desaparecendo ao expor seu desejo. — Você fez sexo com meu Hospedeiro e, sim, era eu que estava dentro dele. Porém, você não é mulher de um Hospedeiro, Willow. Você é mulher do Lúcifer Estrela da Manhã, então você precisa consumar a relação *comigo*.

Enterrei os dentes no meu lábio inferior. Era só sexo, certo...

— Agora? — indaguei, tentando parar o tremor nas minhas mãos — Aqui?

— Não — respondeu ele com uma risada amarga. — Eu não tenho nenhum interesse em foder você enquanto está chorando. Então você vai correr e, se conseguir chegar até a floresta, estará livre para ir embora.

Olhei para trás quando a névoa na palma da mão dele começou a retroceder, se enterrando dentro de mim e me preenchendo devagar com o zumbido da magia. Meu alívio com aquilo abafou o medo que eu deveria estar sentindo do que aconteceria se ele me apanhasse, mas a oportunidade de liberdade — de uma vida com Ash — era boa demais para eu ignorar.

— E se você me pegar?

— Se eu te pegar, então você vai me dar a luta que ansiei obter de você. Se eu te pegar, nós vamos para a guerra da maneira como nossa alma já a conhece, até o meu corpo reconhecer cada pedacinho da sua pele pelo toque. *Quando* eu te pegar, vou te foder, e nós dois sabemos que você vai amar cada maldito minuto — anunciou Gray sem rodeios, se inclinando para mim para sussurrar a ameaça. Seus dentes mordiscaram o ponto sensível embaixo da minha orelha, ao mesmo tempo uma provocação e um tormento do que viria.

— O que vai mudar? Com a consumação do casamento? — perguntei, olhando para onde a névoa que restava tinha desaparecido para dentro do meu corpo. Gray tirou a mão, e observei com pavor o corte cicatrizando sozinho.

Meu corpo não era mais meu.

— Deixe que eu me preocupo com isso, amor — respondeu ele, dando um passo para trás. Ele enfiou a garra na ponta do seu dedo, tocando meu peito como forma de selar os termos do pacto.

Um pacto com o diabo.

Algo preto se espalhou pela minha pele, tentáculos de escuridão brilhando antes de desaparecerem. Ele estendeu a garra para mim, me deixando tocar com a mão trêmula e furiosa, para furar a ponta do meu dedo com a ponta afiada antes que ela retraísse e voltasse a ser uma unha normal.

Toquei, com o dedo ensanguentado, o espaço na base da sua garganta, observando enquanto minha própria escuridão se espalhava por cima da pele dele antes de desaparecer.

Ele fechou os olhos com um suspiro, depois abriu e me encarou. Fiquei ali, desconfortável, sem saber quando nosso jogo ia começar. Ele respondeu à pergunta não formulada com uma única palavra ameaçadora.

— Corra.

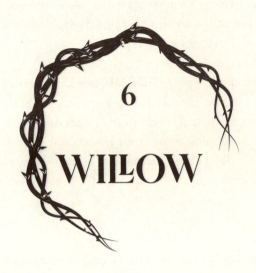

6
WILLOW

Respirei fundo, olhando dentro dos olhos do próprio diabo. Tentando mergulhar na sensação provocada pelo zumbido na minha cabeça, pelo movimento de cada folha em um galho de árvore enquanto minha magia preenchia todas as frestas do meu corpo. Ela pode ter sido um presente do diabo séculos atrás; entretanto, agora era uma parte de mim, da qual eu não podia suportar me separar.

Eu não queria pensar em quem eu seria sem ela. Mesmo que as manipulações de Lúcifer tenham me causado tanta dor, a beleza da terra em volta tinha enchido os espaços vazios dentro de mim criados pela minha vida.

Sem a magia fluindo pelas minhas veias, tudo o que restava era a casca oca de uma mulher que tinha sofrido.

— Você nunca mais vai tirar minha magia de mim — falei em vez de correr. O cheiro distinto de maçãs encheu o ar, acompanhando nosso pacto enquanto eu dizia essas palavras. Vi os tentáculos de escuridão se espalharem pela pele dele mais uma vez quando ele aquiesceu, aceitando o acréscimo no pacto.

— Ao contrário do que possa imaginar, eu não quero você fraca, Bruxinha. Quero que aceite como você é poderosa e governe ao meu lado. Os outros da sua espécie podem ser inferiores a mim, mas você? — acrescentou ele, colocando dois dedos sob minha mandíbula e erguendo meu queixo. — Você podia ser igual a mim. Você é a única que está impedindo que isso aconteça.

— Se você não me quer fraca, por que quer me caçar na floresta antes de me foder? O medo é uma fraqueza, não é? — perguntei com a expressão séria. Meus dedos se enterraram na casca de uma árvore atrás de mim, espalhando minha magia e usando-a para construir minha conexão com a floresta mais uma vez.

Enrolando. Ganhando tempo.

Gray deu uma risadinha, me soltando com um último toque no meu queixo.

— Mas você está com medo? — questionou ele, inclinando a cabeça e olhando com astúcia para onde eu tinha enterrado meus dedos na base da árvore, fundindo a madeira em volta de mim de forma que pudéssemos nos tornar uma só. — Ou só está irritada?

— Estou *sempre* irritada — disparei, cerrando os dentes e absorvendo aquela raiva. E a sensação de estar de saco cheio de ser a porcaria do fantoche de outra pessoa. Se eu tivesse sido mais forte, teria deixado Gray tomar minha magia e então teria ido embora assim que eu tivesse uma chance, mas meu medo de viver com aquele vazio dentro de mim foi maior. — Você querer me foder quando estou assustada não me faz ficar exatamente de bom humor.

— Não quero te foder quando você está com medo, *esposa* — disse ele, arrastando a palavra. Eu me retraí tanto, como suspeitei que faria toda vez que ele usasse essa palavra, de uma forma que eu não sabia ser possível.

Não fingi identificar os detalhes dos ritos de casamento dos demônios, mas parecia que, até mesmo para as criaturas do mal do Inferno, algum nível de consentimento devia estar envolvido.

— Quero te foder quando estiver com tanta raiva que vai tentar arrancar meus olhos. Quero lutar com você, e *então* quero te foder enquanto você canaliza toda a sua ira em mim.

— Você quer lutar comigo? Por quê? — perguntei, enterrando meus dentes no canto da boca sem acreditar. Havia alguma coisa tão primitiva na maneira como ele me observava, como ele avaliava cada movimento do meu corpo como se eu pudesse fugir no meio da conversa.

Ele sabia que eu estava ganhando tempo e que eu correria assim que sentisse que podia conseguir alguma vantagem sem estar despreparada.

— Porque você é assim — replicou ele, enfatizando as palavras que havia me dito na noite em que eu mostrei as minhas partes vulneráveis e instáveis. Aquelas que ninguém mais conseguia ver, que ficaram escondidas nas profundezas da minha alma até ele de alguma maneira conseguir se infiltrar pela minha pele e se instalar lá. — Porque você é a única que tem coragem suficiente para tentar.

— Que sorte a minha — retruquei, engolindo em seco com a emoção crescente que inundava minhas entranhas. Eu não queria me lembrar das noites em que ele me fez pensar que eu era mais do que apenas uma peça do seu jogo.

Elas tinham sido mentira, assim como todo o resto. A dor era confusa e caótica, e era exatamente o que eu não podia me permitir sentir nos momentos que levavam à minha única chance de liberdade.

A raiva era mais segura.

Gray riu, o som baixo e suave enquanto eu tirava os dedos da árvore. Tentei pensar no que dizer. Esperei que ele continuasse a conversa para que eu pudesse pegá-lo com a guarda baixa. Mas ele apenas me lançou um olhar astuto, enfiando as mãos nos bolsos da calça com um sorrisinho irritante no rosto — como se ele soubesse tudo o que se passava na minha cabeça.

— Eu não tenho nenhuma chance, não é? — perguntei, cerrando a mandíbula com força. Eu sabia que havia uma ligeira possibilidade de escapar quando fiz o pacto, mas a segurança e tranquilidade despreocupada de Gray me reviravam o estômago.

— Só um idiota ousaria te subestimar, meu amor — disse ele, se inclinando na minha direção no momento em que empurrei a árvore e corri para o bosque.

Não ousei olhar para trás para ver se ele tinha me seguido, incapaz de escutar qualquer coisa além das batidas do meu próprio coração e do desespero enchendo minhas veias. Enquanto eu corria, esperei pelo som familiar de Gray me perseguindo, pelo som dos seus passos velozes enquanto eu saltava por cima da raiz de uma árvore e continuava avançando.

Contornei uma árvore caída, avistando a clareira atrás de mim por um breve segundo, depois me virei para a frente e foquei no caminho para fugir.

O lugar onde o diabo estivera antes agora estava vazio.

Gray tinha sumido.

7
GRAY

Willow correu, disparando entre as árvores. A sensação da sua magia me inundou, sua conexão à terra pulsando pela floresta com uma força que eu não sentia havia séculos. A filha de Susannah tivera uma magia assim, aquela conexão profunda que ia além de qualquer coisa que eu pudesse oferecer.

Essa era a magia do amor. Do respeito mútuo que veio de um relacionamento simbiótico, algo que não poderia ser ensinado. Willow era a que tinha a terra com ela, de tal maneira que teria sido uma tragédia tirá-la dela.

E por isso eu nunca teria seguido em frente se ela tivesse escolhido rejeitar o nosso pacto.

Eu podia deixá-la trancada em um quarto nos andares superiores da Bosque do Vale e ter lacrado todas as janelas para que ela não conseguisse escapar, mas eu jamais poderia arrancar essa parte dela.

Não quando eu sabia que isso a devastaria. Embora outros pudessem querer controlar o fogo em suas veias, eu só queria vê-la aprender como aceitar o que era queimar.

Caminhei pela floresta, mantendo meu ritmo tranquilo para dar uma chance a ela — ou pelo menos a ilusão disso. Sua ira alcançaria o ápice quando ela *pensasse* que podia escapar.

Quando a vitória estivesse quase ao seu alcance, eu a arrancaria dela.

Willow precisava saber que eu era sua única morada. Que seu futuro começava e terminava comigo. Eu não toleraria menos do que uma eternidade com ela ao meu lado, guiando-a ao longo do caminho que ela sempre foi destinada a trilhar.

Prestei atenção, ouvindo cada galho se partir ao ser pisado em seu caminho. Escutando as folhas farfalhando aos pés dela e usando-as para localizá-la. Os Amaldiçoados mantinham distância enquanto eu andava entre eles, já tendo aprendido a lição quando encontraram os cadáveres dos outros. Aquela bruxa era minha, e eu não permitiria que eles a machucassem pelos crimes da sua ancestral.

Imergindo no lugar onde Willow mais se sentia à vontade, tentei mergulhar naquela parte da magia que eu havia compartilhado com sua ancestral. Mesmo reconhecendo o chamado da magia, o amor que Willow tinha pela terra não era o que residia dentro de mim. O amor que ela sentia era o que faltava no meu ser.

Talvez fosse porque eu tinha passado tantos séculos distante dela, incapaz de acessar qualquer fração da minha magia. Mas, para mim, era apenas uma ferramenta a ser usada.

Para Willow, era parte de quem ela era — uma parte de que sentiria falta todos os dias da sua vida, caso a perdesse.

Um sorriso se formou no meu rosto quando continuei no meu caminho. Passei os dedos em uma folha, sentindo-a amassar sob a pressão deles enquanto eu esperava pela Bruxinha, que teria sentido essa perda como se fosse a sua própria.

Ao sentir que ela se aproximava do centro da floresta, corri adiante. Atingindo a mesma velocidade com a qual me movi naquele dia na floresta perto da casa onde ela havia crescido, disparei com facilidade por entre as árvores. Passei rápido por Willow, parando no caminho que ela precisaria atravessar se quisesse alcançar sua liberdade.

Liberdade que não existia para ela.

Recostando-me numa árvore, esperei a bruxinha me alcançar. Aguardei o momento em que sua esperança ruísse por completo. Sem querer ela tinha chegado ao local perfeito para a nossa batalha final, uma clareira onde o sol atravessava a copa das árvores para iluminar o chão com uma luz suave e quente. Apreciei aquela sensação na minha pele, o calor confortável que estava em total desacordo com o que esse corpo se lembrava no Inferno.

Quanto tempo fazia que eu não sentia o sol de verdade?

Uma figura apareceu à distância, caminhando na minha direção devagar como se ela não quisesse que eu a ouvisse. Ela sabia como a audição de um Hospedeiro era aguçada, mas Willow não tinha conhecimento das minhas habilidades nessa forma. Ela era uma bruxa que gostava muito de conhecer seus oponentes antes de uma batalha, mas nessa, ela tateava às cegas, e isso se mostrava no seu caminhar desconfortável. Ela fazia muito barulho ao cambalear pelas folhas de outono no solo, arrastando os pés na minha direção. Era evidente, pela maneira como ela se esforçava, como seu corpo havia mudado, e eu sabia que ela levaria algum tempo para aprender a controlar sua força recente, e o que isso significava para completar a mais simples das tarefas.

Se ela não tivesse cuidado, podia quebrar os próprios dentes tentando escová-los. Podia partir uma caneta só ao tentar pegá-la.

Foi só quando ela apareceu iluminada pela luz do sol brilhando por entre as árvores que percebi o que aquela bruxinha esperta e enganadora havia feito.

A criatura, que não era a minha mulher, tinha sido confeccionada com galhos caídos que, de alguma maneira, ela tinha conseguido amarrar, usando magia para eles irem se arrastando para a frente sobre os dois tocos de árvores que serviam como pernas. Ela havia prendido grama na cabeça, imitando seu cabelo visto ao longe, mas, quando o sol incidiu nele, não tinha nada do brilho das suas mechas de um preto intenso.

Os ruídos que ouvi tinham sido essa coisa cambaleando pela floresta sem olhos para ver, animada apenas pelo sangue que ela tinha espalhado na casca para compartilhar sua magia.

— Willow! — gritei, me virando pela floresta para escutá-la e acertando com a mão a criatura, fazendo-a desabar no chão. Eu esperava que ela estivesse perdida na sua raiva, que lutasse com pânico e fúria.

Em vez disso, ela tinha me enfrentado com uma esperteza calma e letal.

Ela tinha se comportado como uma Rainha, quando eu ainda esperava uma garota.

Sem a criatura mais barulhenta para me distrair, escutei os sons muito mais baixos de Willow se movendo pela floresta. Ela tinha passado por mim, se aproximando da extremidade da floresta do lado oposto com mais rapidez do que eu achava admissível.

Corri adiante, disparando pela floresta enquanto meu próprio coração disparava. O sangue bombeava pelas minhas veias mais rápido do que eu jamais me lembrava, tão diferente da maneira como meu corpo funcionava quando eu era um Hospedeiro. Não era a atividade física que fazia meu coração acelerar, mas o pânico ofuscante do que eu faria se Willow *partisse*.

Se ela conseguisse sair, eu não teria escolha além de honrar minha parte no pacto. Eu não teria escolha a não ser permitir que ela deixasse o Vale do Cristal — que ela me deixasse.

Era impensável voltar a ficar sozinho dessa maneira.

Avancei em alta velocidade e colidi com ela pelas costas, fazendo com que ela desabasse no solo. A luz brilhou através das árvores que formavam a linha adiante, sua liberdade tão perto que eu conseguia praticamente sentir o seu gosto.

Willow rosnou quando atingiu o chão, jogando a cabeça para trás contra o meu rosto com um guincho de frustração. Senti a dor daquilo, a raiva, ecoar nos meus ossos.

Ela tinha chegado muito perto. *Perto demais.*

Meu nariz latejou com o que teria sido um golpe esmagador para um ser humano, ou até mesmo um Hospedeiro. A pontada de dor me mostrou como ela havia me atingido com força. O corpo dela tremia enquanto eu a segurava, sua fúria fazendo cada um dos meus músculos tensionar enquanto ela se preparava para a luta que nós dois sabíamos que era inevitável.

Eu esperava por isso, esperava uma guerra quando a apanhasse e a forçasse a estar nos meus braços.

Eu planejara estar mais longe da linha das árvores, tentando brincar mais com ela, lhe permitir pequenas vitórias que fariam nossa batalha ainda mais prazerosa. Principalmente para quando enfim a rolasse para baixo de mim, rasgasse sua camisola em pedaços e a comesse na terra.

Meu pau ficou duro ao pensar nisso, se contorcendo na minha calça. Havia se passado tanto tempo desde que esse corpo sentira prazer com uma mulher. E mesmo que tivesse sido saciado ontem, minha necessidade por Willow teria me dominado.

Ela esticou o braço para trás e enfiou os nós de dois dedos no meu olho, me forçando a recuar um pouco. Assim, seu tórax se libertou, e ela se debateu embaixo de mim, contorcendo os quadris, mostrando os dentes e me lançando um olhar furioso.

Contornando seu corpo com um braço, eu a forcei a se curvar ligeiramente, levantando-a pela cintura de modo que a sua bunda se erguesse na minha direção. Eu me pressionei contra ela e sua camisola preta subiu pelas suas coxas e expôs o contorno da sua bunda.

— Me solte! — gritou ela, lutando sem parar, o que só fez sua camisola subir mais, até toda a sua bunda estar nua para mim.

— Nós tínhamos um acordo, Bruxinha — lembrei a ela com uma risada. Eu a tinha apanhado, e a prendi no meu abraço mesmo que ela tenha chegado perto de escapar. — Agora, fique parada para eu poder te foder.

— Vou arrancar seu pau quando estiver dormindo e dar para Belzebu comer, seu babaca — rosnou ela, torcendo o corpo para tentar se libertar das minhas mãos que seguravam seus quadris com uma força de ferro.

Deixei meus dedos deslizarem para baixo, para a parte que estava nua embaixo de mim. Ela se encolheu quando a ponta dos meus dedos roçou a sua abertura, mergulhando e circulando seu clitóris até baixar mais o dedo e provocar sua entrada. O movimento involuntário dos seus quadris que veio a seguir a pressionou para mais perto da extensão rígida do meu pau dentro da calça em vez de a afastar, procurando o prazer que só eu podia lhe dar.

Com o primeiro toque do seu calor úmido na minha pele, eu me senti em casa. Eu viveria na boceta dela, viveria no abrigo do corpo dela pelo resto dos meus dias.

— Você pode berrar, e gritar, e me xingar o quanto quiser, mas nada vai mudar o fato de que você *concordou* com isso. Você escolheu isso, e agora? — parei de falar, coletando a umidade da sua boceta e acariciando seu clitóris com os dedos quentes e molhados. Depois me inclinei, sussurrando as palavras impiedosas que mostravam como ela era totalmente adequada para mim. Como sua alma distorcida era sombria e depravada, uma alma que eu reivindicara como minha. — Agora nós dois sabemos como você vai gostar.

— Se pelo menos o restante de você fosse tão prazeroso quanto seu pau — resmungou ela, me arrancando uma risadinha. Ela nunca teve este pau, ela só esteve comigo na minha forma Hospedeira. Não me parecia natural sentir ciúmes da minha outra forma, ter sentimentos de raiva pela minha outra versão ter estado dentro dela.

Se ele não fosse um inútil monte de lama agora, eu o teria matado por ele saber como era penetrar Willow.

Baixei a mão para a minha calça, me libertando, enquanto Willow se contorcia embaixo de mim. Ela ficou imóvel enquanto eu me guiava para dentro do espaço entre suas coxas, deslizando entre elas ao mesmo tempo em que ela as pressionava juntas. Deixei que ela sentisse toda a minha extensão se esfregar por sua boceta, deslizando pela umidade até tocar no seu clitóris.

Minha mão subiu pela camisola dela enquanto eu enfiava só um pouco, provocando-a com o que estava por vir. Nem mesmo ela podia negar o quanto ela queria isso, os mínimos impulsos dos seus movimentos junto com os meus eram uma lembrança flagrante de que, mesmo que ela lutasse, ela sabia disso tão bem quanto eu.

Rasguei sua camisola na parte de trás, ávido para tracejar sua pele nua com meus dedos. Arrastei-os subindo pela sua coluna, sentindo prazer demais com os arrepios que se espalhavam pela sua pele em resposta ao meu toque.

— Se meu pau é a única qualidade que me redime — falei, afastando seu cabelo para enrolar meus dedos em volta da sua nuca. Aproveitei para pressioná-la contra o solo, deixando que ela virasse a cabeça de modo que eu visse seu perfil. Eu a prendi, deixando-a perfeitamente imóvel enquanto eu movia o quadril e recuava —, então eu espero que você passe a maior parte do seu tempo sentada em cima dele, esposa.

Impulsionei para a frente, me enterrando dentro dela com uma investida forte e rápida. Ela arfou, o som ficando mais alto quando seus lábios se abriram e seus olhos se fecharam. O grunhido que escapou de mim foi rasgado da minha alma à medida que os sons que ela emitia aumentavam e se tornavam gemidos intensos de prazer, me deixando mais determinado ainda a fazê-la gritar.

Para permear a floresta com o som do seu prazer puro e implacável. Fazê-la experimentar a exata sensação que tomou conta de mim, desde a ponta do meu pau, subindo pela minha espinha e me enchendo com o impacto do seu calor. Ela estava muito molhada quando recuei e meti mais fundo, abrindo-a ainda mais para mim. A magia do nosso vínculo conjugal se encaixou quando ele foi finalmente consumado de verdade, em todo aquele calor devorador.

Os olhos de Willow se abriram de repente, um lampejo de preto consumindo-os gradualmente. Aquele olhar brilhou no meu, o choque e a incredulidade espreitando por trás da íris escura que a marcava como minha. Ele logo desapareceu, seus olhos reassumindo o tom descombinado pelo qual me apaixonei, enquanto a magia mergulhava em todos os cantos da sua alma e do seu corpo.

Ainda assim, ela continuou me encarando fixamente, um desafio no seu olhar e no seu corpo tenso. Recuei e comecei a fodê-la mais rápido. Não porque eu queria apressar o tempo com ela, mas porque eu não conseguia imaginar nada diferente disso.

Minha *necessidade* de enchê-la com meu gozo era inegável. Minha necessidade de vê-lo escorrer da sua boceta inchada como algo que eu nunca tivesse visto. E quando eu a levasse de volta para o nosso quarto, eu treparia com ela de novo e a sentiria molhada com os meus vestígios nela.

— Gray — disse ela, seu gemido, uma música para a minha alma. Era a súplica de uma mulher à beira do arrebatamento, que não podia negar o orgasmo que viria para dominá-la. Eu a soltei, saindo dela, e ela me dirigiu um olhar intenso.

— Tome tudo que precisar, amor — declarei, me ajoelhando e esperando ela se mover. Eu queria que não houvesse dúvidas em sua mente de que ela queria isso. Eu não queria que ela fosse capaz de reescrever a história e dizer que não era a vontade dela quando a tomei, e eu a conhecia bem o suficiente para saber que ela tentaria negar a parte mais sombria de si mesma que ela não queria confrontar.

Ela não estava pronta para dançar com o monstro sob sua pele. Para reconhecer que, embora eu fosse o diabo, ela havia se sentido à vontade na minha alma e ficou confortável lá.

Enfim ela se ajoelhou, respirando fundo e me encarando, totalmente focada. Eu ainda estava completamente vestido, a não ser pela braguilha aberta, e seu olhar passivo passeou por mim até parar no meu pau pela primeira vez. Ela estendeu a mão e me empurrou para trás com uma força que conseguiu me derrubar. Caí de costas no chão da floresta, me ajustando para levar minhas pernas a um ângulo natural enquanto Willow tirava sua camisola rasgada e destruída e se levantava. Ela caminhou até mim, me encarando de cima, me dando uma visão perfeita de toda a sua glória.

Willow se ajoelhou rápido, depressa demais para um ser humano, e pareceu perceber isso quando diminuiu a velocidade ao montar nos meus quadris. Ela se ergueu apenas o bastante para deslizar a mão entre nós, colocando meu pau no ângulo que ela precisava para que pudesse se encaixar nele enquanto seus olhos se fechavam.

— Puta merda — gemi, alcançando seus quadris quando ela começou a se mover. A maneira como ela me cavalgava parecia uma dança, um movimento fluido dos seus quadris para trás e uma arremetida forte para a frente, me levando até o fundo, esfregando seu clitóris contra mim a cada impulso.

Ela agarrou os lados da minha camisa com as duas mãos, abrindo-a com agressividade, de modo que os botões voaram, e ela tocou no meu peito em busca de equilíbrio. Ela hesitou só um instante quando a marca da sua mão no meu peito ficou à vista, ajustando as mãos sobre ela para bloqueá-la do seu campo de visão. De alguma forma, a ferida tinha se curado, o vermelho brilhante desaparecera e deu lugar a uma cicatriz branca. Eu esperava que nunca sumisse, que ficasse em mim para sempre.

Eu a observei, reprimindo meu próprio prazer por tempo suficiente para permitir que minha mulher me usasse de uma maneira que eu nunca achei que fosse apreciar.

No entanto, eu gostava de tudo que proporcionasse prazer a Willow.

— Isso, amor — murmurei quando ela jogou a cabeça para trás. Seus mamilos enrijeceram na minha direção, me implorando para tomá-los na minha boca e adorá-los da maneira que cada pedacinho dela merecia.

Mais tarde.

Teríamos séculos juntos — uma eternidade para eu venerar cada parte dela.

Ela buscava seu alívio, os movimentos dos seus quadris ficando menos ritmados e controlados. Seu corpo virou um caos a consumindo, seus gemidos quase me fazendo gozar. Ela ficou em silêncio quando o orgasmo a atingiu, sua boca se abrindo em um grito sem som enquanto o centro do meu peito queimava.

O preto preencheu minha visão, sombras cercando suas mãos onde ela me tocou quando gozou. A queimadura era diferente de tudo que eu já sentira, mais quente do que as chamas do próprio Inferno. O tecido da cicatriz branca embaixo das mãos dela se alterou, formando um padrão totalmente novo — uma coisa única.

Porra, ela me marcou.

Saber que ela me considerava seu marido me trouxe mais alegria do que deveria. Apesar de eu saber que não tinha sido intencional, não consegui evitar o sorriso que surgiu no meu rosto ao estender o braço e a puxar para mim. Selando seus lábios nos meus, devorei sua boca quando me virei para ficar por cima e levantei uma de suas pernas para continuar a fodê-la.

— Bruxinha malvada — falei com uma risada, sentindo sua boceta se contrair em volta de mim a cada estocada. Ela ainda experimentava os espasmos do seu orgasmo, seu corpo ondulando enquanto eu metia dentro dela com o máximo de força e velocidade que eu conseguia.

— Caralho! — gritou ela, o som preenchendo o silêncio ensurdecedor da floresta quando eu a levei a um segundo orgasmo logo na sequência do primeiro. Sua boceta me apertava, me mantendo prisioneiro até me fazer gozar. Eu a enchi com bombeadas curtas, rugindo meu próprio alívio, enquanto inclinava meu corpo na direção dela e mordia o seu ombro. Não havia presas para tirar sangue, e senti falta da sensação daquela parte dela em mim.

Quando me afastei, o olhar da bruxinha se desviou para o emaranhado circular de labirintos impresso no meu peito.

O labirinto de Hecate tinha marcado a minha pele; a marca da minha mulher necromante queimou minha pele como ferro em brasa.

Willow engoliu em seco, me encarando, e ficou sem palavras.

— Você é minha agora, Willow Estrela da Manhã.

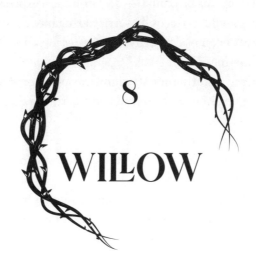

8
WILLOW

Aquela marca no peito dele prendeu minha atenção, formando um nó latejante na minha garganta enquanto eu tentava entender o que eu tinha feito. Não tinha a intenção e nem queria reivindicar ele, de qualquer forma que fosse, mas a magia pulsando nas minhas veias agora parecia selvagem… incontrolável.

— O que você fez comigo? — perguntei a ele, me recusando a permitir que ele percebesse a emoção contida na minha voz. Minha conexão com a terra sempre havia sido forte, uma relação intensa, já que eu amava essa parte de mim mais do que qualquer outra.

Mas agora…

Agora, parecia que a magia em si estava viva dentro de mim, como se ela se contorcesse e ondulasse sob a minha pele. Havia um matiz mais escuro nela, como se sombras estivessem seguindo a luz. Uma luz que eu só podia presumir ser o que herdei de Charlotte e seus ossos pendurados em volta do meu pescoço. A parte que mais me assustava era a ameaça pulsante que desejava morte e destruição, o ciclo da vida que exigia um pagamento.

Não podia ser eu a realizar isso. Eu não podia fazer escolhas entre a vida e a morte.

— Eu sei que você era virgem antes, mas já fizemos sexo muitas vezes agora e sei que está ciente do que é um orgasmo, meu amor — respondeu Gray, curvando uma sobrancelha com aquele sorrisinho irritante que tentava fazer uma brincadeira em meio a uma situação séria. Como se ele não tivesse virado minha vida inteira de cabeça para baixo.

— O que eu sou? Eu não devia ter sido capaz de queimar sua pele. Não sou uma bruxa do fogo…

— Você ainda é minha bruxinha — declarou ele, a expressão no seu rosto se suavizando e perdendo os traços do sorriso arrogante e provocador.

Ele me observava como se eu estivesse prestes a ter um colapso nervoso, e talvez estivesse mesmo.

Ataques de nervos normalmente significavam chorar no banho, onde ninguém podia me ver. Mas, aqui, cercada pela natureza e pelo curso natural da vida...

Não sei o que aconteceria. Agora não.

— Você é minha esposa — acrescentou ele, tocando na parte de baixo do meu queixo com um único dedo.

— Ainda sou humana pelo menos? Ainda sou uma bruxa? — perguntei, olhando para a floresta à minha volta. Eu ainda sentia o zumbido das árvores no meu sangue, mais alto do que nunca, então não achei que minha conexão com aquela parte de mim tivesse sido afetada.

Mas estava claro que havia alguma coisa diferente.

— Você nunca foi humana — respondeu Gray, declarando um fato que eu nunca tinha aceitado. Posso ter tido magia nas veias, mas eu sangrava da mesma maneira que um ser humano. Eu me machucava, e sentia fome, e todas as partes de mim que importavam me *pareciam* humanas.

O irmãozinho que eu amava parecia humano, já que permaneceria sem poderes até seu décimo sexto aniversário. Era através dos seus olhos que eu via o mundo, através da vida que eu sabia que ele viveria sem mim, que eu via o que eu desejava ter tido.

Entretanto, eu não era forte o bastante para ficar sozinha no meu corpo, sem minha magia para alcançar isso. Não era forte o suficiente para encarar o vazio que minha vida havia deixado, as lacunas onde o amor devia ter residido e só havia dor, sofrimento e raiva.

— Eu sou uma bruxa? — indaguei, observando enquanto ele esticava o braço na direção de uma das árvores próximas a nós. Ela respondeu ao seu chamado, movendo um único galho na direção dele para que pudesse tirar uma folha. Ele a fitou como se fosse uma coisa curiosa. Parecia que ele não conseguia entender por que eu me importava tanto com uma coisa tão... comum.

— É complicado — disse ele, seu olhar dourado finalmente encontrando o meu.

Engoli em seco, tentando lutar contra o tremor do meu lábio inferior. Não aguentava nem pensar em perder tudo o que me era familiar.

— Como assim? — sussurrei, uma tensão na voz mostrando que minha paciência estava diminuindo. Ele tinha me trazido de volta à vida quando eu não tinha pedido; o mínimo que ele podia fazer era explicar o que havia feito comigo.

— Para trazer você de volta, precisei te dar muito do meu sangue. Mais do que daria agora que aceitou o vínculo conjugal. Só dei tanto sangue assim para uma pessoa no passado, e foi por um motivo bem diferente, mas algumas consequências parecem similares.

— Charlotte? — perguntei, meu tom de escárnio. Claro, minha ancestral seria a única outra pessoa. Eu parecia fadada a repetir sua história de vida. — Vocês dois eram...

— Não. Charlotte e eu tínhamos uma relação de respeito mútuo, mas nunca houve nada além de uma tentativa de amizade. Ela não confiava em mim e eu não confiava nela, mas eu respeitava sua garra. — respondeu Gray, fazendo uma pausa para olhar na direção da floresta, seu corpo tenso. — E não foi para ela que eu doei o meu sangue, apesar de ter sido a pedido dela.

— Para quem então? — perguntei, minha testa franzindo ao perceber a única outra possibilidade que me vinha à mente. — A Aliança? — acrescentei, as palavras parecendo rasgar minha garganta.

— Sim, meu amor. A dádiva do meu sangue foi o que ressuscitou Susannah e George dos seus túmulos. Nem mesmo a magia de Charlotte podia reanimar uma pessoa além do momento em que ela mantinha o controle. Uma vez que ela liberasse sua magia, eles retornavam ao seu estado natural — explicou ele, fazendo meu sangue congelar.

Olhei na direção da floresta, atenta ao som de folhas sendo pisoteadas, tentando conter meu pânico crescente.

— Isso significa...

— Significa que você é o que deve ser. Nossos povos têm a oportunidade de viver em verdadeira harmonia com você para guiar as bruxas de volta às antigas maneiras, e comigo guiando os arquidemônios e os Hospedeiros a um novo estilo de vida — articulou ele, e alguma coisa esperançosa brilhou nos seus olhos dourados. — Podemos construir um lar aqui.

Fiquei pensando, mesmo que por apenas um segundo, se o Inferno alguma vez pareceu o seu lar. Ou se aquilo tinha sido uma lembrança do castigo dele, um lugar de onde ele não podia escapar, assim como as almas presas lá. Afastei esse pensamento de piedade, determinada a não me permitir sentir nada pelo homem que tinha me usado e partido o meu coração sem remorso.

— Você matou doze bruxos para me trazer de volta. O coven não vai perdoar isso — disparei, balançando a cabeça diante da estupidez dele.

— Matei doze bruxos que vieram de famílias de fora do Vale do Cristal — disse ele com um sorriso diabólico. — Bruxos que não tinham família nem relações aqui. Vão ficar com raiva por um tempo, mas os humanos são muito fugazes. Mesmo que a raiva deles perdure, vão morrer logo de qualquer jeito. O futuro nós é que vamos escrever — acrescentou ele, me dando um último sorriso antes de se virar de repente.

Um dos Amaldiçoados saltou das árvores que nos cercavam, jogando todo o seu peso sobre Gray. O diabo o pegou pela garganta, a mão implacável o segurando no alto. Os ossos do meu pescoço chacoalharam, se esticando na direção da criatura com o chamado da magia que parecia tão familiar e ainda assim tão diferente. Enquanto a pulsação da terra no meu sangue parecia um conforto caloroso, esse era um mergulho frio em profundezas geladas.

Meus dedos formigaram, as pontas doendo enquanto eu lutava para manter a mão pressionada do meu lado. Essa magia — Magia Preta — não era uma coisa que eu queria para mim. A única vez que tinha pensado nela foi para destruir os Hospedeiros por vingança.

Nunca planejei usar para mais nada.

Gray o segurou firme, sua atenção se voltando para mim e a luta que ele podia sem dúvida sentir.

— Sempre siga a magia, Bruxinha — murmurou ele, virando a criatura que segurava. Ele envolveu a parte frontal da garganta da criatura com a palma da mão e a manteve presa com uma força inimaginável. Os braços do lobisomem se debatiam, o dorso de suas mãos totalmente coberto com pelos e as garras mais longas do que as de um lobo normal. — Se ela quer a vida dele, supra esse desejo. Um necromante precisa alimentar o equilíbrio da mesma maneira que você alimenta a terra.

Porém, não era a morte que chamava a minha magia, apenas o sacrifício de sangue, pele e carne. Eu me movi na direção do Amaldiçoado, engolindo em seco enquanto ele tentava me abocanhar. As mãos com garras se agitavam, balançando para pegar um pedaço de mim, ao mesmo tempo em que eu o encarava fixamente.

Um gesto da minha mão chamou a terra sob os pés dele, e as raízes se estenderam a partir do chão da floresta para enlaçar suas patas caninas traseiras, que apoiavam o seu peso. Elas se enrolaram em volta do corpo da criatura, cercando o seu tórax e prendendo suas mãos do lado. Gray o soltou aos poucos, se afastando quando teve certeza de que eu o mantinha bem preso.

Ele se colocou atrás de mim, passando um braço em volta da minha cintura e se moldando à minha coluna. Eu não devia ter apreciado o apoio ou a maneira como ele me fez sentir ancorada, dando ao meu corpo um suporte para a magia que ameaçava me consumir.

— Dê a ela o que ela quer — murmurou Gray, roçando a lateral do meu pescoço com o nariz de uma maneira que me trouxe tanto vergonha quando conforto.

— É demais — repliquei, balançando a cabeça.

Minha mão tremia junto ao meu corpo, a força da magia grande demais para que eu conseguisse ignorá-la. Eu não queria nada que me forçasse a fazer algo, que pudesse tirar a minha vontade, com a magia tomando o controle.

— Libere. Vai se esgotar lutando assim. A linhagem Madizza é só uma das linhagens de bruxas Verdes. Existem duas, o que significa que os Madizza só controlam metade da magia da terra que eu concedi. A linhagem Hecate é a única linhagem necromante. Tudo isso existe dentro de você. Vai precisar de tempo para se ajustar à força desse poder — informou ele, colocando a mão em volta do meu braço. Ele o levantou na minha frente, parando a meros centímetros do peito do Amaldiçoado e permitindo que eu o tocasse sozinha.

Senti a pulsação do seu coração sem encostar nele, senti as batidas do seu pulso no mesmo ritmo que o fluxo do seu sangue. Sua vida pairava muito próxima, mas eu não sentia o chamado.

Porque a necromancia não era ligada à morte, e sim para dar vida àqueles que já a tinham perdido.

Toquei no peito dele com a palma da minha mão de maneira decisiva, e uma torrente de tentáculos pretos se espalhou para absorver a minha mão. Eles me cercaram, pulsando da minha carne para se enrolarem em volta do pescoço dele.

Seus olhos se mantiveram fixos nos meus, alguma coisa humana à espreita naquele olhar quando ele ganiu. Aquele ganido, uma súplica, escalonou para um grunhido, o som ecoando no meio das árvores, e ele jogou a cabeça para trás.

Pelos caíram no chão da floresta, se desprendendo da sua cabeça e esvoaçando no vento até tocar nas folhas embaixo. Elas os enveloparam, tomando-os como uma oferenda.

Assistindo apavorada, eu não conseguia arrancar a mão enquanto sua pele seguia derretendo como se tivesse sido mergulhada em ácido. Seu focinho desapareceu, o sangue pingando do seu rosto conforme ele se transformava em um homem. Sua figura encolheu, suas pernas e seus braços se contorcendo e os ossos estalando. As garras se retraíram enquanto os cabelos de uma cabeça humana cresciam para substituir os pelos.

As raízes das árvores recuaram para dentro da terra, retornando ao lugar a que pertenciam e deixando o homem que tinha tomado o lugar do Amaldiçoado cambaleando. Seus braços se levantaram, segurando meu pulso com delicadeza, e ele caiu de joelhos na minha frente.

Ele estava totalmente nu, e uma vibração de desaprovação veio na forma do grunhido de aviso de Gray.

O Amaldiçoado virou o rosto para cima para me olhar, chocantes olhos violeta de um homem, humano e bonito, encontrando os meus.

— Consorte — disse ele, a voz cheia de admiração, se inclinando para a frente e esfregando o rosto na mão que ele segurava. — Eu sou seu.

9
GRAY

Willow ficou paralisada, fitando o homem ajoelhado na sua frente com pavor. Um rugido ressoou na minha garganta, vendo-o afagar a mão da minha esposa como se ela fosse a última mulher da Terra.

— *Minha* consorte — esclareci da minha posição atrás dela. O imbecil não desviou os olhos de Willow, incapaz de tirar aquele olhar sinistro dela. Quando Charlotte aprisionou os Amaldiçoados na floresta, não achei que fosse possível desfazer a ação. Não deveria ser uma surpresa, visto que toda magia tinha um preço.

Eu só tinha que imaginar qual seria o custo para Willow; o que ela faria com o conhecimento recém-adquirido de que ela podia libertar aqueles que permaneciam na floresta.

Pressionei-me com mais força contra a espinha dela, fazendo minha presença ser notada quando ela parecia prestes a se esquecer da minha existência.

Ela soltou o ar com força, apoiando-se no meu corpo como se de repente seu peso fosse demais para ela sustentar. Meu braço firmou mais em volta da sua cintura, reivindicando-a para mim mesmo quando o Amaldiçoado deu um salto e ficou de pé para ampará-la. Willow aceitou minha ajuda, sua incerteza sobre o homem na frente dela levando-a a se inclinar no único apoio que possuía. Se fosse por mim, eu não ia precisar esperar pelo dia em que eu seria tudo o que restasse para ela. Quando todos os que ela conhecia e com quem se importava teriam partido, esse era o dia em que eu sabia que Willow seria minha e só minha.

— Seu nome — disse Willow. As palavras não eram uma pergunta, mais uma exigência sussurrada. Os olhos da criatura pulsaram com luz, o violeta brilhando quando se levantou e pareceu não se incomodar nem um pouco com a própria nudez.

— Jonathan — respondeu ele, sua expressão ficando confusa como se ele precisasse se esforçar para tentar localizar a lembrança de quem ele havia sido tantos séculos antes. — Jonathan Hatt.

Willow esticou as pernas, se impulsionando para se levantar até endireitar sua postura diante do homem Amaldiçoado. Ela esticou a mão, se desvencilhando do meu toque, e segurou o rosto de Jonathan. Eu me movi apenas um pouco para o lado, ainda perto o suficiente para observar o que ela iria fazer. Embora me doesse fisicamente permitir que ela encostasse em outro homem, a expressão no rosto dela não tinha nada a ver com desejos carnais e tudo a ver com o reconhecimento das suas próprias capacidades.

— Sua dívida ainda não foi paga, Jonathan Hatt — informou ela, as palavras ditas com gentileza. Embora elas fossem simplesmente um sussurro, devido à sua exaustão, não havia como negar o poder que reverberava em cada nota. Seu olho violeta brilhou quando ela as pronunciou.

— Uma dívida como a minha nunca pode ser inteiramente quitada, Consorte — replicou Jonathan, e a reverência na sua voz me fez cerrar o punho.

Tentáculos pretos retintos saíram da ponta dos dedos de Willow, se enterrando na bochecha de Jonathan. Ele não recuou apesar da maneira como os tentáculos aferroaram sua pele, penetrando fundo. O zumbindo da magia encheu a clareira, fazendo meu sangue ecoar a sinfonia da minha mulher.

Uma pelagem se espalhou ao longo da pele do homem quando ela o tocou, as costas dele arqueando e os ossos estalando quando ele caiu de quatro. Ele estava bem mais baixo do que na forma da criatura Amaldiçoada, uma textura mais macia o envolvia quando todo o seu ser encolheu.

Ele ficou cada vez menor, seus gritos abafados, enquanto ele lutava para contê-los. Eles foram diminuindo com o tempo, o som estridente sumindo e se transformando em um miado distintamente felino.

O pequeno gato preto se enrolou nos pés de Willow, se esfregando nos seus tornozelos e espichando para encará-la com admiração. Os olhos dele continuavam violeta, e seu miado virou um ronronar quando Willow se curvou para pegar no colo a criatura inútil.

Ela afagou a parte de trás do pescoço do gato, fazendo-o se inclinar ao toque para se aproximar dela. Sua outra mão continuou no rosto dele, o polegar e o indicador esticando para dar ao gato acesso à pele entre eles.

Ele lambeu a superfície antes de mordê-la, enterrando as presas na pele dela e tomando o que não lhe pertencia. Eu me aproximei, pegando-o pelo cangote e puxando sua cabeça para trás.

Seu rosto se alongou e se transformou na imagem de um focinho, uma lembrança do Amaldiçoado que ainda continuava dentro dele, apesar da nova forma que Willow tinha lhe concedido, enquanto ele rosnava para mim.

— No que você estava pensando? — perguntei, grunhindo para a minha mulher quando ela soltou o gato. Eu o joguei no chão, olhando com raiva quando ele aterrissou de pé de uma maneira que parecia natural demais para um ser que até poucos instantes antes não era um felino.

Ela tinha tomado um Amaldiçoado e criado um maldito familiar, um bichinho de estimação de bruxa, embora eu nunca fosse esquecer o que ele realmente era por baixo do pelo.

Um maldito homem que estava perto demais da minha esposa.

— Sangue é poder — disse Willow, cambaleando quando seus joelhos cederam. Sua pele vibrava de energia no momento em que a segurei, pulsando em cada ponto que nos conectava. A necromancia dentro dela tinha provado um gostinho do seu poder, de se ver livre após ficar adormecida por décadas. Os ossos em volta do seu pescoço sacudiram no exato minuto em que o seu corpo despencou sob o peso daquele poder, precisando de um tempo para se desenvolver ao nível do que ela era capaz.

Do que a magia exigia dela.

— Então por que dar para alguém que não merece? — questionei, pegando-a no colo. Ela não lutou, aninhando a cabeça no meu peito de tão exausta que estava. Willow podia ter lutado com todas as forças contra a nossa conexão quando estava forte, mas, nos seus momentos de vulnerabilidade, ela revelava exatamente quem era por baixo de toda a sua bravata: uma garota jovem apavorada pelo fato de estar enfrentando o mundo sozinha.

Ela achava que ninguém repararia se ela conseguisse apenas fingir não ser afetada, focando nas amizades superficiais que tinha feito, sem nunca permitir que aquelas pessoas que podiam se importar com ela conhecessem sua alma a fundo.

Amar era perder. Amar era sofrer. Quer fosse um pai que colocava suas próprias necessidades acima das nossas ou os irmãos que seríamos forçados a deixar, amar significava dor para seres como nós.

— Porque eu cuido do que é meu — respondeu ela, os olhos se fechando, e um grunhido ressoou no meu peito. Eu não tinha dúvidas de que ela podia sentir, de que o ar estava saturado pela ira transbordando no meu sangue quando passei pelo maldito gato que caminhava ao meu lado e se recusava a sair do lado dela.

Ela não dormiu — embora não tivesse aberto os olhos para ver a minha raiva —, escolhendo se esconder, em vez disso. Deixei passar, compreendendo que, assim como eu, ela também não sabia o que estava acontecendo.

Ser um familiar em geral era relegado a animais *de verdade*, embora, pela maneira como Jonathan a tinha encarado e insistido em continuar com ela, eu não conseguisse pensar em nenhuma outra alternativa.

Era uma complicação que eu não precisava ou queria na nossa vida, um ser que tentaria o tempo todo demandar uma atenção que ela não tinha tempo para dar.

Já que o seu tempo pertencia a mim.

— Acho que você ficaria chateada comigo se eu me livrasse dele, então? — sondei, injetando humor na minha voz apesar de não ser uma piada.

— Furiosa — murmurou ela, ainda sem abrir os olhos.

Sua exaustão me atingiu, se espalhando pelo vínculo entre nós. Virei-me, pressionando os lábios na sua testa enquanto voltava para a universidade que se tornaria nossa casa por um tempo.

Em algum momento, nós nos mudaríamos para a cidade do Vale do Cristal, nos tornando uma parte totalmente integrada da comunidade. Eu estava falando sério quando lhe disse que podíamos construir um lar aqui, um lugar onde bruxos e Hospedeiros pudessem aprender a coexistir em harmonia pacífica.

Já havia sido assim, antes de Susannah e George decretarem a Escolha para me impedir de ter a mulher que romperia o lacre e permitiria que minha forma física existisse na Terra pela primeira vez desde que eu fora banido para o Inferno. Eles tinham aberto um fosso entre nós em uma competição desesperada por poder, e de repente precisei aguardar minha hora de conseguir o que devia ter sido meu já fazia séculos.

Fitando o rosto de Willow quando ela enfim sucumbiu ao sono, sua respiração se tornando mais estável em um ritmo calmo que trazia tranquilidade, eu não teria mudado aquilo por nada.

Ninguém mais faria eu me sentir daquela maneira como ela nos meus braços. Ninguém mais teria me tentado a ir tão longe para mantê-la viva.

Eu não teria me importado com mais ninguém; todos eram apenas um meio para atingir o fim que eu queria. Só que Willow era mais do que alguém com quem eu me importava.

Porra, ela era tudo.

Perambulei para fora da floresta, olhando para a universidade, enquanto me encaminhava para os portões da frente. Leviatã mantinha guarda do lado de fora, mas dei uma única olhadela e ele aquiesceu antes de assumir uma posição atrás de mim. Ele nos seguiu para o quarto onde eu deixaria Willow descansando, mantendo-o de olho nela do meu escritório enquanto eu tentasse lidar com parte do caos que havia se instaurado depois da minha tomada hostil do coven.

Ela não tentaria fugir de mim de novo, sabendo que era inútil. Eu a sentiria em qualquer lugar agora que nosso vínculo estava completo, nos ligando irrevogavelmente.

Eu a encontraria não importava onde ela tentasse se esconder, e massacraria qualquer um que tentasse ajudá-la.

Willow não permitiria isso por causa de seus escrúpulos.

10
WILLOW

Eu me estiquei para a frente, estendendo o braço na escuridão e buscando alguma coisa que eu não conseguia ver. Não existia nada a não ser o breu da noite pura; a luz atrás de mim era algo semelhante a uma lembrança desbotada.

Inspirei fundo quando a luz piscou, atraindo meu olhar para as trepadeiras que rastejavam ao longo do chão para me alcançar. Tão perto, e ainda assim tão longe, eu sabia que elas não me tocariam antes de eu mergulhar nas sombras da morte.

Desprovida de vida, a paisagem árida de terra seca e cinza se estendia sob meus pés. Os pelos do meu corpo se arrepiaram quando dei um único passo para a frente, guiada pelo barulho dos ossos em volta do meu pescoço. Eles buscavam aquilo que os esperava naquelas trevas, fosse o que fosse que os chamasse para casa.

A escuridão sussurrou o meu nome, o som muito mais nítido do que jamais fora.

Dei um passo para me aproximar mais, até onde o meu cotovelo mergulhava no frio negrume. Uma olhada minuciosa na escuridão confirmou as imagens nebulosas de mulheres paradas em uma fila para que eu visse. Doze mulheres estavam diante de mim, começando pela esquerda. Uma das mulheres usava roupas tão antiquadas que eu percebi quem ela devia ter sido.

A filha de Charlotte.

Ela se parecia tanto com a mãe, e a ausência da Primeira Bruxa pesou no meu coração com intensidade conforme eu passava pela fila. Minha tia estava ao final dela, sua mão estendida para me dar boas-vindas.

— Venha, Willow — chamou ela, sua expressão solene enquanto eu hesitava.

— Não estou pronta — falei, balançando a cabeça.

Eu não estava pronta para a morte me engolir, para me tornar mais uma das bruxas Hecate ligadas pelos ossos.

Nossa linhagem morreria comigo.

Por mais que eu pensasse que queria isso ao acordar da minha breve morte, me lembrei do frio daquela escuridão na minha pele. Eu me lembrei do vazio dentro de mim por saber que falhei.

— Você nunca vai estar pronta — afirmou ela, com um sorriso triste. — Não permita que ele transforme você em algo que não é. — Uma imagem muito esmaecida de um caminho sombrio surgiu atrás dela, o formato borrado de sebes verdes aproximando-me atraindo como uma armadilha.

Parei e avaliei as palavras dela e a estranheza que senti no meu corpo a cada movimento que eu fazia. Eu estava rápida demais, forte demais, tudo *demais para ser a mesma de antes.*

Por mais que isso me apavorasse, também sabia qual era a única coisa que importava mais do que tudo.

Eu vim até aqui para encontrar a fraqueza de Gray. Vim até aqui para encontrar os ossos e usá-los para Desfazer os Hospedeiros e vingar a minha tia. Achei que a Aliança era responsável pela morte dela, mas não eram.

Minha missão englobava tanto destruir os Hospedeiros quanto vingar minha tia e Gray tinha cometido um erro fatal.

Ele tinha me dado a sua fraqueza.

Eu ainda o faria se arrepender.

Acordei num pulo, meu braço esticado na direção do teto, e o deixei cair do meu lado. Arrepios pontilhavam minha pele, o resquício físico da visão permanecendo para me dizer que era real. A linhagem Hecate tinha sempre desfocado as linhas entre a vida e a morte, entre o que era real e o que era apenas *visto*.

Sentei-me devagar, envolvendo minha barriga e notando que eu vestia uma camisola simples de seda preta. Gray deve ter trocado a minha roupa quando me trouxe de volta para este quarto, e me forcei a não me sentir assediada ao perceber isso. Não era nada que ele não tivesse visto e tocado uma hora antes, afinal.

Minha desconexão com a carne era estranha, como se eu percebesse de repente que meu corpo era apenas aquilo. Mesmo se minha alma tivesse se separado da minha forma por um tempo, eu continuava sendo *eu* no tempo em que permaneci sem ela. Meu corpo era apenas um Hospedeiro, igual ao de Lúcifer.

O Inferno era o oposto daquele lugar escuro, frio e vazio? Foi calor o que queimou a pele dele a cada momento da sua existência, um vácuo preenchido pelo fogo eterno?

Enxotei esse pensamento, jogando as cobertas para o lado e deslizando as pernas para a beirada da cama. Forcei-me a realizar movimentos vagarosos, tentando me mexer da maneira como eu achava que fazia antes. Parecia tão devagar que chegava a ser doloroso, como se precisasse de todas as minhas forças para ignorar quanto tempo eu estava perdendo.

Fui até o banheiro, entrando no chuveiro para ligar a água. Tirei a camisola que Gray colocara em mim e a observei caindo no chão quando entrei no banho. A água pareceu quente demais na minha pele em contraste com o frio daquela escuridão vazia. Eu a deixei me lavar, me trazendo de volta do limiar de algum lugar para onde eu ainda não queria ir.

Uma vez que os Hospedeiros tivessem ido embora e o coven voltasse a praticar as tradições que nunca deveriam ter desaparecido, eu entraria na escuridão e aceitaria o meu destino.

Ao fazer isso, libertaria meus antepassados que estavam presos lá, oferecendo seu poder aos ossos que o concediam a mim. Eles não podiam se mover de verdade até nossa linhagem completar seu destino, e eu sentia isso na minha alma enquanto os ossos pareciam se aquietar na minha clavícula.

Eu os segurei contra minha pele, sentindo o sussurro do seu desejo de paz dentro de mim. Eu a daria para eles quando nosso trabalho estivesse concluído e os erros de Charlotte fossem consertados.

Quando terminei o banho, avancei pelo ar frio do banheiro e me sequei antes de me vestir. Eu não conseguia suportar pegar o uniforme verde floresta que me marcava como uma Verde, não quando eu me sentia tão longe daquela garota. A magia Verde ainda pulsava dentro de mim; no entanto, eu me sentia desleal a ela quando ela guerreava com a magia Preta.

Revirando as gavetas de Gray por alguma coisa para usar, fiquei chocada quando abri uma delas e encontrei minhas roupas do outro quarto. Todas as peças que ele tinha providenciado que fossem trazidas para mim quando cheguei ao Vale do Cristal estavam nas suas gavetas, como se eu tivesse ido morar com o homem que se considerava meu marido.

Mas eu não tinha feito isso.

Enverguei minha armadura em vez de me fixar em como aquela situação era errada, vestindo o que me era familiar antes de eu me tornar uma bruxa Hecate de verdade. Meus jeans pretos e meus coturnos me faziam me sentir mais como eu mesma, e enfiei um suéter preto folgado pela cabeça para acompanhar, deixando-o caído em um dos ombros antes de sair à procura do homem que havia me tirado tudo.

Talvez minha vida pudesse ter sido muito diferente se ele nunca tivesse sussurrado planos de vingança no ouvido do meu pai.

Abri a porta do quarto, olhando para os meus pés quando Jonathan miou e se esfregou em volta dos meus tornozelos. Abaixando-me, eu o peguei no colo e o aconcheguei no meu peito, deixando-o afagar meu queixo quando entrei na sala de estar. Ele mordiscou minha pele, tirando uma minúscula gota de sangue com seus dentes afiados.

— Familiar voraz — eu o repreendi, olhando feio para ele ao me encaminhar para a sala.

Um dos arquidemônios estava sentado em uma cadeira de costas para mim, mas eu o vi erguendo a mão para bater uma garra preta e comprida uma vez na própria bochecha.

Leviatã.

Ele se levantou devagar, imenso, enchendo o espaço com sua altura. Engoli em seco quando ele virou o rosto para mim, me lançando um olhar sério que me fez sentir insignificante. Ele era o mais alto dos arquidemônios, fazendo a sala parecer pequena. Estava sem camisa, como se não tivesse conseguido encontrar uma em que coubessem os músculos grandes e largos que se distendiam pelos seus ombros e bíceps. Seus antebraços eram cobertos de escamas pálidas e iridescentes que pareciam se misturar à sua pele. Elas cintilavam de relance com a luz do sol quando ele se movia, me lembrando uma serpente do mar. Seus olhos eram como o azul vivo do Caribe, dispostos em um rosto quadrado com a mandíbula definida. Ele afastou do rosto o cabelo preto na altura dos ombros, exibindo as linhas das suas feições acentuadas sem empecilho.

— Consorte — cumprimentou ele, inclinando a cabeça para o lado quando aquiesci e me virei para me encaminhar para a porta. — Ele pediu que você ficasse no quarto por enquanto.

— Ah, me poupe! — exclamei, parando de andar e me virando, com um tom irônico. — Ele não saberia *pedir* nem que a vida dele dependesse disso.

A boca de Leviatã se abriu em um sorriso, seus dentes brancos alinhados e perfeitos. Só a extensão das presas fazia aquele sorriso parecer qualquer coisa, menos humano, maior ainda do que as dos Hospedeiros. — Que bom que conhece ele o suficiente para ler nas entrelinhas.

— Só que eu não conheço nada dele de fato, não é? — questionei, fazendo carinho na parte de trás do pescoço de Jonathan para me trazer conforto. Isso me dava um apoio para suportar a dor, o turbilhão dentro de mim.

Não queria conhecê-lo antes, mesmo sabendo que era a coisa mais inteligente a se fazer. Precisava da sua fraqueza, mas não queria saber o que o tornava humano.

Agora eu percebia como ele tinha me contado pouco. Os pedacinhos da sua humanidade foram compartilhados com o intuito de me cativar, para servir ao seu propósito, e para me levar exatamente aonde ele me queria.

Na verdade, mesmo se eu não quisesse admitir, era mesmo tão diferente do que homens humanos faziam com as mulheres com quem eles queriam dormir? Omitir as verdades horríveis para compartilhar belas mentiras parecia um comportamento padrão no processo de cortejar, pelo que eu tinha visto.

Porém, a maioria dos homens humanos não esfaqueava suas parceiras e invocava arquidemônios.

— Suspeito que conheça ele melhor do que acha agora, Consorte — replicou ele, dando um passo à frente para se colocar entre mim e a porta.

Engoli minha ira, soltando um protesto baixo.

— Eu tenho nome.

— Consorte...

Minha resposta seguinte foi mais alta, mais firme, enquanto eu me mantinha impassível e me relembrava de quem eu era. Eu não me encolhi diante da dor, e não importava que o pior dano já causado a mim fosse para as minhas emoções e não para o meu corpo.

— Eu. Tenho. Nome — repeti, me inclinado para a frente. Jonathan saltou do meu colo, sibilando aos meus pés quando Leviatã ficou perto demais para o seu gosto. — Eu sou mais do que só...

— A esposa dele? — perguntou Leviatã, terminando a frase antes que eu pudesse fazê-lo.

Esposa não seria a palavra que eu escolheria, mas mal importava. Nem mesmo eu conseguiria negar agora, não com nossas marcas um no outro e o reconhecimento pulsante de que ele estava em algum lugar profundo dentro de mim.

Sua fúria era potente, alimentando a minha própria, mesmo quando eu não conseguia vê-lo.

— Meu nome é Willow, e você vai se dirigir a mim assim de agora em diante — ordenei, sentindo os ossos pressionando mais ainda contra a minha pele. Eles concordavam com a minha reivindicação, com a minha tentativa de me colocar a certa distância de Gray, mesmo se fosse apenas uma ilusão para me fazer sentir melhor.

Leviatã sorriu de novo, sua expressão abrandando as linhas acentuadas do seu rosto.

— Como quiser, Willow — disse ele incisivamente, fazendo uma reverência de gozação sem tirar os olhos de mim.

Esperei até ele parar na parte mais baixa da reverência, me virei e corri para a porta o mais rápido que consegui. De repente fiquei grata pela velocidade não-humana, impelindo meu corpo ao limite, ao colocar os dedos em volta da maçaneta e girar, abrindo a porta.

Leviatã foi tão rápido quanto, me seguindo com uma velocidade que eu não achava ser possível. Ele pôs a mão na madeira acima da minha cabeça, a pele entre seus dedos e aquelas unhas compridas barrando a minha visão quando ele empurrou e fechou a porta com um estrondo.

Lutei para abri-la, gemendo por não conseguir e soltando um rosnado de frustração. Eu me virei para encará-lo, ergui a mão para o rosto dele e peguei sua bochecha. Derramando magia Preta no meu toque, vi os tentáculos de escuridão se espalharem pela sua pele. Eles irradiaram da minha mão, dos meus dedos, se movendo para dentro da superfície da sua pele como veias da morte.

Os ossos se agitaram quando despejei a magia deles no demônio, desejando que ele retornasse a nada.

O imbecil sorriu para mim enquanto as linhas pretas se enterravam mais fundo na sua pele, sumindo de vista e me deixando abalada.

— Não sou feito de lama, Pequena Necromante — exprimiu ele, pigarreando. Ele forçou seu sorriso a desaparecer, adotando uma expressão séria ao se corrigir. — Willow.

Caí para trás batendo a coluna na porta, minha mão colidindo contra a madeira. A magia dentro de mim se recusava a desistir, espalhando as veias pretas pelas paredes da sala, procurando vida.

— Você não pode simplesmente me manter trancada aqui para sempre! — gritei.

Minha raiva reverberou pelo cômodo, se espalhando como uma pulsação. Ela bateu nos móveis como uma onda de choque, fazendo-os estremecer. Alguma coisa se espatifou, ao cair no chão com estrépito, o som vindo apenas um instante antes de as janelas que davam para o jardim se estilhaçarem, o vidro despencando no chão lá embaixo.

Estremeci, fechando os olhos com força.

— O que tem de errado comigo? — sussurrei, mais para mim mesma do que para o arquidemônio na minha frente. Não era ele que podia e me daria respostas.

— Não tem nada de errado com você — disse Leviatã estendendo a mão, tocando em um único osso que estava pendurado em volta do meu pescoço. Seu toque, para minha surpresa, foi delicado, seus dedos trabalhando para evitar tocar na minha pele o máximo possível. A magia se retraiu para dentro de mim mais uma vez, se selando dentro dos ossos e me dando a impressão de conseguir respirar de novo. — Mas acredite ou não, ele está fazendo isso para proteger você. Uma parte do coven declarou guerra contra Lúcifer. Eles o culpam, mas ainda mais do que isso? — acrescentou ele, olhando para mim como se me desafiasse a tentar escapar outra vez. — Eles culpam sua linda mulher por trair a própria espécie.

— Eu não sabia o que ele estava fazendo. Eu...

— Você sabe disso e eu sei disso, mas o coven não sabe. Não acha mesmo que eles vão acreditar no seu lado da história, não é? Eles não estavam lá para ver o que ele fez com você — asseverou ele, suas feições se suavizando enquanto ele se afastava. — Sua segurança é tudo o que importa para Lúcifer.

— Se isso fosse verdade, ele nunca teria me machucado, para início de conversa — reiterei, pensando no ardor da sua lâmina quando ele a enfiou no meu estômago.

— Você está viva, não está? Ele enfrentou uma infinidade de problemas para manter você assim.

— Isso não basta — balbuciei, me afastei da porta e andei até o sofá.

Eu me deixei cair nele sem elegância, meu corpo parecendo pesado com a percepção de que, apesar da porra do maldito vínculo entre nós, ele pretendia me manter prisioneira também.

— Então sugiro que decida exatamente o que *vai* bastar. Se nem você sabe, como diabos ele vai saber?

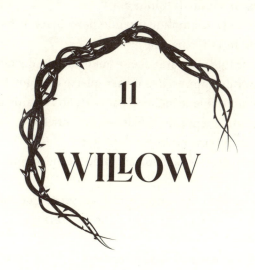

11
WILLOW

A porta para a área de estar de Gray se abriu mais tarde naquele dia. Eu me levantei num pulo, jogando o livro que estava lendo no sofá do meu lado na minha ânsia de sair deste quarto. Leviatã nem se deu ao trabalho de tirar os olhos do seu livro, apesar de eu ter visto seu sorrisinho pelo canto do meu olho.

— Você é pior do que um animal enjaulado — disse ele, sua voz leve apesar das palavras irônicas.

Peguei o livro do sofá depressa e joguei no rosto risonho de Leviatã. Ele ergueu o braço e o agarrou no ar, arrumando as páginas com cuidado.

Fiquei agradecida pelo gesto, apesar de preferir atingi-lo de qualquer jeito.

— Então talvez você não deva me tratar como se eu fosse um — retruquei, inclinando a cabeça e imitando o sorriso sarcástico dele.

Gray entrou no cômodo, apoiando o ombro na moldura da porta com as mãos enfiadas nos bolsos de trás da calça. Ele tinha dobrado as mangas da camisa branca de botão, e não tinha fechado o botão de cima, deixando visível um pequeno pedaço do labirinto que eu havia marcado na sua pele.

Seus lábios se abriram num sorriso e seus olhos dourados se tornaram calorosos, vagando por mim da cabeça aos pés.

— Bruxinha — disse ele, sua voz baixa e sedutora, o que provocou uma sensação nas partes mais profundas do meu corpo, até o meu âmago. Minhas pernas se pressionaram juntas por instinto, bloqueando aquela necessidade avassaladora que ele parecia conseguir criar com nada além de uma palavra. Parecia pior agora, como se consumar tivesse apenas fortalecido o vínculo que pulsava entre nós como uma entidade viva.

Eu queria rasgar aquilo da minha alma.

O sorrisinho dele se ampliou quando percebeu minha reação, e ele se afastou da soleira, entrando na sala.

— Trouxe uma surpresa para você — anunciou ele. Engoli em seco quando ele se postou diante de mim, erguendo meu queixo com um dedo de forma que eu o olhasse nos olhos. Ele se inclinou para a frente, e parou quando sua boca roçou na minha com imensa suavidade. — Embora talvez eu devesse apenas levar você para a cama em vez disso.

— Quero respostas — falei, balançando a cabeça e me desvencilhando do seu toque.

Só porque ele podia convencer o meu corpo de que ele era exatamente o que eu precisava, isso não significava que eu tinha que ser reduzida a uma massa de desejo carnal.

Desejo não era a mesma coisa que amor.

Sentir atração não queria dizer que éramos aliados.

Eu podia querer foder com ele e planejar cortar sua garganta tudo ao mesmo tempo, e talvez essa fosse a melhor maneira de fazer isso. Minha respiração se deteve com esse pensamento e o enxotei antes que Gray conseguisse sentir essa mudança na minha mente.

Jonathan se posicionou entre nós, deslizando entre as minhas pernas para lançar um olhar mal-encarado para Gray. O diabo fitou a pequena criatura, e ela o atacou, enfiando as garras na calça de Gray. Sorri para o gato, estremecendo quando Gray o segurou pelo cangote e o levantou. Jonathan mostrou os dentes, os pequenos caninos ferozes.

— Verme inútil — murmurou Gray, largando Jonathan no sofá torcendo os lábios.

— Pelo menos eu *gosto* dele — declarei, esticando o braço para esfregar com delicadeza o topo da cabeça de Jonathan. Meu familiar se acalmou, se inclinando para o meu toque com uma expressão que eu poderia dizer que era arrogante.

Se ele não fosse a porcaria de um gato.

— Continue assim, Bruxinha, e vou deixar seu bichinho assistir para ele ver como você *gosta* de mim quando tira a roupa — disse Gray, me provocando um arquejo perplexo.

— Gray! — repreendi, olhando na direção de Leviatã, que apertou os lábios e começou a ler o meu livro como se não pudesse ouvir a conversa.

Seu peito balançou com uma risada silenciosa.

Eu precisava de outro livro para jogar nele.

— Talvez da próxima vez você pense duas vezes antes de insinuar que gosta mais de outro homem do que de mim — comentou Gray, se movendo na minha direção e chegando bem perto de mim. Seu tórax se pressionou contra o meu, me obrigando a me curvar para trás se eu quisesse algum espaço. Jonathan sibilou de novo, mas Gray nem sequer olhou na sua direção ao apontar um dedo para o focinho preto de bola de pelos.

— Ele é um gato! — protestei, fazendo um gesto na direção do meu familiar.

— É mesmo? Será que é? — perguntou Gray, inclinando a cabeça para o lado.

Espiei o gato que estava ocupado atacando o dedo de Gray com garras compridas, deslizando pela sua carne e deixando cortes rasos que cicatrizavam imediatamente.

— Para mim, parece, sim. Seu ciúme é ridículo. Não preciso transar com meu familiar para obter sexo. Existe um monte de homens que eu poderia escolher.

Gray rosnou, enterrando a outra mão no meu cabelo pela nuca, agarrando com firmeza e usando o cabelo para puxar meu pescoço para trás. Eu me inclinei para trás, olhando feio para ele, que me segurou imóvel e pressionou a virilha contra mim.

— Vou deixar uma coisa bem clara, Bruxinha. Eu não tenho *ciúmes*. Eu sou possessivo com o que é *meu*.

Ignorei a maneira com que aquele rosnado ressoou em mim, resistindo ao desejo de me pressionar contra ele.

— Não vejo diferença.

— A diferença é que ter ciúmes pressupõe que eu ainda não seja seu *dono*. Ele existe porque eu permito. Nunca se esqueça de que a presença dele na sua vida é meu presente para você, e eu posso tirar tão rápido quanto te dei — ameaçou ele, encostando a boca no canto da minha enquanto eu me virava para me afastar dele. — Me diga que você entendeu.

— Entendi — repliquei, lutando com essas palavras. Ele segurava o meu cabelo com muita força, puxando as mechas conforme eu me debatia.

Ele enfim me soltou, ajeitando as mangas da camisa.

— Não vim aqui para brigar — disse ele, soando arrependido de verdade. Também não ofereceu mais informações, mas, em vez disso, se virou para a porta. Meus olhos se arregalaram quando avistei Della, Nova e Margot paradas lá, sem saber o que fazer, tendo testemunhado toda nossa interação.

Olhei rápido de novo para Gray, contornando-o para me aproximar das bruxas, hesitante.

E se elas também me odiassem?

— Willow — falou Della, seu alívio palpável quando ela deu o primeiro passo para dentro do escritório. Corri até ela, pegando sua mão e estendendo minha mão livre para pegar a de Margot. A bruxa loura estremeceu, mas se recuperou quando Nova tocou no meu braço e deu um sorriso. Então avistei Juliet, que permanecia atrás.

— Vocês estão bem? — perguntei, ignorando a presença da Hospedeira para poder me concentrar nas minhas colegas de quarto.

— Nós? — perguntou Nova, sua voz mais alta de preocupação. — E você? — Ela fez um gesto em direção a Gray, que permanecia atrás de mim, observando nossa conversa com algo entre malícia e tédio.

Baixei o olhar, sem conseguir encontrar as palavras para responder a essa pergunta. Eu não podia responder de verdade com os olhos atentos de Gray, e eu sabia o que viria no momento em que eu abrisse a boca.

Enterrei os dentes no meu lábio inferior quando ele tremeu, tirando minhas mãos das garotas e me virando para fitar Gray enquanto ele falava.

— Volto em uma hora. Juliet vai acompanhar as garotas de volta para o quarto delas se você precisar de privacidade antes disso — avisou ele, dando um passo na minha frente. Ele tocou no meu rosto com uma delicadeza que eu não devia apreciar. Seus olhos estavam tão calorosos quando ele me fitou que quase desejei que ele revertesse para a raiva que eu sabia que tinha visto ali quando nos conhecemos.

Raiva mútua era fácil; eu sabia como lidar com aquilo.

— Vou estar lá fora, Willow — informou Leviatã, seguindo Gray pela porta enquanto Juliet entrava no quarto.

Ela se encaminhou para o escritório observando Della, e sentou-se à mesa de Gray. Della a seguiu com o olhar até a Hospedeira estar fora de vista.

— Della, ela é uma Hospedeira — falei, avisando para minha amiga não cometer o mesmo erro que eu.

— E daí? Você está transando com o diabo. Acho que não está em nenhuma posição de me julgar — disparou ela.

Estremeci, me encolhendo visivelmente. Encaminhei-me até o sofá e me afundei nele. Enterrei o rosto nas mãos, abafando uma risada amarga.

— Isso foi grosseiro, Del — retrucou Margot, olhando para ela e se sentando do meu lado. Ela esticou o braço e tirou a minha mão do meu rosto, embora eu soubesse muito bem que o toque e a demonstração de cuidado eram difíceis para ela.

— Ela está certa — concordei, balançando a cabeça. — Estraguei tudo. E eu, logo eu, não tenho o direito de te dizer o que fazer e o que não fazer. Eu só queria não ter cometido esse erro desde o início.

— Ela não é um erro — falouDella, andando na nossa direção. Nova se sentou do lado de Margot, deixando o lugar do meu lado para Della.

— Você gosta dela — afirmei, a observação pairando entre nós.

Ela deu uma olhada para trás onde Juliet estava sentada, sabendo tão bem quanto eu que ela escutaria qualquer coisa que fosse dita.

— Eu a amo. Ela não é como Ele. Ela nunca me machucaria — declarou Della, torcendo as mãos.

Segurei suas mãos, apertando-as, e interrompi a energia do nervosismo ao sorrir e falar:

— Tá bem.

Ela parou, estática, e ergueu o olhar para encontrar o meu.

— Tá bem?

— Se você diz que ela não vai te machucar, então eu acredito. Contanto que ela te faça feliz, é tudo o que eu posso esperar afinal de contas, não é? Acho que a nossa história não é tão preto no branco como nos fizeram acreditar. Faz sentido pensar que Hospedeiros e bruxos também não são. E se ela um dia te machucar, ela sabe que eu vou fazer com que se arrependa. Não sabe, Juliet? — perguntei, sem me incomodar em elevar o tom de voz para a Hospedeira que ouvia a conversa.

— Não seria nada menos do que eu mereço, Consorte — respondeu Juliet, e Della sorriu se inclinando para a frente e apoiando a cabeça no meu ombro.

Jonathan saltou para baixo com toda a movimentação, esticando a pata para baixo do sofá. Ele deu um golpe em uma única pena branca, seguindo-a, enquanto ela flutuava pelo cômodo.

Eu o observei brincar, hipnotizada pela mistura de cores iridescentes da pena sob a luz.

Nova se levantou do sofá e desviou minha atenção ao se sentar na mesa de centro na minha frente. Ela se acomodou, me encarando e esperando que eu cedesse, da sua maneira calada e observadora. Ela não costumava falar muito; em vez disso, preferia se manter quieta como uma calma brisa de verão.

— O que houve? — perguntou ela, estendendo a mão para tocar nos ossos em volta do meu pescoço.

Ela recuou quando sentiu a magia neles e franziu a testa ao notar minhas roupas pretas. Talvez isso nem chamasse sua atenção já que eu sempre preferi o preto ao verde do meu uniforme, mas vi a informação se revirar na sua cabeça assim mesmo.

— Você é uma Hecate — afirmou ela, os ombros se curvando ao perceber isso.

Della ficou imóvel do meu lado, e senti seu olhar investigando o perfil do meu rosto. Aquiesci, sem ousar pronunciar as palavras. Supus que todos saberiam a verdade agora, que o que tinha acontecido na sala do Tribunal teria sido compartilhado em detalhes com o coven.

— Você sabia? — perguntou Della. Sua voz estava mais dura, em face do segredo que eu tinha guardado delas. Nós não éramos próximas o suficiente para revelar verdades que exigiriam que elas fossem contra a Aliança, entretanto, a culpa ainda me corroía. Eu tinha vindo para cá para destruir tudo o que elas conheciam e amavam.

— Sabia. Eu vim aqui para encontrar os ossos — confirmei, avaliando-a quando ela se recostou no sofá. Seu choque era palpável, retumbando entre nós com o gosto amargo da traição.

— Eu não entendo — disse Margot, a voz insegura. — Você é uma *Verde*. Todos nós vimos.

— Minha mãe era uma Madizza. Meu pai era um Hecate que nunca fez a Escolha — respondi, deixando essa confissão pairar entre nós.

Era.

Porque Charlotte o tinha matado pelo que ele fez comigo.

— Nossa — tornou Margot, sua voz sussurrante ecoando tudo que eu sentia nas outras.

— Você sabia? O que ele pretendia fazer? Era por isso que ficaram grudados desde que você chegou? — perguntou Nova. Havia uma pontada de raiva na sua voz, mas mais do que isso, havia incredulidade. Elas não queriam acreditar que eu fosse capaz de uma coisa assim.

— Juro que eu não sabia. Ele me usou. Me fez pensar que não sabia quem eu era, e me deixou acreditar que eu estava procurando os ossos por minha vontade, embora ele quisesse que eu encontrasse. Ele queria que eu usasse os ossos já que ele precisava que eu rompesse o lacre. Eu não tinha ideia que ele estava matando os bruxos. Por favor, acreditem em mim — supliquei, sem conseguir imaginar como seria minha vida aqui se as três pessoas que mais me conheciam não confiassem no que eu dizia.

Eu estaria completa e totalmente sozinha, e prestes a perder Ash de novo; eu não ia conseguir suportar.

— Tá bem — respondeu Della, ecoando o que eu tinha lhe dito mais cedo.

Virei-me para ela, observando-a processar a informação e se esforçar para ligar os pontos.

— O quê?

— Se você diz que não sabia, eu acredito — atestou ela, afundando do meu lado. Ela notou minha respiração acelerar e começou a me confortar fazendo suaves movimentos circulares nas minhas costas através do tecido da camisa.

— Eu acredito em você — falou Margot, espelhando a postura de Della do meu outro lado.

Um soluço abafado subiu pela minha garganta, me forçando a engoli-lo de volta e enfiar goela abaixo a emoção que ameaçava me consumir. Eu não podia me entregar, não podia deixar as lágrimas começarem a cair.

Suspeitava que, quando isso acontecesse, eu não ia conseguir parar mais.

Nova se inclinou para a frente, pegou minhas mãos e as esfregou.

— Tudo bem desmoronar — assegurou ela, observando enquanto eu resistia.

— Vamos estar aqui para te ajudar a se reerguer — garantiu Margot, derrubando minha barreira. Fechei os olhos com força e as lágrimas rolavam em uma torrente, fazendo a minha cabeça latejar de dor. Virei as mãos, pegando as de Nova, minha raiva se manifestando em forma de choro.

— Estou me sentindo tão idiota — murmurei, balançando a cabeça de um lado para o outro. Eu não conseguia acreditar que tinha caído nas mentiras dele, pensado que eu era tão esperta.

— Você não é idiota. Você foi manipulada pelo mestre deles — disse Della, a voz carregada.

Nova pegou o meu queixo com o polegar, me forçando a mirar seus olhos cinzentos. Sua raiva era tangível, mesmo não sendo direcionada a mim. Não, era toda para *ele*.

— E o que é que você vai fazer agora?

*

— As CASAS ESTÃO lutando por poder — admitiu Della quando parei de chorar. Meu rosto estava vermelho, os olhos inchados e secos, entretanto, eu me sentia mais ancorada do que nunca desde que retornei da morte. Eu tinha um propósito de novo, uma razão para continuar.

Eu ia fazê-lo *sofrer*.

Eu o faria sentir cada pedacinho de dor que ele havia me causado.

— Me deixe adivinhar, o reitor Thorne está encorajando as disputas internas? — perguntei, revirando os olhos. De vez em quando, eu imaginava como ele e os arquidemônios tinham sobrevivido tanto tempo se só o que eles queriam era matar.

— Na verdade, não — explicou Nova, franzindo a testa. — Ele está tentando impedir os bruxos de lutarem uns contra os outros e com os Hospedeiros e os demônios. Ele alega que agora mais que nunca existem razões para nossas espécies conseguirem conviver em harmonia. Você sabe o que ele quer dizer com isso?

— Ele quer dizer que Lúcifer escolheu uma bruxa para ser sua noiva — disse Juliet, entrando na sala e se acomodando em uma cadeira do outro lado da mesa de centro. Ela relaxou, jogando os pés em cima de um dos braços da poltrona e apoiando as costas do outro.

Della entendeu o que era aquela movimentação: uma provocação para ela.

Juliet sorriu, sabendo que tinha obtido o efeito desejado ao se endireitar e se inclinar para a frente.

— Com quem mais ele teria se casado? Nós duas sabemos que ele estava obcecado com a Willow... — disse Della, emudecendo quando Juliet ergueu uma sobrancelha em desafio.

— Você? — questionou Margot.

— Não é como os casamentos de bruxos. Não existe cerimônia. Ele me marcou em um *sonho*. Eu nem sabia o que aquilo significava, na época — expliquei, tentando fazê-las entender como raios eu tinha deixado aquilo acontecer.

— Isso não te impediu de marcar ele de volta — retrucou Juliet, dando um sorrisinho com o meu desconforto.

— Eu não sabia o que estava fazendo. Minha magia tem vontade própria agora — revelei, a vergonha aquecendo minhas bochechas. Espreitei cada um dos rostos das minhas amigas, esperando ser julgada, mas só encontrei empatia.

Todas elas se lembravam de como era quando fizemos dezesseis anos e de repente desenvolvemos nossos poderes, a sensação esmagadora de não mais estarmos sozinhas em nosso corpo. Eu tinha mais magia do que qualquer uma delas mesmo antes de os ossos Hecate serem presos em volta do meu pescoço, só que, depois, foi como me afogar em um poço sem fim do qual eu nunca conseguiria sair.

— É verdade — afirmou Juliet, aquiescendo como uma forma de confirmação. Suspirei de alívio, grata por ela decidir parar de me pressionar. — Mas quando a magia quer alguma coisa, o coração *vai* seguir.

— Chega, Juliet — proferiu Della, fitando-a com seriedade. Juliet levantou as mãos em rendição, me chocando com o respeito que tinha pela minha amiga.

— Então ele quer que você governe ao lado dele — disse Nora, dando de ombros. — Você precisa fazer isso, Willow.

— O quê? O coven mal sabe quem eu sou. De jeito nenhum eles vão concordar em me seguir — aleguei.

— Alguns vão, só pelo poder que eles vão ver, ainda mais depois de você se revelar usando esses ossos. Bruxos estão morrendo tentando matar os arquidemônios. Você tem a chance de semear a paz entre todos nós — declarou ela, balançando a cabeça. Estava claro que ela detestava o que o coven tinha se tornado, as exibições de violência com o mero propósito de obter poder. Voltar-se contra a própria espécie antes era um crime na nossa história, então talvez esteja na hora de voltar a ser assim.

— Você não acabou de me perguntar o que eu ia fazer para me vingar?

— Eu não disse para não lutar. Só disse para trazer paz ao nosso povo enquanto *você* trabalha para desmantelar a origem do problema. Precisamos nos livrar dos arquidemônios e fazer isso com o máximo de eficiência possível — concluiu ela, olhando para Margot do meu lado.

Juliet ergueu uma sobrancelha para Nova, parecendo desafiar o fato de ela admitir abertamente que ela queria um golpe. Nova também ergueu a dela, uma lembrança silenciosa de que *todos* esperavam que nós lutássemos. Não deveria ser uma surpresa.

Margot enrijeceu quando desviei o olhar para ela, e a vi se encolher de medo.

— Algum deles está importunando você?

— Ele está sendo o mais gentil que pode, acho. Apesar de deixar suas intenções claras — replicou ela, cruzando os braços. — Se eu fosse qualquer outra pessoa, ele não teria feito nada errado. É que Nova é muito protetora.

— Do jeito que deveria ser — objetei, puxando os braços de Margot para baixo para ela se soltar. — Você decide quem pode ou não se aproximar de você. Não a merda de um arquidemônio. Qual deles, afinal?

— Belzebu — respondeu Nova, cruzando os braços. Ela parecia estar na mesma página que eu quando balancei a cabeça para Margot.

— Ah, mas nem fodendo! — exclamei, recebendo uma risada perplexa e desconfortável dela como resposta.

— Sei muito bem que eles são todos ruins, Willow — replicou ela, a voz ficando mais baixa pela insegurança. — Ele respeita minha necessidade de distância, apesar de eu nunca ter dito a ele de onde vem.

— Duas coisas, Margot — retruquei, pegando as mãos dela. — Primeiro, Belzebu? Ele quebrou a porra do meu pescoço. Ele literalmente me matou, e a *única* razão pela qual eu estou aqui é porque Gray me trouxe de volta à vida.

— Puta merda, Willow — espantou-se Della, embora eu a tenha silenciado com um olhar. Essa conversa tinha como único intuito dar a Margot o aviso de que ela precisava a respeito do tipo de homem que Belzebu era.

— Segundo, espero que um dia possa se vingar pelo que fizeram com você. Por fazerem você achar que alguém não te agredir é uma coisa positiva quando isso devia ser mera obrigação. Não preciso saber o que foi nem como foi, mas eu espero que arranque a porra do sangue dele — salientei, detestando a maneira como ela desviou o olhar para onde nossas mãos se tocavam.

— Acho que não consigo partir para a violência. Não vou me rebaixar a esse nível — contestou ela, mesmo que o tremor cauteloso na voz dissesse tudo o que ela não dizia.

Ela tinha medo dele, quem quer que fosse.

Encolhi os ombros e soltei as mãos dela com delicadeza.

— Então espero que um dia confie em mim o suficiente para me dizer o nome dele, pelo menos.

— Por quê? — perguntou ela, parecendo envergonhada ao erguer os olhos para mim e ver a raiva fervendo de volta para ela.

— Porque você pode estar acima de qualquer tipo de violência, mas eu com certeza não estou — afirmei, me levantando e ignorando o aceno de aprovação que Juliet fez com a cabeça quando me encaminhei até as janelas que eu tinha estilhaçado. Uma brisa fria entrou por elas, deixando o ar gelado, e imaginei que só iria piorar até uma bruxa de cristal trazer uma solução temporária.

— Foi o Itar Bray — revelou Margot, fazendo tudo dentro de mim congelar quando me virei para encará-la.

Observei seu rosto, mesmo que ela não olhasse para mim, enquanto puxava a pele em torno das unhas.

— Quantos anos você tinha? — perguntei.

Ela fechou os olhos confirmando tudo o que eu precisava saber.

— Eu tinha quatorze — respondeu ela, os olhos arregalados quando finalmente me fitou.

Aquiesci, sabendo que eu não podia sair do cômodo. Apesar dos defeitos dele, eu sabia que, se contasse a Gray, ele cuidaria disso para nós. Ele podia ser mau, mas até ele tinha limites que nunca ousaria ultrapassar.

— Nem uma palavra — decretei a Juliet, apontando um dedo para ela.

— Quer acabar com ele você mesma? — perguntou Juliet, se levantando. Alguma coisa como respeito cruzou o rosto dela quando ela se aproximou de mim, colocando a mão no meu ombro. Seus dedos roçaram a marca que Lúcifer tinha feito lá, fazendo meu sangue congelar.

— Eu quero que o último rosto que ele veja seja de uma mulher que ele acha que está abaixo dele — argumentei, cerrando os dentes. — Se não pode ser a sobrevivente do seu abuso, então eu quero ter certeza de que ele se lembre do rosto dela quando eu cortar seu pau e enfiar pela goela dele.

Margot ficou branca, e Juliet riu.

— Como desejar, Consorte.

12
GRAY

Willow tinha ido para a cama depois que Juliet acompanhou suas amigas de volta ao refúgio dos seus aposentos. Ela mal conseguia olhar para mim, mas não era por causa de algum tipo de vergonha.

Ela estava furiosa, e eu não queria pensar a que conclusões ela havia chegado quando estava com as amigas.

Servi meu whisky em um copo e parei na frente da janela cristalizada. A bruxa que tinha vindo fazer os reparos não ficou animada por ser convocada, mas após uma única olhada para o rosto inchado de Willow e na maneira com que ela se encolhia de frio, se apiedou dela.

Eu não sentia nenhum frio e teria continuado sem me incomodar com as temperaturas baixas. O calor do Fogo do Inferno tinha queimado há muito tempo minha sensibilidade à temperatura, uma consequência da eternidade do meu aprisionamento.

— Gray — saudou Juliet, entrando no meu escritório.

Sabendo que ela voltaria depois de acompanhar as garotas até os quartos, eu nem tinha me preocupado em fechar a porta. Ela me entendia bem o suficiente para prever que eu esperaria um relato.

— Me conte — demandei, minha voz tão melancólica quanto eu me sentia ao tomar um gole de whisky. Deixei-o me queimar por dentro, aquecer o vazio frio que havia se instaurado dentro de mim. Haviam se passado tantos anos... séculos até... desde que eu tivera sentimentos e emoções que podiam impactar minhas decisões. Até mesmo quando eu soube que Willow era minha, mesmo quando eu sentia aquele vínculo com ela, não tinha sido *assim*.

Não tinha sido nada além de obsessão e a necessidade de possuí-la. Agora, era uma coisa distorcida e deformada que me fazia querer vê-la feliz comigo. Eu precisava disso mais do que tudo, mas não sabia como conseguir isso. Eu não sabia como ser algo diferente do que eu era, mesmo com meu amor devorador por ela.

— Ela se culpa pelo que fizemos — afirmou Juliet, sua voz séria quando ela se jogou de um jeito dramático em uma cadeira.

De todos os Hospedeiros, ela era a que mais parecia ter contato com os sentimentos dos seres humanos e dos bruxos. Como se pudesse lembrar como era sentir aquilo, mesmo se o resto de nós tivesse esquecido tão rápido.

— Isso é ridículo. Ela me culpa, acredite em mim. — ironizei.

A raiva dela era potente toda vez que nossos olhos se encontravam, e eu sabia que ainda teria que lidar com um bocado até fazê-la entender tudo que tinha acontecido.

— Você não estava lá, Gray — disse Juliet com delicadeza quando me aproximei e parei na frente dela. Ela estendeu o braço, pegou o copo da minha mão e tomou um gole da bebida. — Eu vi quando ela desmoronou. Ela acha que devia ter percebido.

Eu me esforcei para não deixar minha fúria por Willow demonstrar sua fragilidade diante de outras pessoas influenciar a maneira como eu agiria a seguir. Eu queria ser aquele que a confortaria quando ela chorasse, que a consolaria no chuveiro quando ela pensasse em desistir.

Eu detestava a ideia de qualquer outra pessoa ver através do seu exterior forte para notar o coração sensível e vulnerável que ela mantinha trancado.

— Ela jamais sequer teve chance. — Peguei meu whisky de volta e me acomodei no sofá. Eu sabia quase tudo a respeito dela. Sabia como manipulá-la, como fazer com que acreditasse que eu talvez fosse algo mais do que o que seu pai a levou a acreditar. — Ninguém nunca a protegeu do sofrimento. É evidente que o pai dela se empenhou em machucá-la, e a mãe permitiu por causa da própria ignorância.

— Ela sempre foi a protetora — observou Juliet, aquiescendo ao pensar no garotinho que eu a mandei tirar da cena. Eu nunca poderia machucar o menino, não se eu quisesse o perdão dela. — Então quando você a protegeu do sofrimento...

— Usei tudo o que eu sabia para manipular Willow, embora eu fosse fazer isso de qualquer maneira. A história dela simplesmente trabalhou a meu favor — expliquei, aquiescendo.

Willow em algum momento se recuperaria da raiva de si mesma, direcionando toda aquela ira para mim se já não tivesse feito isso. Era só uma questão de tempo.

— Você sabia do pai dela? — perguntou Juliet, e tensionei a mandíbula ao pensar no que Charlotte havia feito com ele. Ela tinha zelado por Willow a vida toda, se afeiçoando cada vez mais à menina enquanto ela crescia. Ela não teria escolhido um castigo tão brutal para o pai se não houvesse um bom motivo.

— Ainda não sei nenhum detalhe, mas confio no julgamento de Charlotte de que ele mereceu o seu destino — respondi.

— Acha que tem a ver com o medo que ela tem do escuro? — indagou Juliet, me fazendo erguer a sobrancelha para ela. — Della me contou.

— Vai acabar machucando ela — avisei, ignorando a quebra de confiança.

Della acreditava que Juliet era uma parceira na qual podia confiar no relacionamento secreto que elas escondiam da Aliança. Mas Juliet era uma Hospedeira no fim das contas.

Ela não podia amar de verdade.

— Um dia, Willow vai ser forte o bastante para abrir o lacre sozinha. Mesmo que ela só possa fazer isso tempo suficiente para permitir que um de nós passe por vez, vou ter meu corpo de volta. Vou conseguir dar a ela o que você pode dar a Willow — falou Juliet, se agarrando à esperança de que nós podíamos convencer Willow a simplesmente fazer aquilo. Ela era uma bomba-relógio ativa, com mais probabilidade de Desfazer cada Hospedeiro em que ela pudesse colocar as mãos do que de abrir o lacre por vontade própria.

— Isso pode levar anos — expliquei, mantendo um tom delicado ao lhe dar o choque de realidade de que ela precisava.

Ela sentia o lugar vazio onde o amor devia estar, sentia a conexão como se fosse um sussurro do que poderia de fato ser.

Era a forma mais lenta de tortura que eu podia imaginar, ter a *consciência* de amar alguém, contudo, ser incapaz de sentir aquilo de verdade. Eu não desejaria isso nem para o meu pior inimigo, muito menos para uma amiga que estava do meu lado de todas as maneiras havia séculos. Ela tinha sido um dos primeiros demônios que criei depois dos arquidemônios, assombrado pela lembrança do meu pai e da família que tinham me expulsado simplesmente por discordar deles sobre o futuro dos seres humanos que eles haviam criado.

Seus novos filhos.

Ele disse que o orgulho era um pecado, e que o meu me condenaria. Alegou que foi meu próprio desejo egoísta por atenção que me deixou obcecado com minhas necessidades, me levando a nunca mais voltar minha mente para ele ao descobrir que eu podia manipular outras pessoas a me dar o que eu precisava.

Eu queria o amor do meu pai, mas me contentei com o amor dos filhos que eu criei na casa onde ele me amaldiçoou.

Agora, fitando a porta do quarto e sabendo que Willow dormia atrás dela, fiquei pensando se estes filhos se sentiriam negligenciados de uma maneira parecida quando eu inevitavelmente começasse uma nova família com ela. Eu faria qualquer coisa que pudesse para fazê-los se sentirem valorizados, entretanto, não podia negar aquela sensação dentro de mim. A sensação que dizia até onde eu iria para proteger nossos filhos.

Eu incendiaria tudo antes que qualquer coisa pudesse feri-los.

— Ela vai tentar te matar — advertiu Juliet, ignorando totalmente o que falei a respeito de Della. Não havia nada mais a dizer, não quando nós dois entendíamos que seria uma longa batalha.

— Eu ficaria decepcionado se ela não tentasse — retruquei, colocando o copo na mesa de centro e me levantando sem pressa.

Saber que Willow me esperava atrás daquela porta, cálida e sonolenta e me fazendo me sentir em casa, era de repente tentador demais para ignorar. Eu precisava me perder nela depois do caos do meu dia.

— Leviatã disse que ela acha que não te conhece — acrescentou Juliet, me interrompendo enquanto eu me preparava para ir até Willow.

— Ela me conhece — afirmei, refutando seu comentário.

— Conhece? O que contou a ela sobre si mesmo? Se quer que ela se apaixone por você, então ela precisa pelo menos *conhecer* você. Sim, ela sente a conexão que vocês dois compartilham devido ao destino que os une. Entretanto, isso não faz amar, principalmente não com tudo de mal que você deu a ela — lançou ela, se levantando. Ela se aproximou, tocou nos botões da minha camisa e abriu-os para revelar mais da marca de Willow. Estremeci com o toque dela, incapaz de suportar a sensação das mãos dela em mim.

Pela forma como sua sobrancelha se ergueu e pela risada suave que emitiu, a reação volátil foi uma surpresa para ela tanto quanto foi para mim.

— O que acha que devo fazer? — perguntei, encarando o rosto de uma das pessoas que testemunharam meu sofrimento com a rejeição do meu pai. Amar Willow e aceitar que eu queria que ela retribuísse o meu amor significaria me arriscar a sofrer uma rejeição outra vez.

— Trate de conhecer ela — propôs Juliet com uma risadinha.

— Eu *já* conheço ela — falei, destacando a verdade. Eu tinha feito uma pesquisa minuciosa, e tinha espiões que me relatavam todos os seus movimentos. Ora, eu sabia inclusive as notas que ela havia tirado na escola.

— Conhece mesmo? O que você sabe é o que está documentado no papel, não o que existe dentro dela. Você não faz ideia do que o pai dela fez com ela ou como isso a afetou. Você sabe melhor do que ninguém que o mais simples dos acontecimentos pode nos transformar de maneiras que ninguém, além de nós mesmos, compreende. — Ela esperou até que eu assimilasse suas palavras. — Mas, sem entrar no mérito de se você *acha* ou não que conhece ela, ela discordaria. Nenhuma mulher quer ser reduzida a uma lista de fatos no papel. Ela é uma pessoa, Gray, e precisa tratar ela como tal.

— Ela não vai me responder se eu simplesmente começar a fazer as perguntas difíceis — repliquei, sabendo como essas palavras eram verdadeiras. Willow só se afastaria se eu começasse a interrogá-la sobre seu pai e a vida que ela tinha com sua mãe e Ash.

— Você está cortejando ela, não interrogando. É um dar e receber. Você vai precisar dar sua verdade para receber a dela. Deixe que ela conheça *você*, Gray, ou, escute bem, você vai perder Willow de uma maneira que não vai ter volta — asseverou Juliet, cerrando a mandíbula em frustração.

Às vezes, é fácil esquecer que, sendo uma mulher, ela entendia como o cérebro de Willow funcionava. Por tantos séculos, eu a considerei uma amiga. Nós nos damos bem, e já vi a crueldade com que ela sobreviveu em um mundo dominado por homens, por isso não lembrei que ela não era totalmente como eu.

— Certo — resmunguei, descontente com a reviravolta.

Contornei Juliet, me encaminhando para a porta fechada do meu quarto. Abrindo-a devagar, contemplei a visão de Willow encolhida no meio da cama. Ela não tinha se preocupado em trocar de roupa ou entrar embaixo das cobertas e, se o que Juliet disse era verdade, eu suspeitava que fosse por causa da exaustão emocional do seu dia.

Jonathan se espreguiçou no pé da cama, girando o corpo para esfregar a bochecha na colcha antes de rolar de barriga para cima. Ele sibilou quando eu o peguei sem qualquer delicadeza, levando-o para o sofá e largando-o em cima da almofada. Seus olhos violeta me fitaram, se estreitando aborrecidos quando apontei um dedo para ele.

— Está proibido de entrar no quarto — avisei, e ele inclinou a cabeça para o lado.

Ele podia até não conseguir falar, mas eu sabia exatamente o que o movimento significava.

É mesmo?

— Você pode fingir ser um gato tanto quanto quiser, mas nós dois sabemos que tudo o que ela precisa fazer é estalar os dedos e você vira um homem com um pau. Fique longe da minha mulher, cacete — grunhi, ignorando a risada incrédula de Juliet quando ela se sentou no sofá e deu um tapinha no colo para Jonathan se aconchegar com ela.

Eu os deixei, voltando para o quarto e fechando a porta ao entrar. Tirando as roupas ao som da respiração tranquila e estável de Willow, eu a levantei da cama para puxar a colcha e cobri-la antes de me deitar ao seu lado.

Minha cueca roçou na calça jeans dela quando pressionei meu corpo ao dela, colocando um braço em volta da sua cintura e apreciando o seu calor.

Ela suspirou feliz, murmurando um sonolento "Gray".

— Volte a dormir, Bruxinha — murmurei, ignorando o desejo de usar esses momentos em que ela estava delicada e dócil, meio dormindo e disponível, para meu próprio prazer.

Da próxima vez que eu me enterrasse nela, seria com ela me implorando para fazer isso.

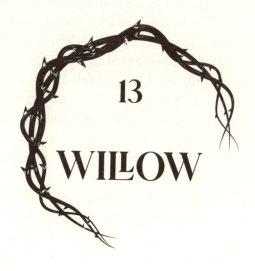

13
WILLOW

Acordei com o corpo quente de Gray me envolvendo, sentindo calor demais nas roupas que eu não tinha trocado. Havia alguma coisa reconfortante no fato de ele não ter tirado minha roupa quando eu estava dormindo, mas fiquei pensando o que havia mudado. Ele nunca tinha hesitado em fazer isso antes, não reconhecendo os limites que deveriam existir.

Chorei até dormir na noite anterior, extravasando toda a minha raiva. As lágrimas quentes e furiosas tinham servido ao seu propósito, diminuindo minha ira até eu sentir que podia fazer o que era necessário para sobreviver neste lugar e com este relacionamento estranho e complexo. Gray podia ser meu marido, mas isso não significava que algo menos do que puro ódio me motivaria a seguir em frente.

Ele só não podia saber, não quando minha única chance de derrotá-lo envolvia usar sua fraqueza contra ele mesmo. Gray era poderoso demais por si só, mas e se eu fosse aquilo que o tornava vulnerável?

Então eu ia manipulá-lo da mesma maneira como ele fez comigo, de uma forma que ele não perceberia a punhalada até ser tarde demais.

Eu me levantei da cama, com cuidado para não perturbá-lo, e fui para o banheiro. Sabia o que precisava fazer. Eu sabia que a linguagem de amor de Gray era o toque físico, e nada iria manipulá-lo melhor do que ter acesso a mim. Parecia uma traição a mim mesma, como se eu não fosse conseguir sobreviver à sedução.

Eu seria forçada a admitir quanto prazer eu encontrava no seu corpo e precisaria encontrar uma maneira de manter aquele prazer separado do meu coração. Ele podia ter o meu corpo, assim como outros homens teriam quando ele fosse embora, por mais que me doesse pensar nisso.

Porém, ninguém nunca mais teria o meu coração. Ele tinha se certificado disso.

Parei na frente do espelho, lavei o rosto e escovei os dentes, depois tirei a roupa que tinha usado na cama. Agarrei a beira da bancada, apertando firme e deixando meus olhos vagarem de volta para a porta.

Eu já havia passado por isso antes. Sabia o que estava fazendo quando permiti que Gray me tocasse pela primeira vez ou quando permiti que ele tirasse minha virgindade, embora aquilo tenha sido totalmente diferente. Toda as vezes antes disso, eu tinha me enganado pensando que estava agindo pela minha necessidade de vingança e de respostas. Na verdade, eu só estava reagindo a ele.

Ele havia começado tudo; tinha me reivindicado para si, e eu simplesmente não o impedi. Por sorte, isso acabou se encaixando no plano que provavelmente se estabeleceu no momento em que eu nasci, porque, do contrário, eu não teria a capacidade de controlar o que acabou por acontecer.

Mas agora? Desta vez, eu estava no controle. Desta vez, eu ia entrar conscientemente naquele quarto e fazer o que eu precisava para ele baixar a guarda um pouco que fosse. Eu não me iludia pensando que isso derrubaria todas as barreiras entre nós e ele acreditaria que, de repente, eu o tinha recebido de braços abertos e o perdoado.

Contudo, eu podia usar o seu corpo contra ele da maneira como ele havia feito comigo.

Ele não tinha um coração no qual eu podia entrar quando era um Hospedeiro.

Porém, agora sim.

Soltei a bancada, suspirando e fitando os sulcos na pedra por um minuto. As fissuras no mármore me fizeram engolir em seco, odiando o lembrete de tudo o que ele tinha tirado de mim.

Deixei esse pensamento de lado, abri a porta do quarto devagar. Gray ainda dormia em paz, ele tinha virado de costas quando eu saí de perto. A colcha estava dobrada até sua cintura, deixando a extensão do seu peito descoberta. A marca no meio da sua pele me encarava como se tivesse vida própria, um símbolo do poder que eu não compreendia.

Meu corpo zumbiu quando caminhei devagar e em silêncio até a cama com passadas macias, tomando cuidado para não o acordar. O dourado da sua pele brilhava à luz do sol, que entrava pela extremidade da cortina. A luz fraca o realçava, me dando uma ideia do que ele um dia devia ter sido antes de ser expulso do paraíso.

Era como se seu brilho viesse de dentro, mas ele só emanava poder em vez de pulsar com luz.

Engoli em seco e me ajoelhei no fim da cama entre as suas pernas, puxando a coberta para baixo. O vinco profundo do seu músculo embaixo do abdômen levava à cueca boxer preta que o cobria, e eu o observei se espreguiçar mesmo que seus olhos permanecessem fechados e sua respiração continuasse estável.

Tracejei com dedos gentis a fenda dos seus quadris, pressionando de leve com meus polegares, à medida que eu me aproximava e me inclinava por cima dele. Tocando com a boca a marca no centro do seu peito, tentei ignorar o poder distinto retumbando por aquela marca e se enterrando dentro de mim.

Parecia comigo, como morte e vida, destruição e reflorescimento, tudo ao mesmo tempo. Respirei profundamente, procurando me acalmar, seguindo com meus lábios mais para baixo no centro dos músculos do seu estômago. Gray gemeu embaixo de mim, o som do seu prazer me fazendo queimar de uma maneira totalmente diferente e afugentando o frio no meu sangue.

Deslizei a mão para dentro da cueca dele, envolvendo meus dedos ao redor do seu comprimento. Ele já estava duro, e o gemido que soou quando toquei nele pareceu um eco do desejo crescendo dentro de mim.

— Bruxinha — gemeu ele, e o fitei através dos meus cílios enquanto o liberava.

Seus olhos ainda estavam fechados, e fiquei pensando se ele me reconheceu no sono ou se estava apenas fingindo deixar que eu tomasse o que quisesse.

Eu me curvei para a frente, passando a língua na base do seu pau. Ele se contorceu na minha mão quando circulei a cabeça com a língua, beijando sua extensão. A mão dele se enterrou no meu cabelo, puxando com firmeza minha cabeça para trás até encontrar seu olhar quando ele acordou. Seus olhos queimavam com uma mistura de fúria e desejo, a atração intensa e tudo o que eu precisava.

Eu podia afirmar que precisava ficar no comando o quanto eu quisesse, mas havia alguma coisa muito viciante em saber que eu só estava no controle porque ele permitia. Algo na maneira cruel e punitiva com que ele me segurava me levava a querer satisfazê-lo, além da necessidade de só fazer isso para poder machucá-lo da mesma maneira que ele tinha feito comigo.

— O que está fazendo, Bruxinha? — perguntou ele, seus olhos baixando para onde eu o acariciava.

— Achei que isso fosse óbvio — respondi, com uma risadinha. A mão dele afrouxou, mantendo-se na minha cabeça, mas cedendo um pouco. Inclinei-me para a frente, pressionando um beijo provocador na cabeça do seu pau.

— Cacete — sibilou ele, com um movimento dos quadris enquanto me observava. — Por quê?

— Porque eu quero — respondi, abrindo a boca e sugando o pau dele devagar. Primeiro, só envolvi a cabeça, girando a língua por cima dela antes de afundar mais e tomá-lo mais fundo. Ele gemeu quando me afastei, mudando de posição para conseguir um ângulo melhor, enfiando de volta.

Ele se pressionou para cima, movendo os quadris para me dar mais do que achava que eu podia suportar. Eu o engoli todo, tomando-o na minha garganta e assistindo quando seus olhos se arregalaram de surpresa. Sua mão no meu cabelo se firmou mais, me puxando do seu pau enquanto eu olhava para ele cheia de presunção.

Eu queria que ele soubesse. Queria que o incomodasse.

Queria que aquilo o enfurecesse, ver como ele tinha uma parcela de culpa no que aconteceu comigo. Ele teve alguma participação, mesmo que indireta, no que precisei aprender para satisfazê-lo.

— Você já fez isso antes — disse ele, sua voz se tornando mais grave quando ele me puxou para cima. Não tive escolha, a não ser soltá-lo enquanto ele me colocava de joelhos e se sentava na minha frente.

Eu não disse nada, mas não consegui resistir ao meu sorrisinho pela sua expressão de ciúmes.

— Tive que guardar meu primeiro sangue para você. Mas isso não significa que eu nunca tive que fazer outras coisas para aprender como te satisfazer quando chegasse o momento.

Ele ficou imóvel, a mão soltou o meu cabelo e caiu do lado do seu corpo.

— O que foi que acabou de dizer?

— Não finja que não sabia — falei em tom sarcástico, sem conseguir conter a minha raiva quando estendi a mão e o envolvi com os dedos mais uma vez. Ele ainda estava duro apesar da sua raiva, e sibilou entre os dentes quando eu apertei e manuseei.

Ele cobriu a minha mão com a dele, me imobilizando e erguendo meu rosto com a outra.

— Quem? — perguntou, cerrando os dentes ao cuspir a palavra.

— Eu escolhia quem eu queria na maior parte das vezes, a não ser que eu perdesse uma luta — respondi, encolhendo os ombros.

Sua intensidade fez esvair minha raiva e meu desejo de que ele soubesse, me levando a questionar se ele tinha mesmo feito parte disso. Ele estava furioso, isso era inegável, estava escrito em seu rosto.

O quarto pareceu ficar mais escuro com a sua fúria, aquela luz que eu sentia brilhar de dentro dele esmaecendo até só restar a escuridão.

— A não ser que você perdesse uma luta… — disse ele, sua voz diminuindo a cada palavra.

— Quando fiz dezoito anos, eu já tinha aprendido a não perder a porra da luta, e foi aí que meu pai começou a apostar outras coisas além de dinheiro — expliquei, dando uma desculpa para as poucas vezes que eu tinha perdido. Nas palavras do meu pai, se não fosse para ser a melhor lutadora, eu podia pelo menos aprender como distrair um Hospedeiro do jeito certo para não precisar lutar para começo de conversa.

— O que Charlotte fez com ele nunca vai ser o suficiente — disse Gray, com o olhar fixo no meu, pegando meu rosto por entre as mãos e pressionando a testa na minha.

— Você não sabia mesmo? — perguntei, o choque me dominando.

Depois de ter revelado que conhecia meu pai e o guiara pelo seu caminho de vingança, só pude presumir que ele soubesse tudo a respeito de como eu havia sido preparada para ele. Que ele tinha sentido algum tipo de satisfação doentia por saber que ele estava me treinando para satisfazê-lo bem antes de eu sequer conhecer seu nome.

— Ele deveria ter te dado uma vida boa. Criado você para vingança, sim, mas te tratando bem e garantindo sua felicidade — disse ele.

— E foi assim que você garantiu que ele abusasse de mim. Você tirou tudo dele. Matou a irmã dele e, mesmo que ele não soubesse que havia sido você propriamente dito, ele culpava os Hospedeiros por isso. Você tomou o que ele amava, então ele feriu a única coisa que parecia importar para você, de certa maneira — respondi, balançando a cabeça.

Gray tinha achado que entendia meu pai bem o suficiente para prever seu comportamento.

Ele não sabia merda nenhuma.

— Eu podia não ser capaz de amar naquela época, mas, mesmo assim, eu me lembrava do que era o amor. Não podia imaginar que um homem seria capaz de fazer uma coisa assim com alguém que ele amava…

— E esse foi o seu primeiro erro — retruquei com uma risada maliciosa, balançando a cabeça outra vez. — Meu pai nunca me amou. Eu não era nada além de uma ferramenta para ele, uma ideia que *você* plantou.

Ele engoliu em seco, deixando cair uma das mãos para agarrar o lençol embaixo dele. Segurou com tanta força que desfiou o tecido, me fazendo arfar quando aqueles olhos dourados me encararam.

— Por que tem medo do escuro? — perguntou ele, de repente, e eu soube sem pensar duas vezes que ele estava se referindo à venda durante a Extração.

Foi minha maior preocupação quando descobri que havia sido ele naquela noite, que ele tinha sentido o meu medo. Achei que talvez eu tivesse escondido bem o suficiente já que ele nunca tocou no assunto.

Expor essa parte de mim parecia uma traição, como lhe dar acesso a informações que ele podia usar contra mim um dia. Eu me forcei a dar isso a ele, de qualquer forma.

Se o meu passado fosse o que eu precisava sacrificar a fim de conseguir minha liberdade no fim, então eu ficaria feliz em entregá-lo.

— Quando eu era mais nova, perdi uma das lutas na jaula — comecei, hesitando e respirando fundo. Era um segredo bobo de se guardar, ridículo esconder a verdade quando ele já conhecia o provável culpado. Só que sempre fora um segredo *meu*. — Meu pai tinha uma espécie de caixão enterrado no quintal ao lado da casa. Havia uma porta de ferro embaixo que se abria para o porão. Ele costumava me prender lá e trancar a porta. Não tinha luz nenhuma, só as paredes do caixão me pressionando — respondi, ignorando a maneira como ele se encolhia a cada palavra.

— Por que você não escapava? — perguntou ele, e eu sabia que ele estava falando isso porque um caixão abaixo da terra devia ser um trabalho fácil para uma bruxa Verde.

— Minha magia ainda não tinha se manifestado — respondi, revelando que nesta época eu era bem mais nova. A magia de uma bruxa se manifestava com dezesseis anos, o que significava que eu devia ter menos que essa idade quando meu pai me enterrava viva.

Ele cerrou os dentes, o som me fazendo estremecer. Não dei mais detalhes da minha idade quando aquilo começou, ou dos pesadelos que atormentaram meu sono por anos depois.

— Então foi por isso que Charlotte enterrou ele vivo — comentou Gray, sua voz diminuindo enquanto ele refletia. — Sinto muito, Bruxinha. Imaginei que estivesse protegida. Esse foi o meu erro, e um que nunca mais vou cometer. Você merecia ser amada. Merecia ser adorada.

Abafei uma risada, que soou tão agridoce quanto eu me sentia.

— Eu era amada. Minha mãe me *amava*. Ela compensou.

— Não. Ela te amava como deveria, mas isso não significa que você não merecesse mais. Você merecia tudo — disse ele, tocando o meu lábio inferior com o polegar. Ele o puxou um pouco antes de se inclinar e selar a boca na minha. O beijo foi gentil, sem a raiva e o calor que eu buscava quando entrei no quarto.

Eu queria enfurecê-lo, não fazê-lo agir com doçura. Essa era outra batalha da nossa guerra, mesmo que a gentileza com que ele me beijou fosse outra coisa totalmente diferente. Parecia que eu tinha perdido uma batalha, e eu nem sabia por quê. Cativá-lo era uma coisa boa.

Então por que eu sentia como se o meu coração tivesse sido exposto de novo?

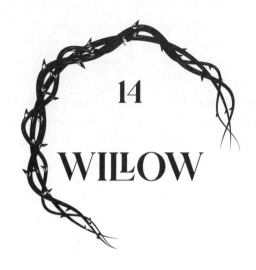

14
WILLOW

Tomamos banho juntos, seu toque reverente, mas não sexual. Era um toque cuidadoso e delicado, tranquilizador e reconfortante.

Seu objetivo naquele momento não tinha sido me seduzir com seu corpo, mas com o coração em que ele queria que eu acreditasse.

Ele saiu logo depois, me deixando com meus pensamentos durante o dia até retornar carregando um porta-vestido. A promessa de sair do quarto tinha iluminado alguma coisa em mim, me fazendo abrir um sorriso que detestei no momento em que ele surgiu. Eu não devia precisar ser grata por algo que se assemelhava a liberdade.

— Estou fazendo o que é preciso para manter você segura. Sabe disso, não é? — perguntou ele, me forçando a reconhecer o quanto ele compreendia do que eu estava pensando.

— Não preciso ser protegida — disparei, cruzando os braços.

Ele largou o porta-vestido, deixando-o cair dobrado em cima do recamier ao pé da cama e levantando as mãos para desabotoar o paletó. Ele o tirou movimentando os ombros em silêncio, colocando-o junto com o porta-vestido e seguindo para os botões da camisa.

— Pode dizer isso o quanto quiser, mas sabe o que eu acho? — inquiriu ele, se aproximando enquanto tirava a camisa.

Ele chegou bem perto de mim, segurando minha blusa pela bainha e levantando-a com tanta delicadeza que acabei cooperando e erguendo os braços para ajudá-lo. Eu não tinha me preocupado em colocar sutiã, não havia razão para sofrer com o desconforto se eu ia ficar em um espaço mínimo com apenas mais uma pessoa. Ele se inclinou para a frente, colocando a boca na minha orelha enquanto seu peito pressionava o meu.

— Na verdade, não quero saber, mas tenho certeza de que vai me agraciar com sua opinião de qualquer maneira — resmunguei, recebendo dele uma risada profunda e genuína.

— Aí está minha bruxinha perversa — disse ele, a voz sedutora, enquanto espalmava a mão na base da minha espinha, me puxando para mais perto do seu corpo. — Acho que gosta de saber que alguém se importa com você o suficiente para te proteger de qualquer sofrimento. Acho que quer me detestar por isso, porque sabe que não existe mais ninguém que faria o que eu faço por você.

Engoli em seco, odiando a maneira como aquelas palavras perfuraram a minha barreira. Eu havia dito algo assim naquela noite no chuveiro depois de os bruxos me atacarem. Quem se importaria se eu sumisse, a não ser o irmão que eu nunca mais poderia ver se eu quisesse protegê-lo?

Por mais que me doesse admitir, Gray se importaria. Em algum nível, de alguma maneira, ele notaria minha ausência.

Era mais do que eu podia afirmar sobre qualquer outra pessoa.

— Você é um imbecil. Não devia se alegrar em me lembrar de que estou sozinha no mundo — falei, recuando, enquanto lutava contra um aperto no peito.

Ele se recusou a me soltar, me segurando firme e levando a mão ao meu rosto e tocando na minha bochecha.

— Você estava sozinha, mas não está mais. Quando vai entender isso? — afiançou ele, me olhando fixamente. Seus olhos dourados estavam intensos demais ao me observar. Ele parecia ver através dos meus olhos e testemunhar cada pensamento no meu cérebro… sentir cada emoção no meu coração.

Quando a necessidade de sair dali se espalhou pelos meus membros, eu a ignorei. Fiquei na ponta dos pés e encostei minha boca na dele com delicadeza. Seus lábios se moveram carinhosamente, me guiando em um beijo cuidadoso. Ele me segurou como se eu fosse algo muito frágil, que pudesse despedaçar a qualquer momento. Então levei as mãos até o cinto dele, abrindo-o e tirando-o da calça.

Ele sorriu contra os meus lábios, aprofundando o beijo enquanto eu abria o botão e a braguilha depressa, empurrando sua calça pelas coxas com movimentos velozes e cuidadosos. Ele fez a mesma coisa com a minha. Depois tirou os sapatos e a calça, descalçou as meias e foi para a cama.

Ele se aninhou entre os travesseiros, movimentando um dedo para me chamar para o seu lado. Eu me ajoelhei na beirada, me arrastando pelo corpo dele da mesma maneira como havia feito mais cedo naquela manhã. Montando sobre a sua cintura, deixei sua extensão roçar no meu centro e gemi quando o encontrei duro e pronto para mim.

— Só para constar, Bruxinha — disse ele, quando curvei meu corpo sobre o dele, colocando uma mecha de cabelo solta atrás da minha orelha. — Você não pode me foder sempre que não quiser confrontar seus sentimentos por mim.

— Não posso? — perguntei, inclinando a cabeça para o lado e estendendo a mão entre nós para pegá-lo.

Ele riu, abrindo um sorriso ofuscante quando não me preocupei em negar sua insinuação.

Não havia sentido. Mesmo que não tivesse servido ao meu propósito, nós dois saberíamos que era mentira.

Ele esticou os braços paralelamente ao corpo, envolvendo minhas pernas com as mãos, me puxando mais para cima e me posicionando montada sobre o seu peito. Ele ajustou o braço por baixo das minhas coxas, repetindo o movimento até eu estar sobre o seu rosto.

— O que está fazendo?

— Ponha as mãos na cabeceira e segure firme, meu amor — ordenou ele, circundando minhas coxas com os braços. Seus dedos pressionaram a minha pele, causando arrepios onde tocaram na carne macia. Ele me forçou para baixo, agarrando com mais firmeza quando tentei resistir. — Agora, sente — grunhiu ele, me puxando. A boca dele tocou na minha boceta, sua língua se movendo imediatamente contra mim. Arfei, jogando a cabeça para trás ao agarrar a cabeceira para me equilibrar como ele determinou.

Gray me devorou, provocando uma torrente contínua de gemidos que eu não conseguiria impedir nem mesmo se tentasse. Me inclinei para a frente respirando profundamente e olhei para o rosto dele entre as minhas coxas. Olhos dourados brilhavam embaixo de mim, me fitando e contemplando a totalidade do meu corpo. Desde o volume das minhas coxas, onde elas envolviam a cabeça dele, à curva do meu estômago e o vale entre os meus seios, não havia nada que ele não pudesse ver.

Não havia nada de que ele não gostasse.

Nunca tive vergonha do meu corpo, mas ver um homem apreciar cada centímetro dele me fazia amá-lo ainda mais. Eu me sentia linda com seus olhos fixos em mim, desfrutando cada pedaço que ele pudesse ver. Meus quadris começaram a se mover por vontade própria à medida que ele circulava meu clitóris com a língua, apenas o suficiente para me fazer chegar mais perto do orgasmo sem liberar a tensão que me dominava.

— Gray — supliquei, meus quadris se movimentando sem um pingo de vergonha ao pressionar o rosto dele. Ele não disse nada, apenas me deixou aproveitar da forma que eu precisava, usando sua boca para o meu próprio prazer. Eu me curvei para a frente, apoiando a cabeça contra a cabeceira e enterrando a mão no seu cabelo. Eu o mantive imóvel, prendendo-o onde eu queria enquanto meu desejo me fazia rebolar ainda mais.

Seus dedos agarraram minhas coxas, me puxando para trás tão de repente que eu me senti suspensa no ar até minhas costas baterem na cama. Ele estava por cima de mim em um instante, colocando a mão atrás do meu joelho e erguendo-o alto enquanto se enfiava dentro de mim.

— Ah, caralho — gemi, me contraindo em volta dele enquanto seu corpo pesava sobre o meu e ele atacava minha boca. Senti meu gosto nos seus lábios e na sua língua, enquanto ele se enterrava fundo entre minhas coxas.

— Quero sentir quando você gozar — murmurou ele, sua boca se movendo contra a minha enquanto ele recuava e arremetia com estocadas fortes e lentas. Meu orgasmo me atingiu na terceira investida, me fazendo gritar contra a sua boca enquanto ele engolia o som.

Ele continuou me fodendo enquanto eu gozava, abrandando a pressão da sua boca na minha e o impulso dos seus quadris quando minha pulsação se acalmou, alguma coisa mudando enquanto ele acompanhava o ritmo da minha respiração. Abri os olhos e o encontrei me fitando atentamente, seus braços apoiados na cama do lado da minha cabeça até não haver nada além dele e do calor do seu olhar dourado.

— Gray... — falei com a voz baixa, fechando os olhos quando ficou intenso demais.

— Me deixe te amar — sussurrou ele contra os meus lábios. Ele pegou minha mão, guiando-a para a marca no centro do seu peito e a espalmando onde seu coração batia no mesmo ritmo do meu.

— Não posso — repliquei com a voz engasgada.

— Ah, Bruxinha — disse ele, sorrindo com tristeza ao me encarar. — Você já está deixando.

Ele puxou minha perna mais para cima, chegando ainda mais perto do meu corpo enquanto me beijava. Ele não disse mais nada enquanto buscava o próprio alívio, me estimulando a mais um orgasmo antes de finalmente atingir o clímax. Depois que terminou, ele continuou lá, seu peso sobre mim me dando mais conforto do que claustrofobia.

Eu estava completamente fodida.

15
GRAY

Willow se sentou na beirada da cama, as mãos apoiadas nos joelhos ao encarar a janela do outro lado do quarto. Ela queria estar lá fora com a natureza, com a parte de si mesma que lhe parecia familiar no caos em que ela estava se transformando. Abri o porta-vestido, observando Willow revirar os olhos e se levantar para olhar o que eu tinha trazido para ela. Em geral, ela não se preocupava muito em se vestir para alguém que não fosse ela mesma e com o seu próprio gosto, e eu só podia imaginar, pelo estado da casa da sua mãe e a realidade do que seu pai havia feito à sua vida, que ela não tinha tido muitas ocasiões para celebrações formais.

Porém, quando a sacola se abriu revelando o tecido preto, ela se aproximou para dar uma olhada. A saia de tule tinha algumas trepadeiras e flores descendo pela linha da cintura até as pernas — exceto pela fenda que ia até em cima na coxa e a deixaria se mover sem restrições se necessário. A parte de cima era um corselet coberto de seda e rendas que me lembravam a estrutura de ferro das portas do Tribunal. Com um decote em forma de coração, delicadas trepadeiras de tecido se enrolavam por cima de um dos ombros.

Ela traçou com um toque delicado as trepadeiras, seu esmalte preto um complemento perfeito para o vestido que tinha sido feito para ela.

— Aonde exatamente nós vamos? — perguntou ela, cruzando os braços.

— Para as salas do Tribunal — informei, indo até a cômoda onde eu tinha mandado uma parte da equipe colocar as roupas dela. Peguei uma calcinha de renda preta, me ajoelhando na frente dela.

Ela ainda estava nua, sem ter se preocupado em se vestir depois de eu fazer tudo o que quis com ela. Eu tinha colocado a cueca quando me levantei para pegar o vestido, mas amava como Willow se sentia confortável com a sua sexualidade. Seu corpo era perfeito como era, tudo o que eu teria desejado na minha mulher, e me agradava vê-la em toda a sua glória.

— Sabe que a maioria dos homens se ajoelha quando vai pedir em casamento, não depois de manipularem uma mulher para se casar, não é? — ironizou ela, e sorri maliciosamente.

Coloquei a mão em volta do seu tornozelo, levantando-o em minha direção para que ela pudesse se equilibrar. Outras pessoas poderiam até cambalear com a mudança na estabilidade, mas Willow somente apoiou a outra perna para manter a base. Repeti o processo com o outro pé e então me levantei na frente dela, deslizando o tecido para cima, pelas suas coxas torneadas, e ajustando a calcinha no lugar.

Aninhando seu rosto nas mãos, passei meus polegares nas maçãs do rosto dela e vi seus olhos cintilarem com vida. Mais do que apenas se suprir com *ela* e com o desafio que sempre vinha ao possuí-la fisicamente, a magia dentro dela reconhecia seu dono anterior e brilhava para mim.

Seus olhos únicos por natureza se iluminaram com o brilho da magia, o dourado em um deles tão similar ao meu que me tirou fôlego — um símbolo da maneira como nossos destinos tinham sido conectados desde o momento em que Charlotte e eu fizemos nosso pacto. Não esperava encontrar tanto conforto no fato de que na verdade nunca tive escolha.

Eu não gostava de não estar no controle de cada aspecto da minha vida e da minha casa, a não ser por Willow Estrela da Manhã. Ela era a exceção para cada regra que eu já tinha estabelecido para mim mesmo e para a minha espécie.

— E o que vamos fazer nas salas do Tribunal que exige um vestido como esse? — perguntou ela, engolindo em seco pelo toque e o desconforto que ela sentia. Ela achou que eu não tinha percebido seu tique nervoso, embora parecesse determinada a me convencer de que estava perto de me perdoar.

Qualquer propósito que isso servisse a Willow, eu permitiria. Se ela fingisse por tempo suficiente, em algum momento não seria capaz de enxergar através das próprias mentiras e elas se tornariam sua nova realidade.

— Estamos resolvendo as disputas entre os bruxos e anunciando os substitutos da Aliança — respondi, me afastando dela e ignorando seu suspiro. Ela teria simplesmente argumentado que era de alívio, mas nós dois sabíamos que era porque ela lamentava a perda do contato físico tanto quanto eu.

— Quem? — ela quis saber, caminhando devagar até o recamier e tirando o vestido da embalagem. Ela abriu o corselet, entrando no vestido e se virando de costas para mim. Ela poderia ser muitas coisas, mas nunca abriria mão da sua responsabilidade com o coven. Não importava que objetivo ela havia convencido a si mesma de que estava ali para alcançar, ela sentia a necessidade de consertar aquilo que tinha sido rompido em parte por causa dela.

Ergui a sobrancelha, abrindo um sorriso sardônico enquanto ela lutava para encontrar o zíper. Guiando-a para o espelho no canto do quarto, passei seu cabelo por cima de um ombro. Envolvendo sua cintura com a mesma mão e a espalmei contra seu estômago, usando minha mão livre para fechar o corselet. Ele deslizou como manteiga, se ajustando perfeitamente nela e abraçando todas as suas curvas da maneira como eu sabia que aconteceria.

— Só existe uma bruxa que se encaixe nesse cargo.

— O Tribunal nunca vai me aceitar como parte da Aliança — argumentou ela, balançando a cabeça como se eu fosse ridículo. — Se espera acabar com as disputas, não vai ser dessa forma.

Eu me afastei dela, me encaminhando para a gaveta de cima da cômoda onde havia guardado as caixas de joias. Willow deslizou a mão pelos complexos detalhes de trepadeiras cruzando seu peito, puxando o amuleto da mãe e o colar de ossos de uma maneira que eles caíram por cima do tecido, parecendo ameaçadores em contraste com a natureza delicada do vestido.

O amuleto da sua mãe pendia baixo, e eu sabia que, embora ele não servisse mais para protegê-la, ela o usaria pelo resto da vida. Os ossos a protegiam da tentativa de coerção, devido à sua característica, agora que ela os tinha reivindicado como dela.

Ela tocou os ossos franzindo a testa, desejando mais que tudo que houvesse uma maneira de usá-los do mesmo jeito que seus ancestrais, com uma bolsinha na cintura em vez de presos à garganta. Estendi a mão na direção dela, colocando meus dedos por cima dos ossos em um caminho delicado que se curvava por cima da sua clavícula. Eu gostava de ver a lembrança macabra de como seu poder seria terrível se ela o aceitasse. Entretanto, eu também gostava de contemplar seu peito no sem nada dificultando minha visão.

Os ossos sacudiram, se soltando do seu pescoço com o meu toque. Guiando-os para baixo, observei quando eles se aninharam nos seus quadris como uma corrente de cintura baixa, envolvendo-a delicadamente e acentuando as curvas do seu corpo.

Willow tocou no peito e no pescoço, espalmando os dedos pela própria pele. Seu alívio pairou entre nós quando ela mudou o peso do corpo, os ossos chacoalhando uns nos outros.

— E quem do Tribunal você gostaria que assumisse o seu lugar? — perguntei, colocando as caixas de joias em cima da cama.

Abri a primeira e ela olhou admirada, me observando com cautela quando coloquei a gargantilha dourada em volta do seu pescoço. Era uma peça articulada, que pairava na sua garganta sem chegar a encostar, junto à corrente de metal da sua mãe. Eu a acompanhei com brincos dourados combinando que eu tinha comprado para ela, colocando-os nas suas orelhas enquanto ela me encarava.

Ela não gostou dos meus presentes apesar do meu intuito de cortejá-la.

— Isso não é justo — disse ela enfim, incapaz de pensar em uma solução adequada para a minha pergunta.

— É porque todos sabiam quais eram as intenções da Aliança para esse coven, e você sabe tanto quanto eu que nunca daria seu apoio a um deles — expliquei, largando a caixa de brincos na cama.

Peguei a última caixa, ignorando o arquejo de Willow. Os anéis na caixa eram o ápice perfeito para tudo que a tinha feito a bruxinha que ela havia se tornado, um aro de ouro entalhado com detalhes de trepadeiras e folhas. A pedra no centro era de ágata cor de musgo no lugar de um diamante tradicional, mas o significado daquilo e o aro dourado do outro anel simples de trepadeiras embaixo dele superavam em muito a tradição.

— Gray — sussurrou ela, balançando a cabeça enquanto eu pegava sua mão esquerda.

Sorri, mantendo-a imóvel e deslizando os anéis no seu dedo anelar.

— Você disse que não era um demônio e que as nossas tradições de casamento não são as suas — pontuei, admitindo a verdade e usando suas próprias palavras contra ela. — Pretendo me casar com você em todas as tradições, Bruxinha. Você vai usar meus anéis e, assim que pudermos, você vai invocar a Deusa. E então vamos buscar a aprovação dela para a nossa união.

— Por que ela concordaria com esse casamento? A deusa está do lado das bruxas que você abandonou — argumentou ela.

Fiz um som de escárnio, enfiando uma mecha solta atrás da orelha dela. Ela olhou para mim, finalmente desviando o olhar dos anéis que eu havia colocado no seu dedo. Outra marca de que ela era minha. De dentro do meu bolso, tirei um anel de ouro simples e o coloquei no meu próprio dedo, me marcando igual a ela.

— O que o coven ensinou a respeito de onde a Deusa deles veio? — perguntei, observando como Willow enrijeceu por inteiro.

— Ela é a personificação da natureza em si. Representa o equilíbrio — argumentou Willow, transparecendo em cada palavra a ignorância daquilo que eu permiti que fosse ensinado. Mesmo que ela não tivesse estado no coven para aprender, sua mãe havia transmitido a mensagem.

Sorri com seu choque, ajeitando seu colar enquanto ela me olhava fixamente.

— Ela *me* representa — afirmei, fazendo uma pausa para ver se ela tinha alguma reação. Sua boca se contraiu em uma linha, revelando frustração por eu estar jogando xadrez antes mesmo de o coven sequer perceber que o jogo existia. — Porque a sua deusa é minha irmã.

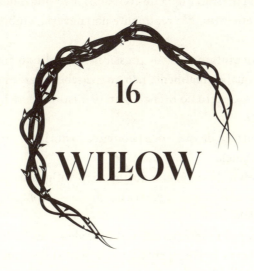

16
WILLOW

Gray amarrou as botas que havia comprado para mim como uma concessão aos coturnos que ele sabia que eu teria exigido usar. Fiquei sentada processando suas palavras, em silêncio, tentando entender há quanto tempo isso vinha acontecendo. Como eu podia seguir o caminho da vingança se havia séculos de história que eu sequer *conhecia*?

— Sua irmã? — perguntei, tensionando os lábios.

Ele confirmou me encarando com olhos dourados cintilando por entre os cílios escuros.

— Outro anjo expulso do paraíso — respondeu ele, ao mesmo tempo em que pegava a minha mão e me punha de pé. Ele passou a mão pelo meu cabelo, as pontas vermelhas brilhantes se destacando bastante contra o tecido preto. — Não sou o único que mereceu a ira do meu pai ao longo dos séculos desde a nossa criação. Só fui o primeiro.

— O que ela fez? — indaguei, evitando questioná-lo sobre seu próprio banimento.

Eu sabia no que acreditávamos. Sabia no que os humanos acreditavam. E não tinha dúvidas de que ambas as versões da história eram tendenciosas de maneira oposta à dele.

Gray sorriu e me guiou para o espelho no canto do quarto, se posicionando atrás de mim para que eu pudesse ver o meu próprio reflexo. Mesmo com as plataformas das minhas botas de cano alto, ele era muito mais alto do que eu.

— Pela mesma razão que eu — ele me deu uma resposta vaga.

O fato de ele não confiar em mim o suficiente para me contar um pedaço da verdade não devia ter me surpreendido, considerando meus próprios motivos nefastos para fazer a pergunta para início de conversa.

Se eu não era mesmo digna de confiança, não podia ficar com raiva por ele não confiar em mim. Ele realmente não deveria, embora eu precisasse que ele confiasse.

— E qual foi exatamente? — pressionei, engolindo em seco ao fazer a pergunta para a qual eu realmente não queria saber a resposta. Eu queria que tudo permanecesse preto no branco, sem se misturar com um viés pessoal e um terreno neutro.

— Tenho certeza de que você já ouviu a história — retrucou Gray sem dar muita importância.

— Quero ouvir de você, não de um texto antigo que passou por tantas mãos e traduções; nada mais me parece fidedigno — repliquei, mantendo meus olhos fixos nos dele.

— Você está esperando que não seja verdade — declarou ele enquanto eu me virava para encará-lo. De repente, parecia muito importante que eu sentisse seu olhar em mim durante essa conversa em vez de vê-lo refletido pelo espelho.

Os espelhos eram portais e eu não queria correr o risco de alguém compartilhar a intimidade desse momento daqui a séculos, quando minha bisneta entrasse nas minhas memórias.

— Não estou esperando nada. Só quero compreender o meu marido — afirmei, odiando a verdade nessas palavras.

Ele conhecia minha mais profunda vergonha, meus segredos mais obscuros, mas eu sabia tão pouco do seu passado contado diretamente por ele.

— Eu amava o meu pai — disse ele, a expressão sombria no seu rosto me lembrando muito o retrato de Lúcifer caindo em desgraça que ele mantinha no escritório. *Seu lembrete.* — Amava tanto que nunca quis arriscar que alguém se afastasse dele. O fato de que talvez alguém não fosse para o Paraíso e sentisse o calor do seu abraço era incompreensível para mim. Eu queria fazer com que os humanos não escolhessem pecar nunca, em vez de correrem o risco de ser condenados.

Suspirei, odiando a empatia que eu senti. Isso era diferente de quando um pai impunha restrições aos filhos até que eles provassem que podiam tomar boas decisões?

Eu não sabia, e detestava essa falta de clareza.

— Você queria privá-los do seu livre-arbítrio — atestei, em vez disso, procurando fazer com que ele se responsabilizasse pelas ações das quais ele sabia que eu discordaria. Eu queria sua honestidade acima de tudo, mesmo que isso não pudesse mudar nada em minha opinião sobre a criatura que ele havia se tornado.

— Eu queria fazer o que fosse necessário para garantir que eles nunca fizessem a escolha *errada* — corrigiu ele, sua convicção nessas palavras atingindo algo profundo dentro de mim. Seus olhos brilhavam como se ele também entendesse os paralelos que poderíamos traçar entre o que ele queria para os seres humanos tantos anos atrás e a situação em que ele me forçava a entrar agora. — É diferente — prosseguiu ele, balançando a cabeça em sinal de frustração.

— É mesmo? Sou livre para fazer uma escolha com a qual você não concorda, então? — questionei, estremecendo quando ele deu um passo para longe de mim. Agarrei seu antebraço, mantendo-o imóvel e forçando-o a ficar comigo para essa conversa.

Se ele podia me prender nesse relacionamento, então ele podia muito bem ouvir que porra eu tinha a dizer quanto a isso.

— Você pode escolher qualquer outra coisa que quiser, *qualquer coisa*, desde que *me* escolha — disse ele, cobrindo minha mão no seu antebraço com a sua. Seus dedos envolveram os meus com mais força do que eu esperava.

— Não é assim que funciona e você sabe disso — repliquei, minha voz séria, mas suave.

— Por que não?! — gritou ele, afastando-se de mim. Ele andou de um lado para o outro, sua respiração irregular pela raiva. A sua reação foi tão fora do seu comum que me fez estremecer, mas sua expressão de dor quando ele se virou para finalmente me encarar fez meus ombros desinflarem, a luta se esvaindo de mim. — Eu já dei o suficiente. Já *perdi* o suficiente. Não vou perder você também.

Apesar de todos os meus esforços, o fundo da minha garganta ardia. A dor dele era tão palpável, tão parecida com a minha, que me fez perceber como éramos semelhantes.

Avancei com cuidado em direção a ele, me aproximando até parar na frente dele. Erguendo as mãos para segurar o seu rosto, falei a verdade mesmo sabendo que isso o machucaria. Uma eternidade *disso* doeria mais.

— Porque até que esteja disposto a me deixar ir, você nunca vai me ter de verdade. Você vai sempre se perguntar se eu ficaria, se eu te *escolheria*, se tivesse alternativa, e não saber a resposta vai te assombrar pelo resto dos seus dias.

A testa dele se franziu, o rosto se contorcendo enquanto ele avaliava o meu alerta. Aquilo me soava como uma eternidade de tristeza absoluta; nunca poder confiar em nada que o homem que eu amava dizia.

Sempre esperando que ele fosse embora.

Soltei o seu rosto, pronta para me afastar. Ele ainda precisava se aprontar, e eu já tinha feito o suficiente para deixá-lo nervoso para o resto da noite.

— Vou deixar você se vestir — falei, a suavidade na minha voz surpreendente até para mim. Se ele fosse mesmo como eu, ia precisar de um tempo sozinho para organizar seus pensamentos.

Segui em direção à porta, parando quando Gray segurou meu braço com gentileza. Virei a cabeça para olhá-lo por cima do ombro, vendo que ele ainda estava bem próximo de mim.

— Você ficaria? — perguntou ele. — Você me escolheria?

A vulnerabilidade naquela pergunta me lembrou alguém muito mais jovem do que Lúcifer Estrela da Manhã.

— Não sei. Não posso te escolher até você me dar opção — respondi, superando minha hesitação. Eu queria machucá-lo, queria me vingar pelo que ele tinha feito comigo. Só que, de alguma maneira, isso parecia chutar um filhote ferido quando ele já estava no chão. — E isso você nunca vai me dar.

Saí do quarto, deixando-o com seus pensamentos. Pensei que magoá-lo me faria sentir melhor; me faria sentir como se tivesse recuperado um pouco mais do meu poder.

Mas eu só me senti uma merda.

*

Esperei Gray aparecer, ainda com a ideia de conquistar a confiança dele de verdade ao me aproximar e arrumar sua gravata. Ele tinha assumido sua máscara de cautela de novo, a vulnerabilidade de alguns instantes antes já superada.

Mas eu a vi na maneira como ele me examinou, na forma como avaliou se havia alguma verdade nas minhas palavras. Talvez ele não tivesse consciência e o que eu queria não importava para ele, contanto que ele conseguisse o que queria.

Ou talvez eu tivesse atingindo um ponto sensível.

— O que exatamente você espera de mim esta noite? — perguntei, olhando para ele por entre meus cílios, como uma oferta de paz. Seu olhar era intenso, como se ele enxergasse para além das minhas ações, então eu me virei para a janela a fim de escondê-las. As luzes em volta da escola iluminavam os jardins do lado de fora do prédio, lançando sombras sinistras sobre o cemitério à distância. Os ossos pressionavam minha cintura, me lembrando de sua existência, enquanto eu encarava os bruxos que haviam sido enterrados de forma errada. O chamado daquela magia era tão avassalador que mal consegui desviar os olhos e me voltar para Gray e seu olhar compreensivo.

— Tudo bem atender ao chamado — disse ele, virando meu rosto para o dele novamente. Ele tocou na minha bochecha, segurando-a com uma gentileza que me dava um alicerce contra a violência daquela magia. Era vida e morte, o turbilhão de uma tempestade de duas forças colidindo.

Uma não poderia existir sem a outra, mas parecia que as duas me rasgariam em pedaços muito antes de coexistirem com sucesso.

— Por que disse ao meu pai para seduzir minha mãe e não outra bruxa? Por que precisava ser uma Verde? — questionei, sem conseguir me controlar para impedir que a pergunta escapasse. A resposta que eu precisava ouvir agora era o que ele esperava de mim, mas não pude me preocupar com isso quando estava prestes a desmoronar.

Gray suspirou, indo até o braço do sofá. Ele se acomodou ali com cuidado, abrindo as pernas e me guiando entre elas. Ele era tão alto que, mesmo sentado, chegava à altura do meu pescoço. Pegando minhas mãos, ele demonstrou sua ansiedade em discutir coisas que achava melhor deixar no passado.

Eu podia ver no seu rosto, aquela ligação tensa entre nós. Eu não precisava ler sua mente para saber os seus pensamentos, e eu odiava o que isso fazia com minhas emoções em relação a ele.

— Charlotte foi a bruxa mais poderosa que eu já conheci — começou ele, a voz triste, como se sentisse falta da mulher que admirava à sua própria maneira. — Até você aparecer.

— Então você queria que eu fosse poderosa? — perguntei.

— Não, pelo contrário, se você fosse mais forte do que ela, eu ficaria em desvantagem. Porém, vi inúmeros bruxos Hecate, incluindo Charlotte, serem corrompidos pelo chamado da morte e o poder avassalador que isso conferia a eles. Eu quis aproveitar a oportunidade de te dar uma chance de ainda se sentir viva, mesmo com os ossos dos mortos te cercando — explicou ele.

— Mas você nunca planejou que eu sobrevivesse — concluí, já que suas palavras não faziam nenhum sentido.

— Eu não planejava que você sobrevivesse até ver sua forma no sonho à espreita quando matei Loralei. Na noite em que reivindiquei você — relatou ele, passando os dedos por cima da marca com a qual acordei cinquenta anos depois de ele tê-la feito em mim. — Nunca foi minha intenção que essa reivindicação fosse menos do que eterna, e eu sabia que adicionar um pouco de vida à necromancia seria a sua melhor chance.

— Minha melhor chance de quê?

— De sobreviver a mim — respondeu ele, pondo-se de pé.

Ele me guiou até a porta, cambaleando atrás dele, instável ao avaliar suas palavras. Isso queria dizer que ele achava que eu viveria mais do que ele? Ou simplesmente que eu poderia sobreviver às coisas que ele me faria passar?

Jonathan miou enquanto nos direcionávamos para a porta, saltando do seu lugar no encosto do sofá e se espreguiçando.

— Eu não entendo — falei, deixando Gray me levar pelo corredor.

Ele estendeu o braço, e aceitei mesmo querendo esnobá-lo. Eu achava que não tinha muitos aliados além dele e das minhas amigas. Fora isso, eu não era burra a ponto de acreditar que o coven me receberia de braços abertos. Eles me destruiriam com as próprias mãos se eu permitisse.

— Não sou um homem fácil de amar, Bruxinha. No entanto, se existe alguém com chance de me amar e se manter ilesa, é você — replicou ele, me deixando atordoada.

O que ele disse era verdade, mas era diferente realmente ouvi-lo admitir que ele sabia ser verdade.

— Você perguntou o que eu espero de você esta noite — prosseguiu ele, me desnorteando ao parar no meio do corredor e mudar de assunto. Eu entendia a urgência de onde estávamos prestes a ir, mas meu cérebro lutou para acompanhar, mesmo assim. — Não *espero* nada de você, mas eu apreciaria se conseguisse deixar de lado sua animosidade em relação a mim tempo suficiente para nos apresentarmos como uma frente unida.

— Você está me pedindo? — perguntei com um riso irônico.

Gray nunca pedia nada.

— Juliet me lembrou de que, se eu quisesse um brinquedinho obediente, eu poderia ter feito várias outras escolhas que estariam dispostas a ser exatamente isso — disse ele, abrindo um sorriso presunçoso com a fúria que tomou conta do meu rosto.

Minhas bochechas ficaram quentes quando puxei meu braço do dele.

— Obrigada por esse lembrete explícito.

— Mas não é isso que eu quero, nunca foi. Eu quero uma parceira. Quero uma mulher que me ame o suficiente para me desafiar a ver o mundo de uma maneira diferente. Quero você, Willow, e entendo que não posso te ter se eu exigir que seja obediente às minhas vontades — explanou ele. — Posso não estar pronto para permitir que escolha tudo, mas eu posso te dar isso, no momento.

— Quem é você, e o que fez com o reitor Thorne? — indaguei, arqueando uma sobrancelha e cruzando os braços.

— Não estou dizendo que não vou te irritar ou fazer coisas que você odeia quase todos os dias, embora eu esteja afirmando que, nisso, posso ficar ao seu lado e permitir que você escolha fazer o mesmo comigo — elucidou ele, agarrando o meu braço e enlaçando de volta no dele para continuarmos caminhando.

— Por que você simplesmente não me deixou escolher quando tentei ir embora? Eu não *queria* abandonar eles — expressei, me referindo ao coven que eu tinha condenado às disputas internas.

— Porque não estou pronto para me despedir, e você estava agindo por impulso advindo de medo. A Willow que eu conheço nunca fugiria da luta. Você se lembra do que falei quando me perguntou o que acontece quando se cansa de lutar? — perguntou ele, fazendo meu coração dar um salto no peito ao me lembrar daquela noite. Da surra que levei e de como me senti destroçada por ter confiado em um homem que deveria ser meu inimigo.

— Isso é diferente — contestei.

— Falei para me deixar lutar por você. Você desistiu de nós, mas eu nunca parei de lutar, Bruxinha — alegou ele quando chegamos ao topo da escada. Ele me soltou só para que eu pudesse segurar a lateral do vestido e levantá-la para conseguir descer suavemente. As pedras aos meus pés pareciam me reconhecer, erguendo-se para me encontrar a cada passo e oferecendo o conforto que a superfície fria podia proporcionar.

— Então você quer que eu interprete o papel da mulher apaixonada pelo diabo que dizimou todo o coven? — sussurrei.

— Não. Eu quero que conte a verdade. Eu te manipulei tanto quanto a qualquer um deles, e não me importo se eles souberem dos fatos. Eu sou o diabo, não um santo — admitiu ele, com um sorriso malicioso. — Quero que tome o coven que pertence a você, independentemente dos seus erros, e reconheça a necessidade de estabilidade nesse caos. Nós dois vamos liderar nossos grupos correspondentes da maneira que a Aliança sempre deveria ter feito.

Continuamos descendo a escada em silêncio, Gray parecendo entender que eu precisava de tempo para processar como isso se desdobraria e o que eu queria fazer para que acontecesse. Eu não queria que meu coven estivesse em guerra com os Hospedeiros e os Arquidemônios. Entendia que isso só traria morte, mas o que eu sabia sobre liderá-los?

Voltei meus olhos para as janelas quando passamos, sendo imediatamente atraída para aquele cemitério mais uma vez.

Eu lhes daria algo que eles não haviam tido por muito tempo.

Daria a eles a verdade.

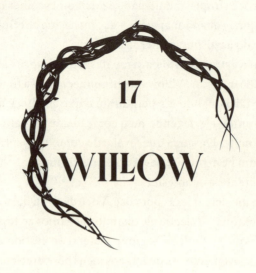

17
WILLOW

As portas do Tribunal foram escancaradas, o mecanismo de trava, inútil. Nunca antes tinha sido permitido ao coven inteiro estar dentro deste espaço; antes, apenas alguns privilegiados podiam entrar na área privada da Aliança.

Mas não havia mais Aliança para respeitar, e eu sabia o que aconteceria com o coven após séculos de liderança rigorosa. O caos se instalaria, eles se voltariam contra aqueles que antes eram amigos na tentativa de preencher o vácuo do poder.

Gray me guiou pelas portas, o murmúrio das vozes imediatamente agredindo meus ouvidos em comparação com a atmosfera silenciosa e de respeito soturno que costumava imperar no lugar. Inspirei profundamente ao passarmos pela redoma e caminharmos até o círculo central, que estava totalmente lotado, a mesma sensação de pressão pulsando dentro de mim como se eu tivesse debaixo d'água.

Mesmo sem a Aliança, este lugar era sagrado para a nossa magia. Sagrado para nós.

Eu não permitiria que fosse profanado.

A barreira mágica pareceu vibrar, concordando comigo, enquanto Gray tentava me puxar para o outro lado, a pequena alfinetada de magia perfurando a pele dos meus braços. A barreira me segurou firme, me consumindo enquanto o sangue brotava dos pequenos ferimentos que ela havia causado. Gotículas surgiam na pele como se feitos por minúsculos objetos pontiagudos; observei-as flutuar pela magia da barreira enquanto Gray olhava satisfeito e presunçoso. Elas se reuniram em uma grande gota com formato de lágrima, pairando na minha frente até eu colocar a mão para apará-la.

A barreira finalmente me liberou, permitindo que eu me movesse para o outro lado. O ruído retornou imediatamente, o murmúrio frenético de vozes abafadas pelo sermão furioso de um homem que dava uma bronca em Gray.

— O que significa isso? Agora você enfeita a sua prostituta com os ossos do legado que *perdemos*? — bradou Itar, gesticulando para mim e para os ossos que continuavam na minha cintura.

Os ossos tilintaram quando eu dei um passo na direção do bruxo, passando direto por ele para me aproximar do trono abandonado de Hecate que fora deixado para apodrecer. O sangue se moveu comigo, e olhei para trás em direção à barreira, que de alguma forma soube que eu precisaria dele e me via sem uma faca.

Que estupidez.

— O que se perdeu pode sempre ser encontrado, Itar — afirmei, levantando a cabeça e encarando-o com ar sério. Ficou óbvio que a maioria do coven não tinha ouvido falar da verdade sobre a minha linhagem e me fitava com uma expressão confusa.

Itar recuou fisicamente, como se tivesse sido atingido, mas se recuperou balançando a cabeça.

— Que monte de asneira — disse ele, erguendo o queixo.

Ele não me deixou escolha, me forçando a fazer a única coisa que eu nunca poderia reverter.

Quando pensei nos erros que eu poderia corrigir, não tinha certeza se alguma vez desejei aquilo.

O trono de Hecate me chamou quando parei na frente dele, encarando o assento envelhecido feito dos ossos daqueles que vieram antes de mim. Os que estavam presos na minha cintura eram ossos de dedos e mãos, as menores partes dos meus ancestrais, mas o trono havia sido refeito a partir dos restos mortais das primeiras gerações de bruxos Hecate.

Virando a cabeça para fitar Itar por cima do ombro, lancei um sorriso arrogante ao desviar meu olhar para Gray. Ele cruzou os braços, observando e achando graça, e baixei a mão do lado do corpo. O sangue que tinha levitado na minha frente caiu, pingando na superfície do trono e se espalhando pelos ossos amarelados.

— Parabéns. Você consegue fazer tanta bagunça quanto qualquer criança tentando brincar com os adultos. Isso prova o quê? — açulou Itar, provocando risadas dos seus apoiadores, que se escondiam atrás dele.

Meu sorrisinho irônico se transformou em um sorriso de verdade quando me virei para encará-lo. Eu me recusei a olhar para Iban enquanto eu me preparava para humilhar o tio dele.

— Nunca ouviu falar em preliminares?

Ele franziu as sobrancelhas, e levantei a mão, fazendo um gesto preguiçoso para os ossos agora cobertos com o meu sangue.

Cobertos com a minha magia.

A cadeira guinchou, rangendo conforme os ossos começaram a se mover, desmoronando no chão de cerâmica até o trono desaparecer.

— Eu não estou entendendo — alguém sussurrou, sem paciência.

Esperei pelo som familiar dos ossos tilintando, sentindo cada toque ressoar na minha alma. Não me dei ao trabalho de olhar enquanto sentia os ossos se reunirem no formato do corpo de um homem, sobrepondo-se uns sobre os outros e se mexendo até que a figura masculina avançasse para ficar do meu lado.

Em algum lugar na sala, Gray soltou uma risada de pura alegria, o calor da gargalhada revestindo minha pele enquanto Itar encarava horrorizado o esqueleto do meu lado.

— Você... — ele fez uma pausa, alternando seu olhar entre mim e a criatura que eu havia invocado dos mortos com apenas um aceno de mão e gotas de sangue. — Mas você é uma Madizza! Eu vi com os meus próprios olhos.

Voltei minha atenção para o trono de Madizza, levantando levemente meu vestido e batendo um pé no chão. As trepadeiras do trono de Madizza imediatamente se retorceram, deslizando para fora do lugar onde ficaram presas por séculos. O trono escorregou pelo chão, transformando-se em nada mais que uma confusão de rosas, trepadeiras e espinhos que percorriam o centro do círculo de Madizza. Elas subiram os degraus do palanque, se posicionando bem no centro onde os dois tronos da Aliança antes estavam.

Eu não tinha ideia do que Gray havia feito com eles, mas saber que ele havia aberto o caminho para eu fazer exatamente o que eu queria me provocou um aperto no estômago. Eu não gostava de ser previsível.

Aquiesci para o esqueleto, que me retribuiu com um silencioso gesto da cabeça antes de se dirigir ao palanque junto com as trepadeiras. Ele se desfez no chão em cima delas, e assisti com satisfação às trepadeiras se enrolarem em volta dos restos dos meus ancestrais.

Unindo-os como um só.

Elas se contorceram e reviraram, se movendo para formar um novo trono: um trono de ossos, sangue e vida.

Subi os degraus devagar, um de cada vez, soltando um único suspiro com as costas voltadas para o coven.

Virando para encará-los, tomei o trono que só poderia pertencer a mim no lugar onde a Aliança costumava ficar.

— Alguma outra pergunta, Itar, ou já terminou de me questionar?

18
WILLOW

Itar olhou para mim furioso, dando o primeiro passo em direção ao palanque. Ele só parou quando Gray se mexeu para se juntar a mim, subindo os dois degraus para ficar ao lado do trono que eu havia reivindicado. Gray fitou as janelas atrás de mim, parando e estendendo a mão para segurar meu queixo. Inclinei meu rosto para fitá-lo, e ele sorriu com alguma coisa que se assemelhava muito a orgulho. Considerando que o coven não podia ver o rosto dele, meu coração deu um salto, sabendo que era só para mim e não parte do espetáculo.

Quando foi a última vez que alguém além dele olhou para mim assim?

Ele se inclinou, tocando suavemente os lábios nos meus para o coven ver. Eu suspirei em sua boca, tanto amando quanto odiando a demonstração pública que não deixaria nenhuma dúvida em relação à acusação de Itar. Para aqueles que acreditavam em rebaixar o lugar das mulheres ao reduzi-las a gostar ou não de sexo, Gray acrescentara lenha na fogueira.

Exceto por esses padrões, eu não era a *prostituta* de Lúcifer. Eu era a maldita *esposa* dele, e não deixaria minha vida sexual determinar meu valor.

— Nunca pare de me surpreender, Bruxinha — disse Gray, em pé ao lado do meu trono recém-criado.

Ele parecia confortável demais ali, muito disposto a me deixar brilhar se quiséssemos alcançar o que tínhamos planejado. O verdadeiro poder não estava em algazarra e bravatas. Não estava nos momentos em que eu apresentava um espetáculo para fazer as mentes mais fracas de homens como Itar entenderem.

Estava na paz silenciosa da noite, quando homens como Lúcifer podiam se sentir confortáveis na própria pele e na certeza de que nada nem ninguém podia impedi-los de conseguir o que queriam.

— Você não nega, então? Você se reduziu a ser um brinquedinho nas mãos desse babaca? — provocou Itar, encarando Iban, que observava com o rosto pálido de choque.

— Eu não nego nada — retruquei, me acomodando melhor na cadeira. Recostei-me, apoiando as mãos nos braços e cruzando as pernas com cuidado. — Embora eu ache que podemos concordar que sou muito mais do que um simples brinquedinho. Talvez a verdadeira razão pela qual você considera que ele seja uma ameaça tão grande é porque ele realmente respeita as mulheres o suficiente para permitir que eu me sente ao lado dele.

— Willow é minha esposa, e em breve oficializaremos isso perante sua deusa. No momento, espero que todos se disponham e aceitem essa união pelo que é: a chance de um recomeço para nós. Temos a oportunidade de nos unir de verdade, com nossos povos unidos pelo casamento — anunciou Gray enquanto eu me inclinava para frente na minha cadeira.

— Mas preciso confessar, Itar, que você não vai estar por perto para teste-munhar o que esse coven vai se tornar — declarei, dando tapinhas com o dedo nas trepadeiras do trono. Elas avançaram devagar, e Itar entrou em pânico, lutando pelo controle da vida vegetal que deveria pertencer a ele tanto quanto a mim.

Porém, ele não havia nutrido seu relacionamento com a terra; na verdade, ele agira de forma contrária por seus próprios interesses egoístas. Eu só tinha recebido o que me foi dado em medida igual, mantendo o equilíbrio da melhor maneira possível e oferecendo tanto amor quanto recebia.

As trepadeiras ignoraram o chamado dele.

— Willow, pare com isso! — pediu Iban, sua voz penetrando no silêncio daqueles que observavam. As trepadeiras se enrolaram em volta dos tornozelos de Itar, prendendo-o no lugar quando ele tentou fugir.

Ele revidou com a sua magia, pegando uma única trepadeira do trono de Bray. Ela me atingiu no peito, rasgando o delicado tecido de organza da parte de cima do meu vestido e cortando a minha pele. Olhei para baixo, observando o corte na minha carne por um momento.

A dor era suportável quando não deveria ser, apenas um latejar incômodo quando deveria ser nada mais nada menos que um calor fumegante. Um feixe dourado se espalhou sobre a ferida como se estivesse liquefeito, exatamente da mesma cor dos olhos de Gray, enquanto ele me encarava e cerrava os dentes.

Suas narinas se inflaram no momento em que toquei aquele ponto, assistindo, perplexa, quando o dourado recuou e a ferida cicatrizou para todos verem.

— Isso é impossível. Só a Aliança é eterna — espantou-se Itar, lutando contra as amarras das trepadeiras que subiam pelo seu peito e seus ombros. Elas o fizeram se ajoelhar, o baque do seu corpo batendo na pedra ecoando pela sala.

— Será quer era eterna mesmo? — perguntei, franzindo o nariz ao lembrar como eles tinham explodido em pedaços de carne e sangue.

— Sua puta traidora! Ela era sua avó — exclamou Itar, cuspindo aos meus pés.

— Ela era uma aberração para esse coven — retruquei, me levantando. Desci os degraus, parando bem na frente de Itar e olhando ao redor da sala. — E você vai contar a eles exatamente como ela conspirou com os membros do Tribunal.

Itar empalideceu, me encarando confuso. Havia uma dúvida sincera sobre como eu poderia ter descoberto a verdade.

— Como...?

— É isso mesmo, Itar. Eu sei o que você fez com esse coven, e sei o que fez com as filhas deles — acusei, gesticulando para os membros do coven que me encaravam. — E você vai confessar tudo.

As trepadeiras se apertaram ainda mais em volta dele, fazendo-o gemer, o rangido ecoando pela sala.

— Vá para o inferno.

— Diga a eles por que os bruxos são enterrados em caixões quando deveriam ficar com seus elementos. Diga por que privou a Fonte da nossa magia de readquirir o equilíbrio. Diga como fez ela se exaurir e enfraqueceu a todos, tudo com a intenção de que cada um deles fosse sacrificado para que você pudesse viver livre dos Hospedeiros quando todos estivessem mortos.

Levantei a mão, tocando na garganta dele com um dedo. Uma das trepadeiras seguiu, enrolando-se no pescoço dele e apertando enquanto ele me encarava com raiva. Itar lutava para respirar, resistindo às amarras que o seguravam com firmeza.

— Willow! — protestou Iban, vindo para o meu lado.

Gray se colocou no caminho dele, forçando-o a manter distância enquanto seu tio pelejava por ar. Inclinei-me o suficiente para que meu rosto preenchesse a sua visão, garantindo que ele só conseguisse me ver enquanto tudo ficava embaçado e ele lutava para respirar.

— Conte ao seu sobrinho o que você fez com *ela* — falei com desprezo.

Eu não disse o nome dela, mas um suspiro abalado atraiu minha atenção para o centro da multidão. Os olhos castanhos profundos de Margot encontraram os meus, em choque, e ela cobriu a boca com as mãos. Iban seguiu meu olhar, franzindo a testa alternando o foco entre mim e seu tio.

Levantei a mão, movimentando as trepadeiras entre as pernas de Itar e colocando pressão na parte que ele usou para cometer uma agressão contra uma garota que não queria.

— Tio — disse Iban, mas a cautela na sua voz estilhaçou algo dentro de mim.

Iban sempre valorizou os laços familiares, abrindo mão de tudo apenas pela possibilidade de criar uma família própria. Saber que alguém que ele amava e valorizava com um vínculo forte podia ser capaz de coisas tão horríveis o arrasaria.

Margot me surpreendeu, avançando em meio à multidão. Ela chegou ao meu lado sem dizer uma palavra, deslizando a mão na minha. Sua mão tremia quando ela assumiu se postou à frente e encarou seu agressor, o rosto dele assumindo um tom arroxeado.

— Chega — murmurou ela. Imediatamente soltei a trepadeira em volta da garganta dele, vendo-o cair de peito nos azulejos. Deixei-o cair, e ele bateu o rosto no chão, seu lábio cortado pelo impacto.

— Obrigado, Margot — disse ele ofegante, o som rouco da sua voz mal chegando até nós apesar de estarmos na frente dele.

Margot deu um passo adiante, pressionando a ponta do seu salto na parte de cima da mão de Itar. Ela a esmagou, arrancando um grito da garganta dele, enquanto aqueles olhos castanhos dela se abrasavam como fogo líquido.

— Eu não pedi para ela parar em seu benefício — afiançou ela, se agachando com cuidado na frente dele. Havia tanta graça nos seus movimentos, uma fluidez que eu jamais poderia ter enquanto ela arrumava seu vestido atrás dos joelhos. — Eu quero ouvir você dizer.

— Dizer o quê?

— Diga a eles o que fez comigo — exigiu ela, mantendo a voz firme ao mesmo tempo em que suas narinas se dilatavam. A umidade encheu seus olhos, mas ela não permitiu que as lágrimas caíssem. Do canto do olho, observei Gray balançar a cabeça para Belzebu quando ele avançou. A fúria estava estampada no seu rosto e no corpo tenso, uma máquina de matar quase sem controle. Ele ficou paralisado no lugar, encarando Lúcifer como se pudesse arrancar a cabeça dele. Margot pressionou o pé com mais força, mudando a posição para colocar o salto no meio da mão dele.

Ele gemeu quando torci a mão, permitindo que minhas trepadeiras se enrolassem por baixo da bainha da sua camisa e tocassem no cós da sua calça. Essa ameaça sozinha o assustou, e ele deu um salto como se pudesse impedi-la.

— Eu me esgueirava para o seu quarto à noite — admitiu ele, mantendo as palavras vagas.

— Para quê? — perguntou Margot, me impressionando ao se levantar e se afastar dele. Usei as trepadeiras para obrigá-lo a se erguer do chão, colocando-o novamente de joelhos para que Margot pudesse ter uma chance na parte mais íntima dele, se quisesse.

— Eu tocava em você.

— Não — disparou ela, se inclinando para o rosto dele. — Você não me *tocava*. Você me estuprava. Diga a palavra.

— Sua vagabundazinha…

— Diga a porra da palavra. Admita o que fez com ela e também o que você e o resto do Tribunal conspiraram para fazer com esse coven, e eu vou te dar uma morte rápida. Mas não tenha dúvida, Itar, você vai morrer de qualquer maneira. Vou garantir que sofra por cada dia que ela precisou olhar para o seu rosto nojento, com medo de que seria o dia em que você voltaria — vociferei, esperando enquanto ele refletia.

Ele olhou para os outros membros do Tribunal, o horror no rosto deles me trazendo uma satisfação doentia. Bastaria uma confissão para que as vítimas do seu plano se unissem. Para que percebessem o que a própria família pretendia fazer com eles para obter mais poder.

— *Eu te estuprava* — assumiu ele, fazendo a única escolha correta. Margot relaxou aliviada, a respiração ficando irregular pelas palavras finalmente ditas. Belzebu chegou até lá imediatamente, a envolvendo em seu peito para que ela pudesse esconder as emoções. Eu o encarei séria, mas não disse uma palavra, sabendo que ela não precisava que eu chamasse mais atenção para ela.

— E o resto? — continuei, sentindo Gray tomar seu lugar atrás de mim.

— A Aliança e o Tribunal conspiraram para livrar o Vale do Cristal dos Hospedeiros de uma vez por todas — cuspiu ele, e sorri com sua tentativa de retratá-los como heróis.

— Conte como planejavam fazer isso.

Ele gemeu, cerrando os dentes.

— Não diga mais nenhuma palavra! — gritou o membro Petra do Tribunal.

— Íamos deixar eles se exaurirem. Para fazer isso, estávamos deixando que a Fonte se exaurisse. Quando a magia morre, as linhagens familiares também morrem. A reprodução fica mais difícil. Os bruxos adoecem. Seu sangue se torna menos potente, até…

— Conclua, Itar — incitei, observando-o.

— Até que apenas o Tribunal restasse. Os Hospedeiros não poderiam se alimentar de nós sem quebrar o pacto, e eles ficariam fracos o suficiente para definhar. Cada membro do Tribunal carregaria a magia dentro de si e devolveríamos o poder à Fonte. Nós íamos consertar tudo — garantiu ele, como se isso mudasse alguma coisa.

— Você quer dizer que, depois que todos no coven estivessem mortos, vocês consertariam para vocês mesmos — instiguei, esperando que ele desse o tiro fatal.

— Sim. É exatamente isso que quero dizer — concordou ele.

Concedendo a ele a morte rápida que ele não merecia, enrolei minha trepadeira em torno da sua garganta outra vez e a torci, quebrando seu pescoço com rapidez e eficiência.

Foi mais do que eu poderia dizer sobre os membros do coven que se voltaram contra os anciãos das suas linhagens, erradicando a existência do atual Tribunal.

Virei as costas ao derramamento de sangue, me dirigindo às portas que me levariam para fora.

— Aonde vai? — perguntou Iban, olhando para mim como se nunca tivesse me visto antes.

— Vou corrigir mais um erro.

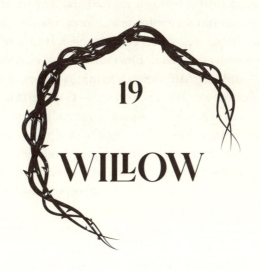

19
WILLOW

Gray gritou o meu nome no meio da carnificina dos membros do coven no Tribunal atrás de mim, e pude praticamente senti-lo abrir caminho no meio da multidão para me seguir. Acenei com a mão, batendo as portas da sala do Tribunal ao sair. As trepadeiras se entrelaçaram no ferro dourado dos portões, envolvendo os mecanismos de trava e os selando como uma tumba. Gray conseguiria escapar, mas eu esperava ter conseguido ganhar algum tempo.

Seus olhos dourados encontraram os meus enquanto as trepadeiras consumiam o portão, preenchendo as lacunas devagar. Seu rosto estava petrificado, mas não era só raiva que preenchia sua expressão.

Era medo.

Isso era algo que eu tinha que fazer sozinha, no silêncio da noite, sem o alarde que uma plateia criaria. Eles mereciam descansar em paz, ser levados para onde sempre deveria ter sido seu lugar de descanso eterno. Não importava que o silêncio me assombrasse; assim, cada palavra sussurrada dos mortos afundaria dentro de mim e me atingiria no âmago.

Segui pelo corredor, indo direto para as portas. Leviatã esperava diante delas, apoiando-se preguiçosamente no batente e mexendo em uma adaga. Eu a arranquei de suas mãos ao me aproximar, ignorando como ele se endireitou imediatamente e me encarou.

— Consorte?

As portas estavam abertas, o murmúrio tranquilo se espalhava pelo ar noturno enquanto eu as encarava. Leviatã se colocou no meu caminho, bloqueando minha passagem quando eu não parei.

— Eu tenho nome — lembrei a ele em voz baixa, sem ousar falar muito alto. Os espíritos inquietos estavam muito perto, a força conjunta dos seus sussurros aumentava à medida que até os mais calados começavam a se expressar.

Eles sabiam que eu estava aqui. Eles sabiam o que eu tinha vindo fazer.

— Willow — disse Leviatã, desviando minha atenção daquele cemitério terrível para finalmente encontrar seu olhar. — O que está fazendo?

— Posso ouvir os gritos deles — admiti, voltando de novo minha atenção para o cemitério ao longe. Leviatã se virou para olhar para trás, seguindo a direção do meu olhar. Seu peito afundou quando ele entendeu. Aproveitei a oportunidade, passando por ele com facilidade e entrando no ar noturno.

Ele segurou meu braço em um aperto suave, seus dedos me envolvendo completamente.

— Onde está Lúcifer? — perguntou ele, enfim, me mantendo imóvel e olhando em direção ao Tribunal.

— Ele está ocupado com outro assunto — respondi de uma forma evasiva, puxando e liberando meu braço.

Meu tempo era limitado até Gray escapar pelas portas do Tribunal. Elas estavam destinadas a responder a sangue de bruxos, e eu esperava que ele não possuísse o necessário para abri-las sozinho.

Leviatã me soltou, sem querer arriscar me machucar, permitindo que eu segurasse a saia e continuasse o meu caminho. Cada passo me levava para mais perto, o murmúrio daquelas vozes cada vez mais alto até eu me sentir como se estivesse cercada pelos gritos.

— Porra — grunhiu Leviatã, correndo e abandonando o seu posto. Ele parou na minha frente de novo. — Só espere...

— Preciso fazer isso — falei, os olhos fixos no cemitério. Eu não conseguia desviar o olhar, mal conseguia escutar a mim mesma por cima da dor daqueles bruxos que tinham sido separados de tudo que eles consideravam sagrado.

Leviatã olhou para mim, examinando com cuidado a determinação desolada no meu rosto antes de, por fim, concordar e se mover para o lado. Ele começou a andar, me seguindo de perto.

— O que está fazendo? — indaguei, hesitando quando ele se recusou a sair do meu lado.

— Talvez você precise fazer isso, mas não significa que vou deixar que faça sozinha — disse Leviatã, sua voz suave sob a vibração dos mortos.

Minhas veias pulsavam com a magia no meu sangue, o seu chamado zunindo pelo meu corpo.

Eu não ia conseguir voltar nem se eu quisesse, não com meus pés se movendo para a frente sem minha permissão.

Olhei para Leviatã com tristeza.

— Estou *sempre* sozinha — admiti, sorrindo de leve quando o rosto dele murchou em reação às minhas palavras.

Ele parou. Eu me virei de costas para ele e segui em frente. Não sentia seus passos atrás de mim enquanto eu me encaminhava para o cemitério. Com uma olhada breve para trás, vi que o espaço que ele ocupava antes estava vazio.

Ignorei a pontada de solidão no peito, deixando-a se enterrar bem no fundo daquele buraco no meio do meu ser. Não era incomum para mim entrar em situações aterrorizantes sozinha; na verdade, era assim que eu encontrava conforto. Eu só podia contar comigo mesma, sempre.

Todas as outras pessoas me decepcionavam o tempo todo. A cada momento de todos os dias, eu estava sozinha quando as coisas ficavam difíceis.

Segui adiante, só parando quando alcancei a entrada do cemitério. A terra sob os meus pés mudou, a decomposição daqueles enterrados ali tornando-a mais fértil. Senti a mudança com um dos lados da minha magia. A maneira como a vida podia prosperar ali, em oposição aos outros lugares sagrados de sepultamento no Vale do Cristal.

A vida continuava, mesmo com outros tipos de magia se exaurindo.

Levantei o vestido, pisando com cuidado no círculo interno do cemitério. No mesmo instante senti o frio da morte na minha pele, a vibração da vida no lado de fora cessando. Uma figura familiar esperava por mim no centro dos túmulos, seu cabelo parecido demais com o meu e seus olhos violeta me encarando de volta.

— Olá, Willow — cumprimentou Loralei com um sorriso discreto.

Ela ergueu a mão, e as vozes dos outros espíritos que permaneciam aqui diminuíram e viraram um som de fundo. Meu alívio foi imediato, sem ter percebido antes como os sons tinham se tornado intensos e como faziam minha cabeça latejar.

No silêncio da noite, um uivo cortante finalmente penetrou a neblina. Jonathan andava na extremidade do cemitério, sibilando furiosamente para o local, mas muito ressabiado em cruzar o limite.

Loralei pegou a minha mão, seu toque frio como gelo. Não consegui não sentir raiva ao olhar para ela, sabendo que o amor do meu pai por ela tinha sido o que acabou com a minha vida. Ele a tinha amado de tal maneira que nunca na vida tinha pensado em gostar de mim, querendo me sacrificar por ela mesmo na morte.

— Você precisa sair daqui. Você ainda não está pronta para esse tipo de magia.

— Não posso deixá-los — falei, balançando a cabeça. Levantei a mão que segurava a adaga de Leviatã, pressionando-a na palma da outra mão que Loralei soltou e passando-a pela superfície. O sangue jorrou imediatamente, escorrendo para o chão.

— Não vai ser suficiente — advertiu ela com tristeza, olhando para o ferimento enquanto ele se curava. O que quer que Gray tivesse feito para me trazer de volta me fazia cicatrizar rápido demais para os cortes rasos que eu estava acostumada a dar como oferendas.

— Willow — chamou Gray, atravessando a névoa de Loralei. Ela sumiu, dispersando-se pelo ar assim que ele surgiu na minha frente e tirou a adaga da minha mão. Suspirei, minha frustração aumentando por ter perdido a conexão com ela. Eu sabia que tinha sido uma ilusão achar que eu podia segurar Gray tempo suficiente, mas ousei assim mesmo. — O que você estava pensando?

— Isso tem que ser feito — afirmei, fechando a boca e olhando em volta, à procura do espírito da minha tia.

Gray enfiou a adaga no bolso do paletó, segurando meu rosto e me imobilizando enquanto me olhava.

— O que preciso fazer para você entender? Você *nunca* está sozinha, e não precisa fazer *isso* sozinha também.

Cerrei os dentes para conter a ardência ácida subindo pela minha garganta, as emoções emergindo quando ele usou minhas próprias palavras contra mim. Não havia dúvidas de para onde Leviatã tinha ido, buscar o único homem que ele achava que eu ouviria.

— Eu consigo *ouvir* eles, Gray. Nunca mais vou conseguir dormir agora que eu senti essa dor, mas eu não sou forte o bastante. Loralei disse que eu não tenho controle suficiente para algo assim.

Se ele ficou surpreso por saber que minha tia tinha me visitado, não demonstrou.

— Ela está certa. Você não é forte o suficiente para isso — disse ele, deslizando as mãos pelos meus braços. Então ele pegou a minha mão, virando minha palma para cima e olhando para o meu antebraço. — Mas estamos juntos.

— Pensei que não se importava com eles — admiti, engolindo em seco quando ele pegou a adaga mais uma vez e colocou a ponta na parte interna do meu pulso. — Achei que tentaria me impedir.

— Não me importo com eles, mas com você, sim. Se isso te impede de ser feliz. Então eu me importo. — Ele pressionou a ponta da lâmina na minha pele, e estremeci e o encarei com pavor.

— Vou perder muito sangue.

Ele sorriu para mim, me puxando devagar para mais perto.

— Não vou deixar nada acontecer com você. Confia em mim?

— Porra, de jeito nenhum — rebati, franzindo a testa quando ele riu.

— Boa garota — disse ele, inclinando a cabeça para o lado. — Mas você confia em mim para te manter *viva*?

Parei, avaliando Gray e a ponta pressionada no meu pulso que podia acabar com aquilo tudo. Ele tinha me dado pedaços de si para me trazer de volta uma vez, e senti o seu medo nos momentos que antecederam a perda dos meus sentidos quando Belzebu quebrou o meu pescoço.

Eu não confiava nele nem um pouquinho, mas podia acreditar nele para isso.

— Confio — respondi, concordando com a cabeça enquanto ele empurrava a faca mais fundo.

Uma dor intensa se espalhou pelo meu braço, se enterrando o suficiente para atravessar músculos e tendões. Meu braço tremia enquanto ele me segurava imóvel, me cortando até o cotovelo antes de passar para o outro braço e fazer o mesmo.

Meus braços caíram ao longo do meu corpo, o sangue escorrendo pelas minhas mãos, os dedos e então para a terra. Minha visão oscilou por conta da dor, meus olhos se fechando por um momento até o grunhido de dor de Gray ecoar o meu próprio.

Ele cortou sua própria carne, entalhando seus braços da mesma forma que tinha feito com os meus. Ele ofereceu seu sangue para a minha ressurreição, o gosto da vida e da morte impregnando o ar ao nosso redor. Era o mesmo que o da decomposição das folhas no outono, como o primeiro brotar das folhas nas árvores na primavera.

Jogando a adaga para o lado, ele pegou minhas mãos e virou meus braços para ficarem paralelos ao chão, me guiando delicadamente para me ajoelhar sobre a terra. Entrelaçando nossos dedos, ele os conduziu para o solo que parecia se abrir, permitindo-nos deslizar pela terra da cova sem esforço. A terra me envolveu, afundando sob minhas unhas e grudando no sangue que revestia minha pele até que minhas mãos estivessem enterradas como os cadáveres embaixo de mim.

Eu oscilava conforme sangrava, meus olhos pousando no olhar etéreo de Gray.

— Não sei o que fazer — admiti.

Isso era tão diferente de ressuscitar um esqueleto do trono, tão diferente da magia da vida que normalmente me chamava. Eu não sabia como convocar tantas áreas diferentes de magia de uma vez só.

— Apenas sinta — explicou ele, deixando seus olhos se fecharem.

Seus dedos entrelaçados com os meus me deixaram tranquila por ele não ter me abandonado, e fiz o mesmo. Meu mundo inteiro se limitou aos meus dedos na terra, ao meu sangue fluindo pelos grãos de terra fértil. Segui o fluxo, o caminho que a terra tomava para espalhar nosso sangue pelo cemitério como um rio, entregando-o a cada bruxo que necessitava.

Uma única gota era tudo de que eles precisavam para se tornarem meus.

— Agora *respire* — sussurrou Gray, sua voz acolhedora e reconfortante. Ele era como uma lareira em um dia de inverno, suas palavras um lembrete de tudo o que é vivo. Segui a terra na outra direção, para as folhas de grama e as raízes das árvores espalhadas pelo terreno do cemitério. O verde da minha magia me alcançou, a sensação familiar da vida se espalhando pelo meu corpo. Deixei-a crescer dentro de mim, sentindo-a me encher de calor.

Respirei, minha inspiração profunda e irregular, enchendo meus pulmões com a primavera.

Soltei o ar, exalando vida na morte do cemitério. O chão tremeu sob mim, forçando meus olhos a se abrirem enquanto Gray me ajudava a me levantar depressa. Ele me puxou, me carregando para os limites do cemitério na hora em que o solo se abriu bem onde estávamos apenas alguns minutos antes. Eu oscilava nos braços de Gray, assistindo às mãos de um esqueleto irromperem da terra.

Os bruxos cavoucavam com as mãos para chegar à superfície, uma mistura de ossos e carne putrefata emergindo da terra. O solo embaixo deles se assentou, grama fresca e flores brotando no local em que ficavam as sepulturas agora vazias. Os mortos se ergueram em estágios variados, alguns cambaleando apenas com ossos e outros com carne se soltando enquanto se moviam.

Segurei minha ânsia de vômito, observando o grupo formar um círculo. Havia cerca de cinquenta bruxos enterrados naquele cemitério desde que a Aliança virara as costas para o equilíbrio.

Gray pressionou o braço na minha boca, deixando o sangue da sua pele tocar nos meus lábios. Abri a boca, tomando o sangue pela primeira vez desde que ele me trouxera de volta. Só consegui sorver algumas gotas antes do seu machucado cicatrizar por completo e, logo depois, o mesmo aconteceu com o meu com um lampejo dourado.

Gray me soltou quando viu que eu tinha recuperado a estabilidade, dando um passo em direção ao cemitério.

— O que você fez? — perguntou ele, girando para me olhar em choque.

Olhei além dele para as figuras em decomposição dos bruxos ali, assistindo com um pavor crescente enquanto a carne se recompunha. Enquanto músculos e tendões frescos cobriam os ossos de novo.

Eles se viraram para mim de uma vez só, mas foi o rosto juvenil da minha tia que capturou meu olhar; ela levantou a mão e a virou na frente do rosto, avaliando-a fascinada.

— Eu não queria… — murmurei, mas as engrenagens já estavam rodando na minha cabeça. As implicações do que eu tinha feito, do que eu *podia* fazer.

Eu tinha absorvido a vida.

E então eu a tinha expelido.

— Willow, você não acordou os mortos — falou Gray, sua voz baixa e surpresa. — Porra, você ressuscitou todos eles.

20
GRAY

O olhar de Willow percorreu as cinquenta pessoas que estavam mortas e enterradas segundos antes, contemplando o corpo de cada uma delas. Aqueles que matei para abrir o lacre a encaravam de volta, tendo sido enterrados recentemente enquanto ela se recuperava dos efeitos da própria ressurreição.

Eu não havia cogitado o que a sua magia Verde faria com a necromancia nas suas veias. Nas implicações que isso pudesse acarretar com a inexperiência dela em bloquear uma das forças fluindo dentro dela. Elas podiam ser duas entidades separadas se ela assim as treinasse, mas até esse ponto... *era óbvio* que seu instinto natural seria combiná-las e usá-las de forma integrada.

Devia ter previsto aquilo depois da maneira como os tronos tinham se fundido, criando uma coisa nova.

A própria Willow era uma coisa *nova*. Ela não era uma Madizza ou uma Hecate, nem uma Verde ou uma Preta. Ela era parte de mim, e isso foi antes mesmo de ela descobrir as tênues impressões das outras magias na sua alma. Para trazê-la de volta, eu tinha lhe dado o suficiente do meu sangue para ela ganhar acesso às magias que não eram dela.

Assim como a Aliança tinha feito antes dela.

Eles não passavam de uma sombra do que eu possuía, e foi por isso que a Aliança nunca se mostrou forte o suficiente para me desafiar de verdade. Entretanto, Willow já tinha os dons que eram dela de nascença, e depois eu tinha agido para ampliá-los, como um babaca idiota.

Ela era uma bomba-relógio prestes a explodir, e era um milagre não ter feito alguma coisa muito pior do que isso.

— Gray — disse ela, e o sorriso que se abriu no seu rosto fez meu coração doer. Eu quase desejei não ter aquilo de novo, para não precisar sentir o eco da dor quando ela aceitasse a realidade do que tinha feito.

E o que ela teria que fazer para consertar as coisas.

— Eles estão vivos? — perguntou ela, como se não conseguisse acreditar.

Ela conhecia o suficiente da sua linhagem para entender que eles deviam ter sido zumbis irracionais, um exército de mortos-vivos que existia somente para servir a ela. Em vez disso, eles caminharam pelo cemitério, cumprimentando todo mundo que conheciam com abraços e sinais de afeição.

O coven tinha saído das salas do Tribunal logo depois de mim, mas Willow estava perdida demais com a sua magia e o chamado da morte para perceber. Ela virou quando olhei para trás dela e vi sua gente a encarando. Ela ficou imóvel, e peguei a sua mão para confortá-la.

Della foi a primeira a vir em nossa direção estendendo a mão para reunir o tecido de sua saia nos punhos, se abaixou graciosamente, se ajoelhando diante de Willow e erguendo seu rosto para ela.

— *Mihi donum tuum est,* Aliança — disse ela, tocando o chão aos pés de Willow e se abaixando para pressionar a testa na terra em uma reverência.

A água se juntou nas folhas de grama, serpenteando em uma única corda que se curvava subindo pelas pernas de Willow. Enrolando-se no seu vestido, circulou-a como uma cobra, se aproximando do seu peito. Minha mulher estremeceu quando o frio tocou a pele nua dos seus braços e do seu peito, afundando dentro do seu corpo e se tornando parte dele. Della era jovem demais para fazer uma oferta de fidelidade assim, mas sua lealdade fez com que outros avançassem e se ajoelhassem.

— Por quê? — perguntou Willow quando uma das bruxas mais velhas teve dificuldades em se levantar da reverência. Ela estendeu o braço para ajudar a idosa, o amarelo da sua roupa brilhante contrastando com o preto do vestido de Willow.

— Nós não temos nenhuma Aliança. Nós não temos nenhum Tribunal. Não existe ninguém para nos liderar por esse caos depois de séculos de regras e ordem — expôs ela, olhando carrancuda para mim sem se virar. — Podemos não gostar da sua proximidade com o Estrela da Manhã, mas nossos ancestrais confiavam em Charlotte. Ela nos salvou da morte certa e nos deu este lugar. Ela nos deu algo em que acreditar.

— Eu não sou Charlotte — afirmou Willow, mantendo o queixo erguido.

Ela não aceitaria o manto do poder se eles lhe dessem por esperarem que fosse algo que ela não era. Ou ela governaria com fogo no sangue ou assistiria ao coven queimar. De qualquer maneira, faria aquilo com sinceridade.

— Não, você não é. Mas acho que é algo *nosso* em que acreditar — replicou ela, dando um passo para trás de forma que os outros pudessem tomar o seu lugar e continuar a procissão de lealdade. As únicas pessoas que podiam se opor a ela eram aquelas que antes se sentavam no Tribunal e tinham mais proximidade com o poder do que Willow.

Porém, ela já tinha lidado com essas pessoas quando virou o coven contra elas, deixando-as para morrer na sala do Tribunal de onde governavam.

Quando os últimos bruxos observaram Willow e ela lhes prometeu escutá-los, Willow se virou para mim e olhou para aqueles à quem havia ressuscitado. Aquela esperança nos seus olhos me fez desejar morrer, pois sabia que teria de ser eu a arrancá-la dela.

— Sei que as coisas estão uma bagunça agora, mas preciso ir a Vermont — disse ela.

Loralei deu um passo à frente como se fosse se aproximar de Willow, mas eu peguei as mãos da minha mulher.

— Willow — comecei, mas me interrompi ao tentar encontrar as palavras para explicar.

— Ela está lá sozinha — objetou Willow, um sorriso lindo transformando o seu rosto. Lágrimas surgiram nos seus olhos quando ela pensou no que podia dar à sua mãe sem a ameaça da Aliança, que a havia enxotado de casa achando que assim a fariam uma bruxa obediente. — Mas eu posso trazer ela de volta.

— Bruxinha, eles não podem ficar — falei, vendo seu sorriso congelar. Sua expressão murchou imediatamente, a confusão visível em sua testa franzida. Ela recuou puxando as mãos quando não a soltei.

— Do que está falando? — perguntou ela, me encarando como se eu tivesse arruinado tudo.

— Você, mais do que ninguém, sabe como esse equilíbrio é delicado. Você *tirou* alguma coisa da morte — esclareci, inclinando a cabeça para o lado. Meu rosto doía por tentar conter a onda de emoção que senti pulsando de Willow. Aquilo me atingiu como um raio no peito, se enterrando no fundo do meu coração com uma dor aguda de mil lâminas. — Você precisa devolver.

— Você me salvou! — gritou ela, arrancando as mãos de mim e cambaleando para trás. — Você não me devolveu!

— Eu estava disposto a pagar o preço para manter você aqui! Eu estava disposto a matar *qualquer pessoa* que o equilíbrio me demandasse se isso significasse ter você, e não vou passar nem um único minuto me arrependendo dessa escolha. Quem você ofereceria no lugar deles? — perguntei, dando um passo para a frente enquanto ela balançava a cabeça. Ela olhou para o grupo de bruxos atrás dela, as implicações do número de mortes que ela precisaria satisfazer pesando no meu peito.

Por mais que a minha bruxinha quisesse fingir que conseguia fazer tal perversidade, ela se importava. Se importava demais para condenar pessoas inocentes à morte e assim salvar as que já tinham tido sua chance e perdido.

— Eu não posso simplesmente abandonar ela — disse Willow, o lábio inferior tremendo. — Não me importa quem seja, eu…

— Nunca vai se perdoar — completei, dando um passo à frente, pegando o seu rosto entre as mãos e a encarando. — E se o equilíbrio exigisse que Ash tomasse o lugar da sua mãe?

Ela ficou pálida, balançando a cabeça furiosamente, as narinas dilatadas.

— Para que serve a merda desse poder se eu NÃO POSSO USAR?! — gritou ela.

Ela enterrou o rosto nas mãos, deslizando-as para o cabelo, frustrada.

— Serve — enfiei as mãos nos bolsos para me impedir de tocar nela — para que você se importe o suficiente para não abusar dele.

Abri um sorriso triste. Ela precisaria do meu consolo na solidão do nosso quarto mais tarde, quando pudesse desmoronar sem outros olhos para observá-la.

Por ora, ela precisava da minha força.

Se fosse qualquer outra pessoa, eu jamais teria acreditado que ia passar pela vida sem nunca perturbar o equilíbrio por um ganho egoísta. Mas Willow nunca iria querer brincar de Deus com a vida das pessoas.

— Tudo bem — disse Loralei, finalmente chegando do lado de Willow. Ela não mostrou nenhum sinal de ódio por mim, não revelando nenhuma lembrança de que tinha sido eu a tirar sua vida. Ela simplesmente encarou sua sobrinha, querendo que ela compreendesse. Ela pegou as mãos de Willow, levando-a à fileira das árvores. Eu sabia o que a esperava naquela floresta, a cripta que muitos desconheciam. — Nos coloque para descansar. Nos dê paz, finalmente.

Loralei foi a única a ir com Willow para dentro dessa floresta, respeitando a santidade da cripta de Hecate. Ela podia não conter os ossos que atuavam como o condutor de poder, mas abrigava os ossos que não podiam ser colocados naquela bolsa que a maioria dos bruxos Hecate carregavam.

Eu a vi desaparecer com sua tia, ciente de que ela precisava descobrir isso por conta própria. Eu podia sentir a emoção emanando de Willow mesmo sem precisar enxergar, sabendo o que Loralei lhe demandava. Pelo que ela a guiava quando eu não podia.

O coven assistia, olhando uns para os outros com expressões sérias enquanto Willow fazia o trabalho que eles não podiam. Ela colocou os últimos ossos Hecate para repousar adequadamente, tomando o que tinha sido negado a Loralei. Ela tinha sido a primeira bruxa a ter negado seus direitos de sepultamento, feito discretamente quando o coven continuava ignorante do que estava acontecendo.

Era mais do que justo que ela fosse a primeira a encontrar a paz.

Willow saiu da floresta cambaleando com uma expressão séria no rosto, os lábios comprimidos. Ela envolvia o osso de um dedo com os seus, e o deslizou para a corrente de ossos que balançava em volta da sua cintura. O osso da sua tia encontrou o lugar a que pertencia, se estabelecendo no quadril dela enquanto seu olhar úmido encontrava o meu.

— Bruxinha — murmurei do outro lado do cemitério, dando um passo na direção dela.

Ela se desviou para longe de mim, indo para o centro e chamando os Brancos. Os que pertenciam àquelas casas deram um passo para a frente, permitindo que Willow os guiasse aos penhascos de cristal ao lado do mar. Ela se dirigiu para o caminho de pedras descendo a encosta, a fila de bruxos Brancos a seguindo. Suas túnicas brancas esvoaçantes os faziam parecer fantasmas, e, mesmo que fossem corpóreos, podiam muito bem ser fantasmas, que a seguiam sem falar uma palavra. Willow parou na beira do penhasco, o vento em seu cabelo, observando como os bruxos de branco se colocavam em cima dos cristais.

O raio do luar refletiu, lançando uma gama ofuscante de cores na noite e nas túnicas brancas. Quando a mais nova das bruxas se inclinou sobre um cristal roxo, deitando de costas sobre ele com seu vestido se esparramando pelo chão, Willow ergueu as mãos na direção deles.

Seu olhar capturou o meu, e vi, do topo do penhasco, uma única lágrima acompanhando o tremor dos seus lábios quando ela fechou os olhos.

Seus lábios se entreabriram.

Willow inspirou fundo, prendendo o ar nos pulmões ao puxar a vida de volta para dentro de si. Sua pele brilhou ao fazê-lo, cintilando como uma luz dourada. Os bruxos voltaram ao seu estado natural nos cristais sem a magia que ela lhes tinha dado.

A carne se soltou dos ossos, o cheiro de decomposição enchendo o ar. Deslizando pelos cristais, o sangue e a essência de magia se espalharam de volta à mesma Fonte de onde tinham sido tirados.

Willow engoliu em seco, suas feições se contorcendo em concentração antes de ela finalmente ousar liberar sua magia por completo.

Seus olhos se abriram devagar, fitando a carnificina dos mortos que ela tinha ousado manter a esperança de salvar. Ela virou as costas para eles, seu rosto uma máscara pálida de força enquanto ela subia o penhasco.

Ela tinha ido com um grupo de quatro ao seu lado, embora, como aos poucos me dei conta de que era um padrão que sempre ocorria na vida de Willow, ela sempre voltava sozinha.

21
GRAY

Willow não desmoronou.

Ela não se deixou abater.

Ela não mostrou nenhum sinal de emoção enquanto trabalhava, colocando os bruxos para descansar como pretendia desde o início.

Deitou os Roxos sob as estrelas, assistindo à magia deles se esvair dos seus corpos e voltar à Fonte no céu.

Colocou os Verdes dentro do cemitério, enterrados em covas sem um caixão que impedisse o contato deles com a terra para onde retornariam.

Deixou o vento varrer os Cinzentos, transformando-os em cinzas e espalhando-os pelo ar.

Assistiu aos Azuis entrarem nas ondas, retornando-os à morte para a água acelerar o processo de decomposição.

Trouxe os Vermelhos ao jardim, observando-os se abraçarem uns aos outros com afeto embaixo do velho salgueiro enquanto todos iam para a morte juntos.

Tirou a vida dos Amarelos, assistindo quando um dos vivos ateou fogo neles e deixou as chamas reclamarem o que ainda restava.

Ela fez o que era necessário, passando por todos os passos como se cada vida não pesasse na sua alma. À medida que Willow cambaleava sob o peso do que precisava fazer, as pessoas do seu coven se fortaleciam. A magia retornava, e suas ações restauravam parte do equilíbrio.

Willow devolveu o que a antiga Aliança tinha roubado deles.

Quando terminou, Willow simplesmente virou as costas para seu povo e se dirigiu de volta à universidade. Eles permaneceram lá, felizes pela volta do que tinham perdido de forma tão gradual que nem sequer conseguiram perceber.

Ela tinha dado a eles um presente; independentemente do que lhe custou, eles nunca esqueceriam.

Eu a segui em silêncio, mantendo distância enquanto ela caminhava. Ela andava como se fosse simplesmente um fantasma, voltando ao quarto que dividia comigo.

Ela buscava o conforto da privacidade, onde nenhuma comemoração invadiria o seu luto.

Continuei a segui-la sem fazer nenhum som. Nem ao menos sabia se ela estava ciente da minha presença até o momento em que ela deixou a porta bater no meu rosto. Sorri ao empurrá-la, encontrando Willow na janela, observando a festa que acontecia em volta da fogueira lá embaixo. Os bruxos dançavam de uma maneira que eu não via desde a formação do coven, a restauração do equilíbrio e a ausência de regras severas os libertando.

Ela escorregou até o chão, ao lado da janela que os Brancos tinham consertado, ignorando o desconforto que devia estar sentindo com o corselet. Cruzou as pernas no peito, sentando-se no chão perto da janela. Apoiando o rosto contra o vidro cristalizado, não lançou sequer um olhar para mim.

— Me deixe sozinha — balbuciou, o som entrecortado daquela voz baixa me levando a dar outro passo na sua direção.

Sentei-me ao seu lado, perto o suficiente para que nossos quadris se tocassem. Não ousei interrompê-la, só ofereci minha presença para que ela soubesse que eu estava ali.

— Já disse, Bruxinha. Você não está mais sozinha.

O rosto de Willow se contorceu, a testa franzindo quando Jonathan emergiu do quarto e se enrolou sobre seus pés. Ela olhou para os bruxos lá embaixo e a celebração da qual ela não conseguia participar. Separada do coven que ela tinha lutado tanto para salvar.

Ela não se encaixava naquilo, assim como eu não me encaixava em celebrações com meus Hospedeiros.

Willow contraiu os lábios, as narinas se dilatando quando Jonathan começou a ronronar. Eu odiava aquele maldito bicho mais do que qualquer coisa, mesmo quando estendi a mão para coçar o seu pescoço em agradecimento pela companhia que ele oferecia a Willow quando ela precisava.

Um soluço engasgado ecoou pelo quarto, fazendo o peito de Willow arfar. Ela virou o rosto para longe da janela, encontrando meu peito e se enterrando no tecido do meu terno.

— Devo estar muito na merda, se você está até sendo legal com o maldito gato — murmurou ela, esfregando a bochecha em mim para enxugar a umidade que ela não queria que eu testemunhasse.

Coloquei meus braços em volta dela, aconchegando sua cabeça sob o meu queixo e abraçando-a apertado. Eu podia não entender toda a extensão da sua capacidade de amar, de se importar com pessoas que ela nem conhecia, a ponto de a morte delas a afetar com tanta intensidade.

Só havia uma pessoa no meu coração.

— Você está tão linda quanto no dia em que te conheci — afirmei, mesmo sabendo que seus olhos estariam inchados e seu rosto, vermelho.

— E você é um baita mentiroso — rebateu, um risinho em sua voz.

Ela deu uma espiada em mim, o roxo e o dourado dos seus olhos brilhando com um toque de vermelho de tanto esfregá-los. Segurei sua bochecha, desejando que ela finalmente acreditasse em mim.

— Amo cada pedacinho seu, Bruxinha. Até as partes que te fazem humana.

Seus olhos suavizaram, e algo caloroso permaneceu em sua expressão enquanto ela me observava, mas ela afastou esse sentimento rápido demais, baixando a cabeça para que eu não pudesse vê-la desabar.

— Gray...

— Eu estou aqui, amor. Está tudo bem — murmurei as palavras junto ao topo da sua cabeça. Willow assentiu contra o meu peito, ficando em silêncio exceto por sua respiração ofegante.

Esperamos juntos que a celebração terminasse, separados daqueles que dependiam de nós.

Mas nunca sozinhos.

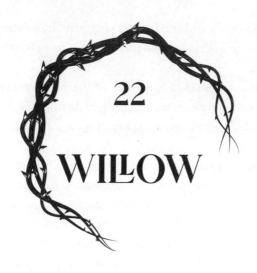

22
WILLOW

Encontrei Della e Nova no pátio no dia seguinte depois de Gray me deixar para dar atenção aos arquidemônios e informá-los de tudo o que tinha acontecido. Não consegui impedir o suspiro aliviado e insidioso quando descobri que Margot não estava com elas. Eu não queria nem imaginar onde ela podia estar, a sensação aterradora nas minhas entranhas era somente a confirmação dessas suspeitas.

Essa era uma razão ainda maior para esconder tudo dela, mesmo que me doesse ter segredos. A necessidade de tê-los ficou evidente quando a vi se entregar ao abraço de Belzebu como se aquilo fosse uma coisa muito familiar para ela.

Para uma bruxa que não gostava de ser tocada de forma alguma, principalmente por homens, ela encontrou consolo nele.

Iban estava parado diante delas, se virando, viu eu me aproximar. Diminuí meus passos, incerta do que me esperava. Eu tinha matado o tio dele a sangue-frio na noite anterior e, mesmo que ele merecesse, eu, mais do que ninguém, entendo que nem sempre é simples desvincular as emoções da razão.

Às vezes, podíamos amar alguém e ainda assim admitir que essa pessoa era absolutamente horrível.

Jonathan tirou a cabeça da bolsa carteiro que eu tinha pendurado no ombro antes de deixar a privacidade do quarto que dividia com Gray. Eu não tinha coragem de pedir para voltar ao meu dormitório, sabendo que fazer isso só criaria um fosso entre nós.

Uma semana antes, eu teria insistido e dito que se danassem as consequências. Me aproximar dele tinha sido meu objetivo, mas eu não tinha nenhum interesse pessoal no objetivo final.

Agora…

Agora, eu não queria nada mais do que enganar Gray da mesma forma como ele me enganara. Eu queria que ele acreditasse que eu havia me conformado com a nossa vida.

Porque eu precisava mandá-lo de volta ao abismo de onde ele veio, o quanto antes. Mesmo que a simples ideia de afastá-lo da minha vida, de machucá-lo, causasse uma onda de agonia em mim, a noite anterior havia mostrado o porquê isso era necessário.

Eu não era forte o suficiente para resistir a ele. Não era forte o suficiente para não cair nas suas doces palavras sussurradas. Achei que o sexo seria a minha ruína, mas na verdade era a maneira como ele parecia determinado a se infiltrar dentro do meu coração e não sair mais dele.

Margot não era a única que o inimigo havia comprometido, e eu sabia que era apenas uma questão de tempo até ela estar perdida por completo.

Iban enfiou as mãos nos bolsos da sua calça jeans, sem se aproximar para me abraçar como talvez tivesse feito antes. A distância era necessária, e era de se esperar, mas isso não impedia a pontada de tristeza que senti de qualquer forma.

— Quando você arrumou um gato? — perguntou ele, olhando para Jonathan.

— É uma longa história — respondi, me virando para as garotas. — Preciso da ajuda de vocês.

— O que vamos fazer? — perguntou Nova, empurrando a última mordida do seu almoço na boca e se levantando. Ela jogou os restos na lixeira, batendo as mãos para se livrar de qualquer migalha.

— Quero encontrar uma maneira de mandar todos de volta. Os Hospedeiros, os arquidemônios, Lúcifer — sussurrei, olhando para cada um dos três. Eu esperava poder confiar em Iban nesse quesito, ele acenou com aprovação e aliviou meus receios naquele instante.

— Acho que sei onde começar a procurar — disse Iban enquanto Della se levantava. — Tem uma seção na biblioteca. Era proibida pela Aliança, mas posso levar vocês até lá.

— Como? — perguntei, examinando-o.

— Enquanto vocês todos passam seu tempo brincando com magia, eu leio. Essa biblioteca é meu quintal, Willow — replicou ele, apontando para as plantas em volta. — Posso não ter mais magia no mundo real…

— Mas você tem nos livros — completei, concordando com a cabeça.

Houve uma época, quando eu era mais nova, quando tudo o que eu queria fazer era me enterrar em livros que contavam sobre jornadas e magia, já que eu não podia passar todos os momentos em que estava acordada assistindo à minha mãe praticar.

Ele sorriu, a maneira de agir um eco de como era antes quando ele olhava para mim. Dando meia-volta para tomar o caminho até a biblioteca, ele nos guiou pelos corredores. Mantive a cabeça baixa, tentando não chamar atenção para mim ou para onde estávamos indo. Se algum dos arquidemônios percebesse o meu plano, eu nunca seria capaz de impedi-los de destruir essa universidade e todos aqui dentro.

Eu ainda tinha a lembrança das mãos de Belzebu na minha cabeça quando ele quebrou o meu pescoço, e a possibilidade de ele fazer isso com Margot era exatamente o que me motivava a continuar, apesar dos riscos. Ela merecia muito mais do que um homem capaz de machucar assim uma mulher inocente que nem sequer conhecia.

Bufei, imaginando a reação de Belzebu diante da minha alegação de ser uma mulher inocente. Ele afirmaria algo muito diferente se e quando descobrisse o meu plano de livrar este mundo dos demônios que tinham sido banidos havia muito tempo.

Essa era a única maneira de consertar as coisas depois de eu tê-las virado de cabeça para baixo. Gray podia afirmar que queria construir um lar no Vale do Cristal, mas em quanto tempo ele iria querer expandir seu território?

Agora que ele não estava mais vinculado à necessidade de sangue de bruxa para sobreviver, logo ele perceberia que havia outros focos de poder dentro deste domínio. Outros bruxos, outros covens e outras pessoas conectadas à terra apesar de ele não ter aberto o caminho.

Se ele pudesse tê-los ao seu lado, se nós pudéssemos torná-los parte do coven, então não havia como prever quais limites ele ultrapassaria em sua busca por poder. Lúcifer foi expulso do céu por seu desrespeito à vida humana e ao livre-arbítrio que seu pai valorizava.

O que seria necessário para ele se lembrar disso?

— Me conte sobre essa seção proibida da biblioteca — pedi, me distraindo das minhas elucubrações. Se eu pudesse apenas enviá-los de volta, nunca mais precisaria imaginar isso.

Eu só ficaria sozinha de novo.

Ignorei o pensamento insidioso, me concentrando na vida que poderia ter sem nenhuma das complicações que Gray trouxera. Eu não o tinha escolhido para mim. Eu poderia ter a chance de *escolher* por conta própria, em vez de ter meu destino determinado séculos antes de eu nascer.

— A Aliança costumava proibir qualquer um de entrar, alegando que lá era cheio de magia que só eles podiam usar — respondeu Iban, balançando a cabeça. — Mas eu nunca vi nenhum dos dois entrarem naquela sala.

— Então como você teve acesso? — perguntou Della, a testa franzida de uma maneira que dizia que ela achava que ele estava mentindo.

— Susannah me pediu para catalogar tudo para ela durante o verão. Ela me deu a chave e me fez jurar segredo. Eu não era fisicamente capaz de falar sobre a sala com mais ninguém além da Aliança até...

— Até eu me tornar a Aliança ontem à noite — terminei a frase, bufando sem acreditar.

Nova se aproximou dele, bloqueando nosso caminho pelos corredores vazios da universidade. A maioria dos alunos tinha ido para a aula seguinte, já que, por mais que todo o nosso mundo tivesse sido virado de cabeça para baixo, a Bosque do Vale queria fingir que estava tudo normal.

Eu não podia frequentar as aulas como aluna quando eu devia estar liderando o coven. Teria que aprender de outra maneira, mas ainda me sentia culpada por minhas amigas estarem perdendo uma parte essencial da sua educação.

— O que ganhou com isso? — perguntou ela, cruzando os braços. Seu rosto estava sério, solene, enquanto o estudava como se já soubesse.

— Eu pude ler sobre as magias mais fortes do mundo — replicou ele, mas o sorriso desconfortável em seu rosto fez meu corpo se tensionar.

Ele tinha feito um acordo com a Aliança, concordado em fazer uma coisa por ela em troca de algo que ele queria.

— Iban, o que você fez? — questionei quando ele contornou Nova. Segurei o braço dele, fazendo-o parar. — O que ela te deu? — As possibilidades eram infinitas, e nenhum dos presentes que a Aliança poderia ter oferecido podia ser confiável. Qualquer um deles podia ter motivos ocultos.

— *Você* — respondeu ele finalmente, olhando para o chão envergonhado. Empalideci, soltando um arquejo. Eu sabia que a Aliança preferia Iban como meu companheiro, mas eu não havia percebido que Iban estava participando ativamente desse plano. — Ela me contou que havia outra bruxa Madizza, e que ela viria para a Bosque do Vale no outono. Ela prometeu deixar claro aos outros homens Bray que eu tinha ganhado o direito de ser o primeiro pretendente.

Della gemeu, esfregando as têmporas com frustração enquanto se virava e subia a escada. Segurando o braço de Nova, ela arrastou a amiga junto para nos dar privacidade, murmurando um suave "babaca" enquanto se afastava.

Analisei as palavras dele, repassando a linha do tempo. Nos meros *dias* após a morte da minha mãe, antes de a Aliança enviar Gray para me buscar, Iban estivera negociando se casar com uma mulher que ele nem sequer conhecia. Eu esperaria esse comportamento de Gray, o Diabo literalmente em carne e osso. Só que, de alguma forma, eu esperava mais do homem que dizia ser meu amigo.

— Você nem me conhecia — falei, tentando ignorar a mágoa.

Eu não era ingênua o suficiente para acreditar que meu sobrenome não teve importância na maneira como Iban se aproximou de mim. Eu sabia que era a única bruxa Verde com quem ele poderia se casar. Eu só pensei que ele estava acima desse tipo de política, e caí em todas as suas mentiras sobre ele encontrar alguém que amasse.

— Nunca se perguntou por que nenhum dos outros Bray se aproximou de você? Você é a nossa única esperança se quisermos que nossos filhos tenham a mesma magia das nossas famílias — declarou ele.

— Não pensei em nada disso. Seu tio me odiava, então eu só achei que você fosse diferente da sua família — rebati, me afastando dele. Continuei em direção à biblioteca, determinada a fazer alguma coisa agora que sabia que alguém que eu considerava um amigo tinha agido de uma maneira tão egoísta. Se o que ele disse era verdade, os outros membros da família Bray ainda não tinham se aproximado de mim por um motivo.

Ele tinha pedido propriedade sobre mim sem ter nenhum direito.

— Willow, me escute — pediu ele, estendendo a mão para pegar a minha. Eu o afastei, me virando com um olhar irritado. Ele ergueu as mãos para me acalmar, um pedido silencioso de desculpas por tocar em mim. Nova e Della continuavam em direção à biblioteca, nos deixando a sós na nossa discussão. — Eu não pensei em nada disso na época. Achei que você ia chegar e eu ia ter a chance de te conhecer antes dos outros. Se não houvesse nenhuma conexão, então eu ia dizer à sua avó que não estava interessado em ser escolhido como seu companheiro.

— Então, por que não disse isso para ela? Por que os outros Bray nunca se aproximaram de mim? — perguntei, minha raiva alimentando minhas palavras. Estava tão magoada que não percebi que não devia ter feito uma pergunta para cuja resposta eu não estava pronta.

Eu estava tão irritada que não percebi que tinha aberto a Caixa de Pandora e nunca mais poderia colocar a verdade de volta nela.

— Porque aí eu te conheci. Você chegou, e você era... — ele se interrompeu, olhando para a janela que dava para os jardins. Eles estavam viçosos de novo como nunca desde que eu cheguei ao Vale do Cristal, meu sangue era a única razão para o retorno da vitalidade de tudo o que nos cercava. — Cheia de vida — acrescentou ele, indicando que seus pensamentos foram para o mesmo lugar que os meus. Ele me fitou, se aproximando um passo, embora não se atrevesse a me tocar.

— Iban — murmurei, fechando os olhos enquanto tentava pensar em uma maneira de desfazer isso.

— Você é linda e inteligente. Você *se importa* com as pessoas daqui mais do que a maioria das pessoas que passou a vida em brigas mesquinhas por poder. A maioria das bruxas me olharia apenas para me avaliar como companheiro.

Eu não tenho poder, o que significa que eu não tenho nada a oferecer a ninguém além de ser marido e pai. Eu *escolhi* essa vida, mas não parei para considerar do que eu estava desistindo fora a minha magia. As pessoas pararam de me *ver* — disse ele, pegando a minha mão devagar. — Minha própria família parou de me tratar como se eu fosse importante para eles, mas você era diferente.

— Pare.

— Você olhou para mim e viu uma pessoa. Olhou para mim e me viu. Você me fez perceber tudo a que eu havia renunciado, já que a magia que eu abandonei não era nada como a sua! Mas podia ter sido, se eu tivesse alguém como você para me ensinar. Você me deu esperança, Willow. Me fez ter esperança de que um dia eu vou ter uma menininha que *sinta* as plantas em volta dela como você faz. Não estou dizendo que estou apaixonado por você. Não estou dizendo que você vai ser a mulher com quem vou me casar um dia, mas estou dizendo que eu não estava pronto para desistir da esperança desse futuro só porque você estava distraída com um Hospedeiro que eu pensei que não duraria — admitiu ele.

— Você devia ter me contado sobre o seu acordo com a Aliança — ponderei, triste.

A realidade infeliz que Iban ainda não tinha considerado era que nenhum de nós sabia o que minha magia faria com meus filhos quando fosse passada para eles.

Eu poderia ser a última Madizza, mas também era a última Hecate. Eu era a primeira bruxa com mais de uma magia em suas veias, e eu não sabia o que isso significaria para os meus descendentes. Eles herdariam ambas? Herdariam uma?

Iban podia facilmente acabar com uma criança que invocasse os mortos sendo que ele queria tão desesperadamente a vida.

— Eu devia ter te contado — concordou ele com um sutil aceno de cabeça. — Mas pensei que, pelo menos, eu podia manter o resto dos Bray afastados por um tempo.

Soltei uma pequena risada.

— Aí é que está. Eu nunca estive interessada em casamento, para começo de conversa.

Ele passou o dedo no anel na minha mão.

— Mais uma razão para se livrar do seu marido então — disse ele, me soltando para subir a escada que levava à biblioteca.

Eu o segui, sem ousar dizer mais uma palavra sequer.

Se me livrar do meu marido era exatamente o que eu queria, então por que pensar nisso fazia o meu estômago doer?

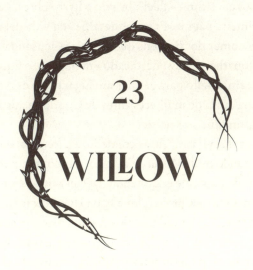

23
WILLOW

Iban e eu entramos na biblioteca, encontrando Della e Nova, que espreitavam na janela. Iban puxou uma chave-mestra do bolso e foi até uma das salas do fundo, liderando o caminho enquanto nos aproximávamos. Ele olhou por cima do ombro ao pegar um dos livros não identificados da estante, revelando uma tranca escondida na parede.

Certificou-se de que não havia nenhum Hospedeiro para descobrir a coleção secreta.

Observei fascinada Iban inserir a chave e girar a tranca devagar. O tilintar das engrenagens de metal se movendo uma contra a outra soou por trás da prateleira quando ele tirou a chave e devolveu o livro.

Della avançou quando a prateleira deslizou para a frente, abrindo-se em uma passagem estreita entre ela e a parede. Interrompendo o avanço de Della, Iban entrou e puxou um cordão. O espaço ficou iluminado, e nós três o seguimos, enquanto a prateleira deslizava de volta para o lugar e nos trancava no lado de dentro. Estremeci.

Iban não perdeu tempo procurando nas lombadas dos livros, enquanto Della e Nova exploravam. Passei um dedo pelo couro, o sussurro de magia dentro daqueles livros roçando em mim.

— Você consegue sentir, não é? — perguntou Iban, tirando um livro da estante quando encontrou o que queria.

Ele o colocou na mesa com cuidado, folheando as páginas, enquanto eu encontrei um volume que chamou a minha atenção e também o abri na mesa, do lado oposto ao de Iban. Della e Nova levaram mais tempo para explorar, puxando livros antes de inevitavelmente os devolverem.

— Estão todos em latim — falei, abrindo o livro sobre o pacto de Charlotte e folheando a primeira página. Eram os detalhes da vida dela antes de fazer o pacto e listava os nomes dos homens que a haviam acusado de bruxaria.

O nome de Jonathan estava destacado em negrito, e fiquei apavorada em pensar no que ele tinha feito para ganhar um lugar entre os Amaldiçoados. Ele havia acusado uma dúzia de mulheres antes de Charlotte, forçando-as a provar sua inocência e afundando-as no rio.

Quando elas sobreviviam, ele as condenava a irem para a forca.

Parecia um mundo de distância do gato dormindo tranquilo na minha bolsa carteiro, ronronando contente e sonhando. Deixei a bolsa cair no chão devagar, acomodando-o apesar de ele provavelmente não merecer tanta gentileza minha.

Se ele nunca tivesse acusado Charlotte, nada disso teria acontecido.

A página seguinte contava a história de como ela tinha ido para a floresta, e toquei com um dedo na letra cursiva cuidadosamente escrita na página. Quantos anos depois ela havia voltado para contar sua história, colocando-a ali para as gerações futuras?

— Esse é o diário de Charlotte — comentei, olhando para Iban.

Ele concordou com a cabeça, mirando o livro. Ele claramente já tinha lido ou pelo menos folheado o conteúdo o suficiente para reconhecê-lo quando Della e Nova se sentaram.

— Você devia levar. Ela ia querer que fosse seu.

Aquiesci, colocando o diário de lado e me levantando. Já que eu ia levá-lo comigo, eu queria encontrar alguma coisa que contivesse a resposta a respeito de Gray nos textos que ficariam para trás. Se Iban já tivesse lido esse diário, eu presumia que ele não nos forneceria as respostas de que precisávamos.

— Aqui está — avisou Iban, virando outra página e se levantando.

Fiquei atrás dele, olhando por cima do seu ombro enquanto ele apontava o desenho na página. A arma na página era rudimentar, um cabo entalhado de osso acoplado a aço. Li as palavras na página, folheando-as e sufocando um protesto imediato.

Diabolus Interfectorem.

Matador de diabo.

— Isso é para matar eles. Achei que estivéssemos procurando uma maneira de mandar eles de volta para o Inferno — objetei, tentando manter a calma.

Voltei para as prateleiras, tamborilando nas lombadas e ignorando o silêncio contundente dos outros atrás de mim. Minha pulsação fazia barulho na minha cabeça, abafando todos os sons enquanto eu tocava nos livros. As palavras ficaram borradas, uma tontura se instalando em mim ao pensar no que eles podiam me pedir para fazer.

— Willow, você está bem? — perguntou Della, a primeira a se aproximar de mim. Ela tocou no meu braço, tirando-o das prateleiras e me forçando a olhar para ela.

— Estou bem — respondi, focando a minha atenção de volta nas prateleiras.

— Então talvez nós possamos pelo menos ver o que Iban encontrou e o que seria necessário — sugeriu ela, sua voz suave demais.

— Juliet nunca vai te perdoar se nós matarmos eles — sussurrei, sem saber se Iban sabia do relacionamento dela.

O rosto dela abrandou.

— Deixe que eu me preocupo com isso.

Ela me guiou de volta para a mesa, me forçando a olhar para a adaga que me fazia sentir um embrulho no estômago.

Era possível matar Lúcifer.

— Nós infundiríamos nela a magia de cada casa — explicou Iban, indo em direção a uma das estantes. Ele pegou um baú da prateleira superior, puxou-o para baixo e colocou-o na mesa. Em seguida, abriu-o devagar, virando-o de modo que pudéssemos ver a adaga pousada dentro do estojo.

Dentro de todas as criações havia uma sensação distinta da Fonte. Como o cabo era entalhado em osso, isso devia significar que eu sentiria a magia desta arma dentro de mim. Mas essa adaga era diferente.

Onde devia haver *alguma coisa*, só existia um vácuo esperando ser preenchido.

— É arriscado demais. Ele vai matar qualquer um que se envolver nisso — disse e me opus, balançando a cabeça e cruzando os braços.

— Não vai ser nada arriscado, Willow — retrucou Iban, o rosto mais suave. — Porque vai ser você a fazer isso, só vai ter que garantir que vai até o fim.

Engoli em seco, fitando a faca com pavor.

— Mandar ele de volta é uma coisa; matar é outra totalmente diferente. Eu não... — parei de falar.

Eu não podia admitir que não era forte o suficiente para ver a respiração se extinguir dos pulmões dele e a luz se apagar dos seus olhos. Fazer isso partiria alguma coisa dentro de mim, mesmo que eu não quisesse admitir.

— Ah, pelo amor de Deus! — exclamou Iban, se afastando como se eu tivesse dado um tapa nele. — Você tem sentimentos pela porra daquele monstro?

— Eu não disse isso — retruquei, balançando a cabeça conforme os olhos de Della se arregalavam.

— Ele te esfaqueou! Mentiu para você o tempo todo desde que vocês se conheceram! Ele matou doze dos nossos bruxos! — berrou ele.

Levantei as mãos, gesticulando e procurando as palavras para negar a acusação no seu olhar.

— Você acha que eu não sei disso?! — gritei de volta, a ponto de arrancar meu cabelo. — Eu sei o que ele fez!

— Então como pode ter sentimentos por ele? — demandou Iban, e a questão não dita pairou entre nós. *Por que ele? Por que não eu?*

— Ele me vê — respondi, tentando ignorar a expressão sofrida no rosto de Iban. — Ele me vê por inteira, e me aceita como eu sou. Não só quem ele quer que eu seja.

— Eu te vejo — disse Iban baixinho, sua voz triste enquanto suas mãos caíam do lado do corpo.

Abri um sorriso, a tristeza no meu peito diminuindo enquanto eu erguia o queixo:

— Você nem me conhece.

Iban endireitou os ombros, concordando com a cabeça, as narinas dilatadas.

— Tem razão. Se é capaz de amar ele, então eu não conheço você nem um pouco. Se quer se livrar dele, essa é única maneira.

— Encontre outra pessoa — falei, olhando para a adaga na mesa e ignorando o julgamento no olhar de Iban.

— Querida — replicou ele, estendendo a mão para tocar o meu rosto. A delicadeza doía mais do que a raiva teria doído, como se ele pudesse ver como isso estava perto de me arruinar. — Você é a única que consegue chegar perto o bastante. Acha que outras não tentaram seduzir ele para encontrar uma vulnerabilidade? Tem que ser você.

Lutei contra o grunhido crescente que subia pela minha garganta, a contração dos meus lábios que mostravam que eu me importava demais. Jonathan saiu da bolsa carteiro no chão, pulando para a minha cadeira, e, saltitando, atravessou a mesa para cheirar a lâmina.

Ele sibilou para ela, saltando para trás com a espinha arqueada.

— Nós podemos mandar eles de volta então. Vou abrir o lacre de novo — decretei.

— E morrer no processo? De jeito nenhum — argumentou Nova da sua cadeira.

— Tem que ter outra maneira! — gritei, estremecendo quando Jonathan se virou e se aproximou da ponta da mesa, esfregando a bochecha no meu corpo.

— Não tem — atestou Iban.

— Willow, se não consegue fazer isso, tudo bem. Vamos encontrar uma maneira de coexistir por agora, e podemos agir depois que tiver um tempo para pensar no assunto — disse Della, a voz esperançosa. Por mais que ela tentasse fingir que o conflito que aquilo causava com Juliet não acabaria com ela, eu sabia que sim.

— Ele não pode ficar aqui, Del. Cada dia que eu passo com ele é...

— Mais um dia que ele passa te dando nos nervos — completou ela, a compreensão estampada no seu rosto. Ela tirou a adaga do estojo e a girou na mão, se levantando e se aproximando. Ela parou do meu lado, segurando a lâmina nas palmas estendidas. — Então você vai precisar fazer uma escolha.

Engoli em seco, inspirando fundo enquanto seu olhar frio estava fixo no meu.

Meu lábio inferior tremeu com a raiva contida, mas fiz a única coisa que eu podia se quisesse fazer o que era certo.

Peguei a faca.

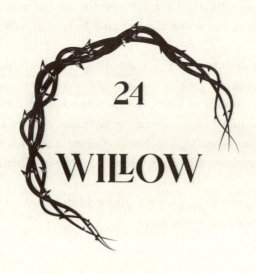

24
WILLOW

Della e Nova saíram primeiro da biblioteca, deixando Iban para guardar os livros. A faca estava no bolso externo da minha bolsa carteiro, a lâmina inclinada com cuidado para não machucar Jonathan enquanto eu a colocava no ombro. Ele se enrolou do outro lado da bolsa, sibilando para a faca quando eu a movi.

Não me preocupei em me despedir de Iban quando saí pela minúscula fenda que Nova tinha aberto entre a estante e a parede, precisando de tempo para processar tudo o que tinha acontecido.

E o que eu tinha concordado em fazer, mas não podia.

Mesmo sabendo que era o certo, achava que não seria capaz de matar Gray eu mesma. Balancei a cabeça enquanto descia o corredor em direção à escada, desesperada para encontrar outra alternativa. Tinha que haver outra pessoa.

Qualquer outra pessoa.

— Willow, espere! — chamou Iban, correndo para fora da biblioteca atrás de mim.

Eu parei, embora tudo o que eu quisesse era chegar nos jardins de baixo, enterrar as mãos na terra e senti-la. Eu precisava me lembrar de que havia alguma coisa a mais para mim. Que era permitido que eu tivesse sentimentos e pensamentos próprios apesar do que o mundo parecia pensar.

— O que você quer? — perguntei, virando para lhe lançar um olhar que transmitia todo o desespero que eu sentia.

Ele arrumou sua própria bolsa no ombro, sorrindo com tristeza a qualquer coisa que tenha visto no meu rosto. Ele não parou de pressionar quando continuou invadindo o meu espaço e se aproximou mais um passo. Em qualquer outra situação, a proximidade podia ter sido um conforto. Porém, ali só pareceu sufocante.

— Você está fazendo a coisa certa — encorajou ele, a voz baixa. Senti aquilo como um galho se quebrando entre nós, a rachadura no meu coração ecoando pelo espaço até eu não conseguir mais segurar minha bufada indignada.

— Estou mesmo? — questionei, vendo quando o pavor fez aquele sorriso delicado murchar do rosto dele, substituído pela confusão. Alguns alunos passaram por nós, se encaminhando para a biblioteca com o rosto voltado para baixo, evitando de propósito olhar na minha direção. Eu tinha ido de excluída para estar no comando, ainda assim, nada podia mudar o julgamento e o medo que os bruxos sentiam devido à minha conexão com Gray.

— Do que está falando? — perguntou Iban, se aproximando mais.

Eu me afastei, balançando a cabeça e levantando a mão para lhe mostrar que eu precisava que ele mantivesse distância.

— O que exatamente estou lutando para proteger aqui? As pessoas que nunca vão me aceitar? — incitei, acenando com a mão para a porta da biblioteca que se fechou atrás dos bruxos com uma batida. Iban e eu estávamos sozinhos de novo, o silêncio das paredes de pedra me pressionando e meus pés distantes demais da terra abaixo.

Senti como se uma tempestade estivesse enfurecida no meu sangue, como se eu estivesse a meros instantes de uma catástrofe que engoliria a Bosque do Vale na minha ira.

— Só dê um tempo a eles. Se você fizer isso, eles vão te venerar — brincou Iban com uma risadinha. Ele achou engraçado, mas nós dois sabíamos que era verdade. Um gesto atencioso para ganhar a afeição das pessoas que podiam ter sido minha família em outra vida.

Outro teste para provar meu valor para as pessoas que deveriam me amar.

Contraí a mandíbula com firmeza, meus dentes rangendo a ponto de fazer minha cabeça latejar.

— Willow… — disse Iban, parecendo perceber que havia dito alguma coisa errada.

— Ah, porra! Já passou pela sua cabeça que talvez, só talvez, eu mereça ser aceita pelo que eu sou e não pelo que eu tenho a oferecer? — questionei, dando outro passo para longe dele. Pelo menos Gray não fingia ser inocente e admitia suas ações. Eu precisava da distância de modo a não fazer nada de que fosse me arrepender, como lançar a magia que cobria minha pele de raiva. Até Jonathan miou, colocando a cabeça para fora da bolsa para me olhar alarmado. — Pelo menos *uma vez*, gostaria que me deixassem fazer alguma coisa porque eu quero, e não porque a porcaria do coven depende de mim para consertar as merdas deles.

— Eu te conheço. Você não quer *ele*. Você está confusa, e eu entendo isso. Ele é mestre em manipulação, querida. Ele sabe exatamente o que dizer para fazer você dar as costas a tudo o que mais importa para você. Essa é a principal razão pela qual precisa lutar, para se libertar dele. Principalmente quando nós dois sabemos que ele nunca vai deixar você ir embora enquanto ele estiver aqui — falou Iban, apoiando o ombro na parede de pedra.

Olhei para a minúscula janela no topo da escada, que dava vista para a floresta com a lembrança do pacto que tínhamos feito. Enquanto ele estivesse aqui, eu nunca ficaria livre deste lugar.

— Não pode afirmar isso — retruquei, contrariando meus pensamentos, encolhendo os ombros. — Ele pode se cansar.

— Ele não vai — reiterou Iban, e meus ombros voltaram para o lugar. O desânimo substituiu a raiva, sabendo que não importava o que eu fizesse, eu teria que escolher entre o coven e Gray. Eu não podia ter os dois, não se quisesse que o coven me valorizasse da maneira como valorizava os seus integrantes.

Talvez Gray e eu não fôssemos tão diferentes afinal, já que a tristeza que se agarrava ao meu peito não era por nunca poder sair do Vale do Cristal.

Era porque eu só queria um lugar para chamar de lar — um lugar onde eu me encaixasse.

Iban se aproximou, colocando uma mecha de cabelo solta atrás da minha orelha. Seus dedos roçaram na minha pele, o calor deles me deixando totalmente consciente do frio que havia tomado conta de mim.

— Eu não me cansaria — afirmou ele, a voz triste.

Dei um tapa na mão dele, encarando-o com uma expressão de repreensão. Suas palavras eram uma manipulação silenciosa, brincando comigo no momento em que ele sabia que eu estava vulnerável. Fiquei ainda mais decepcionada com ele, e engoli em seco quando me concentrei em não pensar naquela perda além do luto em potencial que já me dominava por pensar em matar meu marido a sangue-frio.

— Não é justo — admiti, balançando a cabeça e cruzando os braços. — Por que tem que ser eu? Por que *sempre* eu?

— Eu sei que não é justo. Eu tiraria esse peso das suas costas se eu pudesse, mas... — ele hesitou.

— Eu sei — afirmei, comprimindo os lábios.

Eu não tinha dúvidas de que Iban estaria mais do que disposto a ser aquele a enfiar a lâmina no coração de Gray, acabando com a vida dele e me libertando.

Talvez eu não soubesse muito bem o que se passa na cabeça dos homens, mas não precisava ser um gênio para entender que ele queria livrar o mundo de Gray por mais de uma razão.

Uma era egoísta. A outra não era.

— Acho que eu devia ficar com a adaga por enquanto — disse Iban, enfiando a mão dentro da bolsa do meu lado. Coloquei a minha mão sobre a dele, meu instinto natural me dizendo para manter o objeto poderoso ao meu alcance. — Não ia acabar bem se Gray descobrisse a lâmina antes de termos a chance de encantá-la contra ele. — Mesmo que as palavras dele fizessem sentido, eu não conseguia tirar minha mão para impedi-lo de pegar o objeto. — É inútil sem você, Willow. Nós *precisamos* que lance a sua magia para funcionar — argumentou Iban, suas palavras me tranquilizando e afastando a culpa que estava me consumindo.

Afastei as suspeitas que me tomavam, percebendo a verdade daquela afirmação e soltando um suspiro. Concordando, tirei minha mão e permiti que ele deslizasse a lâmina discretamente para sua própria bolsa. A troca nos deixou muito próximos, o rosto dele inclinado sobre o meu enquanto ele se apoiava na parede.

O ar ficou preso nos meus pulmões quando ele baixou a cabeça devagar, os olhos escurecendo enquanto eu apenas o encarava. Ele se moveu a um ritmo tranquilo, os olhos cheios de perguntas e à espera da rejeição que eu não conseguia me forçar a dar.

Eu precisava saber se a compulsão de Gray ainda me mantinha cativa, se era *parte* do motivo de eu reagir a ele da maneira como reagia. Se eu sentisse algo com Iban, eu saberia que era atração de verdade.

Sua boca tocou na minha suavemente, o mais sutil roçar de pele e quase uma sugestão de um beijo. Fiquei completamente imóvel, sem ousar me mexer com medo do que o meu instinto me dizia.

Eu precisava saber.

A ponta do seu nariz roçou no meu quando ele se inclinou; um afago afetuoso que parecia errado. Ele pressionou seus lábios nos meus com mais firmeza, a mão deslizando sob o meu cabelo e segurando a minha mandíbula, para me manter imóvel. Deixei meus olhos se fecharem, afastando a visão do rosto do homem que o mundo queria que eu escolhesse. Eu não suportava olhar para ele, extraindo a verdade que estava diante de mim.

Só que ao fechar os olhos, só vi a imagem do sorriso arrogante de Gray olhando para mim. Só senti o toque suave da sua boca na minha, a maneira como ele me pressionava e me obrigava a dar tudo.

A boca de Iban era delicada demais, tentando me persuadir com gentileza demais, ao tentar me trazer à tona. Não havia batalha ou guerra em seu toque, apenas doçura quando eu queria paixão.

Recuei, batendo a cabeça na parede atrás de mim ao arrancar minha boca da dele. Cobri minha boca com a mão, abrindo os olhos e vendo Iban abrir os seus muito mais devagar.

— Willow — suspirou ele, a voz baixa e rouca. Ele parecia completamente alheio ao meu desinteresse, como se tivesse experimentado um beijo totalmente diferente.

— Isso foi um erro — falei, afastando com pressa a minha tensão enquanto limpava freneticamente meus lábios nas costas da mão. Deslizando de onde eu estava, entre Iban e a parede, corri em direção à escada e fugi para os jardins.

— Ele não merece a sua lealdade! — gritou Iban, mas não havia raiva nas palavras. Apenas a pontada decepcionada da rejeição.

Ainda assim, meus pelos se arrepiaram com o julgamento daquela declaração.

— Você está certo. Mas, já que estamos sendo totalmente honestos — retruquei, acenando com a cabeça em concordância —, você também não merece.

25
GRAY

Willow desceu a escada com pressa, fugindo de onde sua indiscrição acontecera. Eu não devia me importar que ela tivesse permitido que ele a tocasse por um tempo tão curto, não quando o resultado tinha sido exatamente o que eu queria.

Ela não conseguiu suportar o beijo dele, sabendo que eu era o único que podia colocar os lábios nos dela.

Eu não conseguia nem mesmo ficar com raiva *dela*, porque eu a entendia melhor do que ninguém. Ela queria encontrar alguma coisa para si mesma, queria lutar contra o destino que tinha determinado sua vida muito antes de ela nascer. Ela não tinha experiência suficiente para saber que aquilo era inútil, que não havia como lutar contra o tipo de conexão que nós tínhamos.

Saí do canto de onde assisti ao final da interação entre eles, quando eu estava em busca da minha esposa errante para checar como ela estava. Eu a encontrei tendo uma conversa em voz baixa com Iban, e a postura do corpo dele e a cabeça pendendo sobre a dela deixaram muito pouco espaço para a imaginação.

A minha parte furiosa queria interceder imediatamente, mas a outra parte precisava ver aquilo. Eu precisava saber como Willow se comportava quando ela achava que eu não estava vigiando, ter certeza de que eu não estava imaginando como ela tinha sido calorosa comigo nos últimos dois dias.

Deslizei as mãos para dentro dos bolsos quando Iban se virou para me olhar, suas narinas se dilatando quando ele percebeu que eu tinha testemunhado sua humilhação.

— Pelo visto não saiu como planejado, não é? — perguntei. Ele cerrou a mandíbula, com certeza lutando com a vontade de dar um soco no meu rosto. Não acabaria bem para o humano; ele precisava saber que não tinha chance.

— Você é um desgraçado de merda por fazer isso com ela — disse ele, direcionando seu olhar para Willow enquanto ela descia correndo a escada em espiral, alheia à discussão que acontecia acima dela.

— Por fazer o que com ela, exatamente? Por estar do lado dela quando ela chora? — indaguei, sem fazer nenhum movimento para tocar nele. Apenas deixando sua própria vergonha consumi-lo. Nada que eu pudesse fazer a ele machucaria tanto quanto o que Willow já tinha feito, escolhendo um desgraçado como eu em vez do homem que a faria acreditar que ele era moralmente superior. — Ou por ela gritar o meu nome toda noite, enquanto não consegue nem tolerar um patético beijo seu?

— É justamente por isso que você não merece ela — disparou ele, a expressão enojada. — Eu nunca falaria dela dessa maneira.

Inclinei-me para a frente, me abaixando um pouco para me aproximar da altura dele. Iban não era baixo, mas era mais baixo do que eu na sua forma humana, totalmente frágil e fraco.

— Isso é bonitinho, mas tem muito mais a ver com você não ter a habilidade de satisfazer a Willow do que com qualquer integridade moral.

— Acho que vamos descobrir isso quando ela finalmente te der um pé na bunda.

Inclinei a cabeça, mantendo meu porte ereto e encarando-o de cima.

Não consegui impedir a gargalhada suave que ressoou no meu peito, achando graça na sua resposta tão fora da realidade.

— O que exatamente acha que aconteceu aqui?

— Você viu o que aconteceu. Quer que eu desenhe? — perguntou ele, cruzando os braços e elevando um pouco sua altura. — Ela me deixou beijá-la, e então fugiu de mim por causa do que isso fez ela sentir. É só uma questão de tempo até que ela queira mais do que você pode dar.

Se eu já não achasse que Iban era uma péssima pessoa, o fato de ele não ter demonstrado preocupação nenhuma pelo que eu pudesse fazer com Willow, caso eu realmente acreditasse nas palavras dele, confirmou minha opinião.

Concordei com a cabeça porque, na teoria, ele estava certo. Da maneira como ele me via, eu tinha certeza de que ele achava que Willow um dia ia querer uma vida real: uma família própria e um lugar aonde ela pudesse levar Ash e criá-lo em segurança.

Iban não tinha como saber que não havia *nada* que eu não fosse dar a Willow, incluindo um legado que atravessaria a história.

— Talvez esteja certo, mas você é um idiota por pensar que em algum momento ela vai te querer. — Virei as costas para ele e fui procurar minha bruxinha.

Ela tinha quase chegado no fim da escada quando desci o primeiro degrau do andar da biblioteca. Eu sabia exatamente para onde ela iria depois de uma coisa assim. Ela não se sentiria confortável indo até mim quando achava que tinha me enganado, então ela iria para a única outra coisa na qual podia confiar: seus jardins.

Eu transaria com ela neles para lembrá-la exatamente onde era o seu lugar, presa entre mim e a terra.

— Vai fazer com que ela acabe morta se não deixar ela ir — disparou Iban, suas palavras me deixando paralisado.

Eu não era idiota, e não duvidava que o coven ainda esperava me retirar totalmente da situação, só que Willow tinha ganhado a lealdade deles ao relatar toda a verdade na noite anterior.

— O que foi que disse? — questionei, dando aquele único passo de volta para o andar da biblioteca.

— Você se importa com ela, qualquer que seja o nível doentio com que você é capaz. Eu sei disso — rosnou Iban, engolindo em seco ao me encarar.

Franzi os lábios, fitando o corrimão, pensativo.

— Ela é a minha esposa — afirmei, sem responder à pergunta que ele não fez. Ele não precisava saber até onde eu iria para mantê-la segura, já que não importava.

A única coisa que eu jamais faria seria deixá-la ir.

— Eu me importo com Willow, e até mesmo eu sei que usá-la é a melhor maneira de te atingir. Um dia, você vai irritar tanto alguém que ele vai usar a Willow, e a culpa vai ser toda sua quando a matarem para te machucar — proferiu Iban, sem entender até que ponto essas palavras eram verdadeiras.

Willow e eu estávamos conectados de muitas maneiras.

— Quantas pessoas suspeitam que eu amo Willow? — perguntei, vendo o desprezo e a confusão surgirem no rosto dele em iguais medidas.

— Ama? — zombou ele, o sorriso deformando o seu rosto. — Você não é capaz de amar. Eu sou o único que sabe que ela é mais do que um troféu para você.

Aquiesci, batendo com a mão no ombro de Iban. Ele estremeceu, mas eu o segurei firme e sorri para ele. A arrogância sumiu do seu rosto quando ele se deu conta de que tinha caído em algum tipo de armadilha.

— Ótimo — falei simplesmente, demorando um momento só para desfrutar do medo no rosto dele.

Foi breve demais.

Com um único empurrão firme, joguei Iban por cima do corrimão.

E então o observei cair.

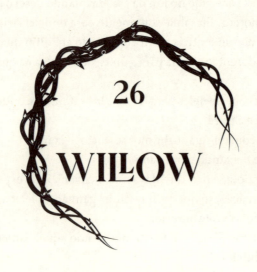

26
WILLOW

Willow.

Parei no final da escada, olhando na direção da porta, confusa enquanto alguém gritava.

O som parecia me cercar, e não consegui entender de onde vinha. Virei fazendo um círculo e olhei para todos os lados. Não havia ninguém lá. Todos os alunos estavam trancafiados nas salas de aula.

— Que porra é essa? — sussurrei para mim mesma, imaginando se de alguma maneira eu tinha me encontrado presa em outra visão.

Olhei para cima de novo na direção da biblioteca de onde eu tinha vindo, pensando se de alguma maneira eu tinha imaginado todo aquele momento com Iban.

Os olhos dourados de Lúcifer me encaravam do topo do corrimão, penetrando na escuridão quando alguma coisa despencou na minha direção.

Cacete.

Eu me movi, correndo para o centro do átrio. Reconheci a roupa flutuando no vento, mesmo com as costas de Iban voltadas para mim. Ele caía com velocidade em direção ao chão de pedras, mais rápido do que parecia possível, o que provocou uma energia desesperada nas minhas veias.

Olhei em volta procurando alguma coisa que pudesse usar, movida pelo desespero à medida que Iban chegava cada vez mais perto do chão. Caso o atingisse, não havia chance de ele sobreviver.

Levantando um pé, eu o bati na pedra da mesma maneira que Charlotte tinha feito quando tinha enterrado meu pai vivo. O chão rachou embaixo dos meus pés, permitindo que eu enfiasse as mãos dentro da terra embaixo. O musgo cresceu, se espalhando da terra com furor quando empurrei tudo que eu tinha para dentro da terra.

A terra respondeu ao meu chamado, criando uma cama macia onde Iban caiu. Ele ricocheteou na superfície, aterrissando de novo com uma batida e depois quicando para o lado. Seu rosto bateu na pedra, o som me fazendo estremecer. Contornei o musgo, que voltou à terra muito mais devagar, se arrastando de volta para o lugar de onde eu o tinha convocado. Eu me ajoelhei ao lado de Iban, virando-o de costas devagar e fitando o sangue escorrendo do seu nariz.

Ele afastou minhas mãos com um gemido, se sentando devagar e me encarando. Olhei para cima e vi Gray nos fitando, e não tive nenhuma dúvida de que ele não esperava que eu ainda estivesse no final da escada. Não consegui explicar o que me fez parar, por que eu não tinha ido logo para os jardins.

Alguma coisa tinha me levado a procurar Gray, e eu achei que fosse o sentimento de culpa pelo que eu tinha permitido acontecer. Eu podia não ter escolhido o que se espreitava entre mim e Gray, fosse o que fosse, mas pensar nele beijando outra mulher me dava vontade de assassinar alguém.

Só me restava imaginar como ele se sentia sobre o que tinha acontecido, e como ele bateu no corrimão duas vezes e se virou, indo para a escada, eu não tinha absolutamente nenhuma dúvida de que ele sabia exatamente o que havia acontecido.

Merda.

— Você está bem? — finalmente perguntei a Iban, voltando minha atenção para ele.

Ele se impulsionou para se levantar, tocando no nariz quebrado.

— Vou ficar — disse ele, movendo os dedos pelo rosto.

— Deixe eu ver — falei, pegando musgo no chão. Apanhei um punhado e levei na direção do rosto dele.

— Você já fez o suficiente — disparou Iban, me fazendo recuar e largar o musgo no chão. Assim que o musgo recuou para baixo da pedra, desenhei um círculo com meu sapato e assisti à pedra se endireitar de novo.

— Sabia no que estava se metendo quando me beijou — afirmei, erguendo a sobrancelha.

Só um tolo não teria acreditado que ele provocaria a ira do meu marido quando me tocasse, e Iban era muitas coisas, mas ele não era um completo idiota. Ele só achava que não seria pego.

Iban escarneceu, deixando a mão cair. Com os lábios se comprimindo em uma careta cruel, uma nova gota de sangue deslizou pelo seu lábio inferior.

— É, eu só achei que valeria a pena.

Ele se virou, pendurando a bolsa no ombro. Enfiando uma mão na bolsa e revirando dentro dela, seus ombros cederam de alívio. Era a confirmação que eu precisava sobre a faca, pelo menos. Encaminhando-se para a família que ele sabia que o curaria sem nenhuma das complicações que seriam trazidas se eu o curasse, ele sumiu. Deixei para lá a mágoa causada por suas palavras, por mais insensíveis que pudessem ter sido, compreendendo que elas foram causadas por medo e raiva.

Eu tinha dito e feito pior na minha própria dor e me recusado em reconhecê-la, mas eu estaria mentindo para mim mesma se não admitisse que a minha parte mais mesquinha detestava a sua falta de gratidão pelo fato de que eu tinha *salvado a sua vida*.

Isso viria depois, quando ele percebesse como chegou perto da morte e a adrenalina baixasse.

Dei meia-volta, desistindo da ida aos jardins em detrimento do confronto que me esperava nos aposentos que Gray e eu dividíamos. Por mais que eu viesse tentando agradá-lo, ele não deixaria *aquilo* para lá.

Os alunos já saíam das suas salas enquanto eu andava na direção do escritório e do quarto de Gray, passando por eles e indo na direção oposta. Ele devia estar dando aula até concordar em ter um substituto, mas esse último período do dia tinha sido ocupado antes pelos novos bruxos que foram trazidos esse ano.

Antes de ele matá-los, cacete.

Minha raiva cresceu quando empurrei e abri a porta, encontrando-o parado do lado da janela com seu whisky na mão. Ele tinha tirado o paletó, jogando-o em cima das costas do sofá enquanto esperava por mim. As palavras de Iban me afetaram mais do que eu queria admitir. Aquela mágoa, combinada com a maneira com que Gray tinha me traído e agora estava tentando matar alguém que eu considerava um amigo, era inaceitável apesar do acontecimento desencadeador.

Bati a porta depois de entrar no quarto, meus passos lentos, então cruzei os braços. Gray se virou para me encarar, erguendo uma sobrancelha de impaciência.

— E então? Diga o que tem a dizer — disse ele, a completa falta de remorso me atingindo muito mais do que qualquer briga que ele pudesse iniciar.

Ele não se importava.

Ele não tinha feito aquilo por raiva, foi uma decisão fria e calculada. Larguei os braços do lado do corpo e ri sem acreditar, balancei a cabeça e fui para o quarto.

Eu teria entendido se ele tivesse feito aquilo por causa da traição. Teria entendido sua raiva e fúria quando ele olhou para mim depois do que eu tinha feito, mas isso era diferente. Isso era só mais um passo em algum grande plano do qual eu não tinha conhecimento.

E, porra, eu não queria fazer parte disso.

Fui até a cômoda, juntei um punhado de roupas e as joguei na cama. Em seguida, fui até o armário, procurando uma bolsa para enfiá-las quando Gray bloqueou a entrada.

— O que está fazendo, bruxinha?

— O que você acha? Não vou ficar mais aqui — falei do armário, voltando para deixar a bolsa na cama. As roupas se desdobraram quando as peguei novamente, jogando-as na bolsa de viagem o mais rápido que consegui.

— De jeito nenhum que não vai — argumentou Gray, inflando o peito como se quisesse provar seu argumento ao bloquear a única saída. Jonathan se esgueirou para fora da minha bolsa de carteiro quando a coloquei na cama, fugindo para a sala como o covarde que era.

— Você tentou matar o meu amigo — afirmei, me virando para encará-lo. — Sabia que você era um assassino, mas achei que ia pelo menos poupar as pessoas com que eu me importava depois do que disse naquele dia na floresta.

Ele contraiu a mandíbula, enrijecendo o corpo ainda mais e deu um passo na minha direção.

— Você beija todos os seus amigos daquela maneira?

— Talvez eu beije — desafiei, me inclinando para perto do rosto dele. — Que diferença faria se eu beijasse? Por causa da sua coerção nem consigo aproveitar, seu babaca.

Gray parou por um momento, examinando o meu rosto antes de abrir um sorriso largo. Ele deu um riso sarcástico e se aproximou de mim, parando apenas quando eu não podia ver nada além dele.

— Você morreu, amor. Eu te trouxe de volta usando meu próprio sangue e magia. Não existe mais coerção.

Eu o encarei, a testa franzida ao considerar o inimaginável.

— Você está mentindo.

— Minha magia não pode agir contra você agora porque a mesma magia corre nas suas veias. Elas se anulam. Você pode não ter gostado do beijo daquele garoto, mas não foi porque eu te forcei a não gostar. Foi porque simplesmente não está interessada nele — disse Gray, dando mais um passo em minha direção. O comprimento de seu corpo pressionava o meu, me deixando sem escolha a não ser olhar para cima quando ele segurou meu rosto. A delicadeza do seu toque era uma oposição direta à maneira como ele devia ter lidado com Iban, o que me fez estremecer. — Não pode estar interessada nele já que seu coração é meu.

— Não é, não — retruquei, recuando e me afastando dele. — Só um monstro jogaria um homem lá de cima só porque ele ousou me beijar. Eu não sou como você, e não vou *desperdiçar* meu amor em um homem assim.

— Você é a minha esposa — declarou Gray, virando a cabeça com frustração enquanto passava a língua pelos dentes inferiores. — Vou fazer o que eu quiser com qualquer um que tocar em você. É bom que saiba disso e garanta que nunca mais vá acontecer. Mas saiba que não me aproximei dele com a intenção de matá-lo. Ficou claro para mim que você não tinha gostado, e eu estava satisfeito em deixar sua rejeição ser castigo suficiente.

— É mesmo? — duvidei, cruzando os braços. — Porque acho muito difícil acreditar nisso.

— Eu também sabia que você provavelmente teria dificuldade em me perdoar por matá-lo ali mesmo, e eu não estava lá muito disposto a lidar com você fingindo que não queria ficar comigo até acabar ficando — explicou ele.

Virei-me para sentar na beirada da cama, olhando confusa para ele.

— Mas você jogou ele lá de cima — falei, apontando o óbvio. Alguma coisa não estava batendo.

— Ele pode ter comentado que, se ele sabia que eu me importava com você, outras pessoas também poderiam saber. Disse que não precisava ser um gênio para juntar as peças e usariam você como meu ponto fraco para me atingir. E que você acabaria morta por minha causa — explicou Gray, se apoiando na cômoda em frente à cama.

— Ele estava errado? — perguntei, encarando o homem que de alguma forma sobrevivera por séculos, mas tinha a inteligência emocional de um recém-nascido que fazia birra sempre que não conseguia o que queria.

— Eu não disse isso.

— Então você jogou ele lá de cima porque ele disse uma coisa que você não gostou? Mesmo sendo verdade? — pressionei, abrindo a gaveta da mesa de cabeceira e enfiando o carregador do meu telefone na bolsa de viagem.

Gray deu de ombros, seu sorriso presunçoso indicando que ele não via nada de errado nas suas ações.

— Já matei por menos...

O humor na sua voz não devia ter me feito rir, mas seu humor distorcido me pegou. Cobri a boca com a mão para esconder meu sorriso, ignorando aquele friozinho na barriga quando olhei para Gray e vi o sorriso deslumbrantemente belo que aquecia o seu rosto.

De jeito nenhum. Eu não ia transar com um assassino.

Ele se levantou, vindo na minha direção com um sorriso amplo enquanto eu lutava para mergulhar de volta na minha raiva. Ainda estava furiosa por ele ter achado certo matar alguém, ainda mais um amigo meu. A ideia de que a próxima vítima poderia ser Della, Margot ou Nova foi o que afinal fez o sorriso sumir do meu rosto, minha raiva voltando quando ele parou na minha frente.

Ele deslizou os dedos por baixo do meu queixo, inclinando meu rosto para encará-lo.

— Acho que gosta da ideia de eu estar tão consumido pelo ciúme a ponto de matar qualquer um por sua causa, então vou deixar uma coisa bem clara para você: eu estava disposto a ignorar essa única vez, mas da próxima? Não vai importar se é seu amigo ou não, a próxima pessoa que você deixar tocar em você vai morrer pelas minhas mãos, e eu vou garantir que ele sofra.

— Às vezes eu acho que você quer que eu te odeie — rebati, minha voz carregada de advertência enquanto eu me levantava.

Passei por ele, ignorando a maneira como meu corpo deslizou contra o dele, para pegar mais roupas na cômoda.

— É porque às vezes você precisa que eu te distraia das emoções que ainda não está pronta para processar, Bruxinha. Você precisa me detestar agora, porque nós dois sabemos que, se pode me perdoar por isso, pode me perdoar por qualquer coisa — asseverou ele.

Bufei, balançando a cabeça com a sua arrogância.

— Eu não te perdoo. Eu não te perdoo por nada disso — falei ríspida, pegando as duas bolsas. Fui para a porta, me afastando dele com passos seguros.

A pior parte era que isso era verdade, e nós dois sabíamos. *Isso* era imperdoável.

E eu tinha rido.

Gray me segurou pelo braço, me virando para trás para encará-lo, e as bolsas deslizaram para os nossos pés. Uma explosão de ar eclodiu no quarto quando nos movemos, batendo a porta do nosso quarto assim que a boca dele encostou na minha com força.

Foi uma dominação brutal, uma possessão, quando ele segurou minhas bochechas e abriu minha boca para sua investida. Gemi, soltando as alças das bolsas para empurrar o peito dele. A magia distinta no ar roçou na minha pele, um vento forte mandando-o um passo para trás quando ele inclinou a cabeça para o lado e me encarou.

Olhei para as minhas mãos apavorada, compreendendo tudo, enquanto Gray sorria com uma satisfação genuinamente masculina. Ele tinha me dado uma parte dele: seu sangue, sua magia.

A mesma que ele tinha dado à Aliança.

Não importava que Susannah tivesse sido uma Madizza, ela detinha a magia de todos os herdeiros para que pudesse ser imparcial em relação a qualquer elemento.

— Aí está minha bruxinha malvada — aprovou Gray, dando um único passo na minha direção. Dessa vez, quando ele me alcançou, eu o encontrei no meio do caminho. Minha boca colidiu com a dele, e eu arranhei o tecido da sua camisa até rasgar com minhas unhas.

Gray gemeu quando arranhei sua pele, deixando marcas vermelhas no processo até finalmente tirá-la dele. Ele tirou a minha blusa por cima da minha cabeça, jogando-a de lado enquanto eu abria meu sutiã e o deixava cair no chão. Sua boca estava na minha de novo, sua mão enterrada no meu cabelo enquanto eu lutava com o fecho do seu cinto e abria sua braguilha, sem nem me importar de tirar a calça dele antes de direcionar minha atenção para a minha própria. Eu a empurrei para baixo, tirando minhas botas aos chutes e lutando para não tirar a boca dele da minha em nenhum momento.

Ele se virou, me agarrando pelos quadris e me jogando na cama. Quiquei uma vez antes de me acomodar nos travesseiros. Os olhos de Gray sobre mim aqueciam o meu corpo enquanto ele puxava minha calça pelos tornozelos, levando minha calcinha junto antes de montar na minha cintura e prender minhas mãos do lado da cabeça. As rosas que eu mantinha na mesa de cabeceira floresceram, crescendo enquanto uma trepadeira espinhosa se espalhava a partir delas.

Havia apenas um problema. Dessa vez, eu não estava no controle.

— Gray — sussurrei, voltando minha atenção para ele enquanto ele me segurava imóvel. A trepadeira se enrolou nos pés da cama, puxando firme antes de se esticar na minha direção e envolver os meus pulsos. Elas se posicionaram cuidadosamente, aninhando a ameaça dos espinhos contra minha pele. Eu só senti o beliscão deles quando me mexi, pois Gray me soltou, se inclinando para trás para me observar.

Ele se levantou, tirando a calça e deixando aquele olhar caloroso percorrer todo o meu corpo. Senti aquilo como um carinho, o suave sopro de ar contornando minha pele vindo direto dele. Meus mamilos endureceram com a brisa fresca, que roçou entre as minhas pernas, me forçando a fechá-las.

Gray riu e deu um tapa na parte de cima das minhas coxas, a dor me fazendo estremecer de modo que os espinhos perfuraram minha carne. Ele abriu um sorriso malicioso, se inclinando sobre mim, lambendo o sangue da minha pele com um gemido.

Fiquei imaginando se ele sentia falta disso, ou se gostava de não ter essa necessidade. Um homem como Gray não gostava de depender de nada nem de ninguém. Eu sabia disso, porque eu também não gostava.

Ele me lançou um sorriso diabólico enquanto formulava seu plano.

Eu estava totalmente ferrada.

27
GRAY

O gosto do sangue dela na minha língua quase me levou à selvageria. Eu queria mais daquilo, queria sentir aquele gosto sempre. Eu podia não ter mais os caninos ou o apetite físico, mas isso não significava que eu não desejasse a intimidade com a minha bruxinha que aquilo trazia.

Pairei sobre o peito dela, pegando meu pau e o guiando para os lábios dela. Ela os pressionou juntos, a rebeldia brilhando naquele olhar desafiador. Ela ainda estava com muita raiva de mim, mas, mesmo assim, também não podia negar a necessidade que sentia. A violência da dança entre nós significava que podíamos querer ao mesmo tempo arrancar sangue um do outro e também foder; duas tempestades opostas colidindo.

Só nos restava esperar sobrevivermos à tempestade.

— Abra a porra da boca, Bruxinha. Não é o meu sangue que você vai beber dessa vez — provoquei, abrindo um sorriso malicioso quando os olhos dela se arregalaram. Ela abriu a boca para me xingar, e usei a oportunidade para empurrar para dentro. Willow grunhiu em volta da cabeça do meu pau, enquanto eu forçava para o fundo da sua garganta. Deslizei a mão até a sua nuca e posicionei o seu pescoço em cima do travesseiro para eu conseguir enfiar mais fundo.

Ela balbuciou alguma coisa, lutando para falar. Não permiti, sem recuar completamente em nenhum momento do refúgio do seu calor enquanto fodia sua boca. Eu não precisava escutar as palavras para saber o que ela disse, o seu olhar furioso servia apenas para deixar meu pau mais duro.

Seu babaca de merda.

Estava escrito no seu rosto inteiro.

Enfiei mais fundo na sua garganta, sem lhe dar a oportunidade de engolir ao meu redor. Ela engasgou, seus olhos lacrimejando conforme aquele olhar ficava mais intenso.

— Não finja que sua boceta não vai estar encharcada assim que eu colocar minha boca nela, meu amor — eu disse, minha voz em tom de repreensão, enquanto Willow engolia e me deixava entrar.

Eu me mexi em estocadas lentas, sendo mais delicado do que eu teria sido se ela estivesse de joelhos na minha frente por causa do seu ângulo.

Ela estava à minha mercê porque queria, não importava o que talvez tivesse tentado argumentar. Aquela coisa ardilosa chupava enquanto eu puxava para fora da sua garganta, lhe permitindo respirar.

— Caralho — gemi, a sensação de Willow tomando o que queria era o suficiente para me atormentar. Eu gostaria de poder sentir suas unhas se enterrando na minha bunda, senti-la me puxando para mais perto e mais fundo. Em vez disso, me contentei com movimentos curtos, deixando-a fazer sua mágica com a língua até eu atingir o clímax.

Bati a palma da minha mão contra a parede, me inclinando para a frente enquanto Willow chupava até eu gozar. Ela manteve os olhos nos meus enquanto engolia ao meu redor, permitindo que eu me movesse dentro da sua boca até eu terminar.

Ela ainda estava furiosa comigo quando saí da sua boca, encarando a carne vermelha e inchada e deslizando pelo seu corpo. Eu me acomodei entre os seus quadris, meu pau amolecendo pressionando contra o seu calor úmido.

— Está vendo? Você está encharcada — constatei, dando um longo beijo na sua boca antes de traçar uma linha com o dedo, descendo entre o vale dos seus seios. Com minha necessidade imediata saciada, levei um tempo desenhando círculos em volta dos seus seios e seus mamilos, observando os arrepios surgirem ao longo da sua pele.

— Não seja babaca — sibilou ela, se contorcendo sob o meu toque.

— Jamais — repliquei, fingindo indignação e me inclinando e levando o mamilo dela à minha boca e mordiscando-o de leve. Ela arqueou as costas embaixo de mim enquanto eu segurava seu outro seio, a carne farta transbordando enquanto eu apertava.

Aproveitei cada segundo daquilo enquanto beijava cada centímetro do seu peito e da sua barriga, explorando cada curva e cada depressão, e as gravando na memória. Passei mais tempo nas costelas dela, me concentrando no lugar onde eu havia esfaqueado para soltar a costela de Charlotte. Ela prendeu a respiração como se soubesse exatamente o que eu estava fazendo, e não deixei de notar a mudança na sua respiração ou na sua raiva.

Não era uma raiva pela coisa certa, mas uma raiva que vinha de feridas profundas e purulentas que não cicatrizariam até que ela permitisse que eu as abrandasse. Eu podia ter feito o que tive que fazer para garantir que ela saísse viva de toda aquela situação, mas Willow nunca esqueceria que eu podia simplesmente ter escolhido não fazer nada.

Com o tempo, ela entenderia que aquilo tinha sido necessário para termos um futuro juntos, que eu não teria sobrevivido a uma vida inteira *sabendo* que a amava, mas sendo incapaz de sentir isso de fato. Como o leve eco do que era o amor depois de tê-lo perdido, eu sabia que Willow era importante para mim.

Eu simplesmente não conseguia sentir a marca dela na minha alma até que minha alma e meu coração estivessem unidos em um só corpo.

Arrastando meus lábios pela sua barriga, pressionei meus polegares na pequena cavidade ao lado dos ossos do seu quadril, me deleitando com a forma como ela se contorceu. O local era sensível para Willow, como um botão fácil, que eu poderia pressionar para fazê-la abrir mais as pernas. E foi exatamente o que ela fez, se abrindo para mim enquanto eu me acomodava entre suas coxas e deslizava a boca sobre o seu corpo.

Inalei seu cheiro, a combinação única de flora e mulher que apenas Willow conseguia ter. Enfiando um dedo para dentro dela, dei uma risada quando ela se contraiu em volta dele.

— Você está sendo cruel — disse ela, me espreitando quando me inclinei para a frente e toquei, com a língua, o local onde meu dedo bombeava devagar dentro do seu corpo. Arrastando-a pela extensão da sua boceta, fiz um caminho lento e tranquilo até o seu clitóris.

Tive o cuidado de evitar o ponto que eu sabia que ela mais ansiava pelo meu toque enquanto explorava cada sulco e cada pedacinho dela. Mergulhei minha língua ali, beijando sua carne, e apreciei a maneira como ela se contorceu embaixo de mim em um esforço de me colocar no ângulo que ela queria. O aroma do seu sangue ficava mais forte conforme ela lutava, os cortes superficiais no seu pulso se abrindo de novo com seus movimentos.

— Gray, por favor — implorou ela, finalmente me dando o que eu queria. Willow podia brigar comigo o quanto quisesse durante o dia, mas só uma pessoa estava no comando, uma vez que estivéssemos sem roupas.

— Você deixou que ele te tocasse — acusei, as palavras soando mais como um grunhido do que qualquer outra coisa. Ele estava com as mãos no pescoço dela, a boca na dela.

Por mais que eu soubesse da sua natureza efêmera e só tivesse que esperar, eu precisava apagar essas imagens da minha mente. Eu não conseguia pensar em uma maneira melhor de fazer isso do que forçar Willow a admitir que ela era minha.

— Foi só um beijo — murmurou ela, deixando transparecer a emoção que ainda crepitava nela. Sexo era uma distração para Willow, uma maneira de se separar das coisas que ela ainda não estava pronta para admitir que sentia. Eu queria poder falar que ela só estava as deixando escondidas de mim, mas sabia que era mais do que isso.

Willow não havia admitido isso nem para si mesma ainda.

— Isso também é — falei, pressionando de leve minha boca na carne da sua boceta. Não lhe dei o que ela queria, recebendo em resposta um grunhido de frustração dela. — Você gostaria que eu beijasse outra mulher?

— Vou te matar por isso, porra — rosnou ela, sua raiva forçando sua magia a responder.

A magia pulsava ao longo da sua pele, uma eletricidade tentadora que eu sabia que poucos podiam sentir. Quando ela colocava intensidade demais, as trepadeiras respondiam ao seu chamado, seu sangue as satisfazendo enquanto recuavam dos seus pulsos. Ela enterrou as mãos no meu cabelo, me segurando com firmeza enquanto me encarava com raiva.

— Toque em outra mulher e eu vou…

— O quê? Jogar ela escada abaixo? — perguntei, abrindo um sorriso debochado para minha esposa e vendo a fúria no seu rosto.

— Não — retrucou ela, me surpreendendo com um sorriso impiedoso. — Vou jogar *você* escada abaixo e depois te enterrar vivo. — Ela me pressionou em direção ao seu centro, me posicionando onde queria. Com sua admissão de ciúmes pairando entre nós, dei um gostinho do que ela queria. Envolvendo meus lábios em torno do seu clitóris inchado, chupei de leve enquanto ela se contorcia embaixo de mim.

— Cuidado, amor. Com um ciúme intenso assim seria difícil de acreditar se você não me amasse — murmurei contra ela antes de fazer movimentos circulares com a minha língua. Suas bochechas coraram de raiva por ser pega e pelo que isso implicava, me fazendo rir enquanto eu a levava ao limite do orgasmo. Ela estremeceu embaixo de mim, suas pernas trêmulas do lado da minha cabeça conforme ela se aproximava.

Então eu parei, olhando para ela.

— O que está fazendo? — perguntou ela, seus olhos se arregalando de pânico. Ela estava tão molhada, inchada e ávida, tão desesperada quando rastejei para cima para cobrir seu corpo com o meu. Eu não lhe dei o meu pau, enquanto a encarava, a imobilizando. Não havia como fugir do meu olhar, não havia escapatória de saber que eu a estava vendo.

— Se quiser gozar, vai ter que admitir que é minha. Que sua boquinha perversa é minha — instiguei, me inclinando para beijá-la. Ela enterrou os dentes no meu lábio inferior, tirando sangue de uma maneira que só me deixou com mais tesão. — Que sua bocetinha perfeita é minha. Que você é toda minha, e da próxima vez que deixar alguém te tocar, vou encontrar uma maneira de assegurar que você nunca mais vai poder fazer isso de novo. Está entendido, Bruxinha?

Willow sorriu, arqueando as costas e arrastando os quadris pela cama. Ela esfregou a boceta na minha extensão, tentando me provocar a lhe dar o que ela queria. Quando não cedi, sua testa ficou tensa.

— Gray.

— Diga as palavras, Willow — ordenei, não lhe dando opção a não ser escolher.

Ela podia manter seu orgulho e escolher gozar por conta própria ou podia apenas admitir a verdade, e eu treparia com ela até ela não conseguir mais respirar.

Ela desviou os olhos para baixo, encarando o labirinto que havia impresso no meu peito. Agarrei seu queixo, fixando seu olhar no meu de uma maneira que comunicava exatamente o que eu queria. Ela estava errada se pensasse que eu ia aceitar sua recusa e deixá-la em paz.

Eu tinha toda a intenção de atormentá-la até ela ceder.

Deslizei a mão entre as suas pernas, esfregando seu clitóris com a base da minha mão e enfiando dois dedos dentro dela. Ela gemeu, o desafio na sua expressão crescendo quando ela percebeu exatamente o que aconteceria se ela não me desse o que eu queria. Eu não ia titubear em usar o meu corpo contra ela, brincando com ela como meu instrumento preferido até ela tocar minha música preferida.

— Meu corpo é seu — admitiu ela, seus lábios abrindo e mostrando os dentes em alguma coisa entre um sorriso e um rosnado.

— Ah, não, Bruxinha. Não foi *isso* que eu pedi — reiterei, continuando a brincar com a boceta dela. Eu me inclinei para a frente, enterrando meu rosto no seu pescoço e atormentando-a com beijos suaves e o roçar da minha língua na sua pele. Ela estremeceu, arfando quando enterrei os dentes nela. Eu queria conseguir furar; eu ansiava pela intimidade do seu sangue fluindo pela minha garganta.

O corpo dela cedeu embaixo do meu, a obediência ganhando em seu desespero para gozar. Sua devoção quando ela estava embaixo de mim me satisfez, mesmo sendo uma admissão hesitante.

As coisas que vinham fáceis na vida nunca valiam tanto quanto as vitórias conquistadas através de sangue, suor e lágrimas.

— Eu sou sua — disse ela, sua voz baixa enquanto ela me encarava. Ela pressionou os meus ombros, me empurrando para trás com uma explosão de ar que me deixou ciente de que ela não estava totalmente no controle. Isso possibilitou que ela invertesse nossa posição, me virando de costas, vindo por cima de mim e estendendo a mão entre nós para me guiar até a sua abertura. Ela deslizou a boceta pela extensão do meu pau, me envolvendo no seu calor. Estava tão molhada e pronta por causa da minha provocação que enterrou o mais profundo que conseguiu na primeira investida, se acomodando na minha virilha enquanto eu me ajustava e a agarrava pela nuca.

Puxando-a na minha direção, capturei sua boca com a minha quando minha bruxinha começou a se mover. Ela tomou o que quis, ondulando seus quadris de forma que seu clitóris roçava contra mim a cada estocada. Ela se contraiu ao meu redor com poucas investidas, suas pálpebras estremecendo, enquanto ela gemia na minha boca. Eu a virei de costas, continuando a fodê-la mesmo quando suas coxas começaram a tremer, e ela enfiou uma mão entre nós para tentar me interromper.

Ela estava sensível demais quando gozou, precisando de um alívio que eu não dei. Tomei tudo o que ela tinha para oferecer, fodendo com ela enquanto o seu orgasmo reverberava. Peguei suas mãos e as prendi unidas acima da cabeça, enquanto deslizava minha mão livre atrás do seu joelho e erguia sua perna para conseguir ir mais fundo.

Seus seios balançavam enquanto eu socava dentro dela, fodendo com mais força do que antes. Seu corpo estava mais resiliente, menos frágil e com mais capacidade de me aguentar durante todo o curso da ação. Suas unhas se enterraram nas minhas mãos, me arranhando quando ela voltou do tormento do seu orgasmo. Finalmente a soltei, movendo minha mão para a sua garganta e agarrando para segurá-la. Seus olhos se arregalaram por um momento quando restringi sua respiração, mas ela não lutou para se livrar do toque possessivo.

Eu me inclinei na direção dela, tocando minha testa na dela quando ela estendeu o braço e enfiou as unhas na carne na minha bunda. Puxando-me para dentro do seu corpo com mais força, ela encorajou a fúria nas minhas estocadas.

A determinação em garantir que ela continuasse a sentir meus movimentos dentro dela por dias me impulsionou, e penetrei nela rápido e com ainda mais força.

— Minha — rosnei, vendo as pupilas em seus olhos descombinados se dilatando.

Seu tesão aumentou, e ela tomou meu lábio entre seus dentes e mordeu-o até tirar sangue outra vez. O som que ela emitia era mais animalesco do que humano, vindo dos instintos mais profundos da nossa ligação.

— *Meu* — ela praticamente ronronou.

Enfiei minha mão livre entre nossos corpos, esfregando seu clitóris enquanto a fodia. Ela gemeu, seu rosto relaxando enquanto ela jogava a cabeça para trás e arqueava as costas.

— Não consigo — disse ela, agarrando meu braço com uma das mãos para me parar.

— Me dê mais um, Bruxinha — falei, ignorando seu protesto. Apertei minha mão em volta da sua garganta, cortando seu ar enquanto ela arquejava embaixo de mim.

Sem parar, eu a fodi e ataquei seu clitóris sem piedade, levando-a ao limite quando ela lutava para respirar. Sua boca se abriu, mas não saiu nenhum som. O medo cruzou sua expressão, o momento em que ela se perguntou se tinha cometido um erro.

Apenas quando suas pálpebras pesaram indicando que sua visão começou a ficar turva foi que soltei sua garganta, vendo seus pulmões se expandindo com ar. Ela gritou, arranhando as minhas costas ao atingir seu orgasmo enquanto eu me enterrava fundo dentro dela e gozava, enchendo-a de mim.

Ela ficou deitada com o corpo lânguido e relaxado sob o meu, os olhos fechados quando deslizei para fora dela. Suas pernas caíram na cama, bem abertas para eu olhar sua boceta rosa e inchada. Toquei nela com os dedos, reunindo a umidade que tinha se seguido ao meu alívio e enfiando-a de volta para dentro dela.

Ela recuou com o meu toque, seu corpo sensível demais enquanto eu abria mais as suas pernas e deslizava meus dedos de novo dentro dela. Ela fechou-as em volta da minha cabeça, tentando ir mais para cima na cama para evitar meu toque enquanto eu beijava seu clitóris com cuidado e a provocava com os dedos.

Meus dedos estavam encharcados com o meu esperma, facilitando a passagem até mesmo quando o corpo dela tentou me expelir.

— Gray, eu não consigo...

— Qual o problema, Bruxinha? Você não queria gozar? — perguntei, minha voz irônica quando ela me encarou em choque.

— É demais — disse ela, balançando a cabeça.

— Vamos terminar quando eu disser que terminou, e nem um segundo antes. — Abri um sorriso malicioso, abaixando a cabeça para a sua boceta mais uma vez.

Willow não ia dormir naquela noite.

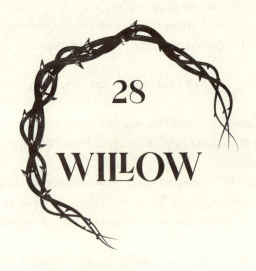

28
WILLOW

Andei do corredor até a sala onde eu sabia que os herdeiros estariam sofrendo com suas aulas de canalização. Deveria ser a aula mais divertida. Era uma oportunidade para abraçar a magia nas nossas veias, mas o professor que ensinava tinha perdido o fio da meada.

Era difícil canalizar quando sua magia não respondia ao chamado por causa da sua negligência.

Esperei encostada na parede do lado de fora até o sino tocar. Meu corpo doía a cada passo, mas eu estava determinada a não o deixar me deter quanto ao que precisava ser feito. Tudo o que aconteceu na noite passada só tinha provado que eu precisava fazer o que fosse necessário para livrar esse mundo de Lúcifer.

Eu precisava tirá-lo da minha vida, e do meu corpo, o quanto antes.

Iban saiu da aula com um grupo de amigos do lado e, olhando por trás dele, vi que Della me encarava. Aquiesci para ela sem falar uma palavra, observando-a comprimir a boca e anuir com a cabeça. Eu detestava o que minhas ações fariam com o relacionamento dela, só que a alternativa era impensável.

Se Gray já tinha me afetado tão profundamente em tão pouco tempo, o que ele faria se tivesse anos para me manipular? Quanto tempo até ele me ter tão profundamente arraigada nele até que eu acreditasse que me amava? Ainda pior, que eu o amasse o suficiente para perdoar seus erros?

— Willow — disse Iban, a voz hesitante. Seus amigos olharam para mim em dúvida, mas ele só acenou para eles seguirem e me pegou pela mão, me guiando em direção a um recanto isolado. — O que está fazendo aqui?

— Eu vou fazer — anunciei, minha voz mais firme do que estava no dia anterior. — Você pode reunir as pessoas de que precisamos para o feitiço?

Ele inclinou a cabeça para o lado, soltando o meu braço e mantendo distância. Sua proximidade com a morte pareceu operar maravilhas no sentido de fazê-lo respeitar meu espaço pessoal.

— O que te fez mudar de ideia? Sei que não estava totalmente de acordo ontem. Ele fez alguma coisa com você?

Ruborizei, minhas bochechas ficando quentes com a lembrança de todas as coisas que ele tinha feito comigo na noite anterior. Parecia tanto um castigo quanto uma recompensa, como se ele não pudesse decidir se estava furioso comigo ou aliviado por eu ter sido sincera sobre não sentir nada com o beijo de Iban.

— Ele tentou te matar — declarei, a mentira oprimindo a minha garganta.

Que tipo de pessoa eu teria me tornado para *isso* não ser uma força motriz por trás da minha decisão de me livrar de Gray?

Iban me olhou como se não acreditasse em mim, sua desconfiança pesando nas suas feições bonitas e joviais. Ele não disse que eu estava mentindo, anuindo e me lançando um olhar de soslaio.

— Vou falar para nos encontrarem na biblioteca em uma hora. Consegue aparecer lá?

Olhei na direção do corredor que levava à sala de aula de Gray, a indecisão me corroendo por dentro. A proteção em volta do meu coração tinha se rachado por ele, me deixando inquieta e no limite. Eu não conseguia afastar a sensação de que esse seria o maior erro da minha vida, mas eu só conseguiria reconstruir aquele abrigo se ele não estivesse mais aqui.

Eu posso não ter nascido sem um coração como um Hospedeiro, mas isso não significava que eu não preferisse o torpor de mil cortes irregulares na minha alma.

A vida tinha me arruinado. Meu pai tinha me arruinado.

Mas Gray tinha me *despedaçado*.

Eu não lhe daria tempo nem oportunidade para fazê-lo novamente, mesmo se isso significasse me condenar de volta àquele lugar onde nada realmente importava.

A ironia da situação não passou despercebida.

Gray antes não tinha um coração com o qual pudesse me amar, mas ele estava disposto a fazer qualquer coisa para recuperá-lo.

Só para eu querer jogar o meu fora.

— Vou estar lá — garanti, sorrindo suavemente para as costas de Iban quando ele se virou sem falar uma palavra.

Eu deixei que ele reunisse quem nós precisávamos, sabendo que Della e Nova pelo menos estariam do meu lado e seriam um apoio silencioso até eu precisar fazer a única coisa que eu queria evitar mais do que tudo.

— Você está bem? — perguntou Nova, se aproximando de mim. Della evitou o meu olhar, correndo para encontrar Juliet.

Eu só podia esperar que ela não contasse nada para ela, apesar de eu não ser capaz de culpá-la mesmo que ela fizesse. Só porque eu estava disposta a sacrificar o meu coração, não significava que eu pudesse esperar o mesmo dela.

Nem todo mundo precisava escolher entre amor e dever, entre fazer o que queria e o que era certo. Alguns amores simplesmente faziam sentido. Eles caíam no que era realista e esperado de um relacionamento, parecendo mais como o lento crescer de raízes embaixo da superfície do que um relâmpago atingindo os galhos. Gray e eu transformaríamos o mundo em cinzas se eu permitisse que nosso amor crescesse, aceitando-o como parte de mim quando era algo que ia contra a natureza.

— Não — admiti, encarando os olhos cinzentos da minha amiga.

Nova deu um sorriso triste, aquiescendo como se entendesse.

Mas ela não entendia. Nenhuma delas entendia.

— Sabe, está tudo bem em não estar bem. Você não precisa ser sempre forte para nós — assegurou ela, apoiando a cabeça em cima da minha.

Lutei para conter a ardência das lágrimas, e concordei com a cabeça.

— Posso vir a precisar que você seja forte por um tempo, mas por enquanto, tenho que continuar lutando — reconheci, me recusando a olhar para ela. — Porque é assim que eu sou.

O eco das palavras de Gray ressoou profundamente no meu peito, e não me escapou que essas eram as palavras às quais eu recorria em busca de conforto. Não era a lembrança do abraço ou do incentivo da minha mãe, mas do próprio homem que eu planejava matar naquela noite.

Afastei-me de Nova devagar, seguindo em direção à sala de aula de Gray. Ele estava diante da turma, aparentemente sem problemas por não ter dormido na noite anterior. Eu me sentia quase uma morta-viva quando me aproximei dele, me forçando a ignorar quem nos observava pela porta aberta.

Ele se virou, arqueando a sobrancelha ao me encontrar parada ali.

— Bruxinha? — disse ele, colocando o giz na bandeja de metal na base do quadro e juntando as mãos.

— Eu te odeio — grunhi, as palavras sussurradas. Ele ficou tenso, se preparando para a discussão que eu sabia que ele esperava. Já tínhamos passado por isso muitas vezes para ele esperar qualquer coisa diferente, e eu torci minhas mãos, cutucando minhas unhas enquanto procurava as palavras certas.

Se eu fosse tirá-lo da minha vida, se eu fosse me despedir, então eu pelo menos queria admitir minha verdade apenas uma vez.

— Willow... — A frustração transparecia na sua voz, me obrigando a dar mais um passo na sua direção. Ele caminhou até a mesa, seu rosto se suavizando ao ler meu desconforto. Ele sabia o que eu estava tentando dizer. Ele sabia que eu não estava *realmente* falando que eu o odiava. — Eu sei — ele acrescentou suavemente.

— Sabe? — perguntei, inclinando a cabeça para o lado. — Você sabe como é não querer mais nada além de arrancar você da porra do meu coração? Sabe o quanto eu odeio que a pessoa que me mostrou a maior ternura seja a *mesma* pessoa que eu devo desprezar?

— Eu soube que você era minha no momento em que eu te vi, e então passei os cinquenta anos seguintes te esperando. Eu te odiei por um bom tempo, Bruxinha. Você ameaçou tudo que eu tinha planejado e construído durante séculos. Então, sim, eu entendo — explanou ele, acariciando minha bochecha com os nós dos dedos. — A diferença entre mim e você é que eu não me importo com o que é moralmente certo. Eu pego o que eu quero sem constrangimento. Você ia preferir fazer de si uma mártir a se sentir bem sobre seus sentimentos por mim.

— Isso não é justo — falei, recuando pela frustração na voz dele.

— Não é? O que deve a essas pessoas por quem lutaria tanto para defender? Algumas semanas atrás, você teria rido se eu dissesse que era uma delas — exasperou-se Gray, e detestei não poder negar a verdade dessa afirmação.

Eu não queria nada mais do que sair e viver minha vida com Ash, deixando o coven para lidar com seus problemas.

— Eles são a minha espécie. Sem o coven no caminho...

— Você só pode usá-los como escudo até certo ponto, Bruxinha — afirmou ele, pegando um livro na mesa. — Preciso me preparar para a próxima aula, então se só veio até aqui para discutir, sugiro que saia.

Suspirei, tocando no topo do livro e empurrando-o para baixo. Ele me fuzilou com os olhos por cima da superfície da página, me forçando a engolir minha frustração com ele.

— Não estou usando eles como escudo.

— Não está? — perguntou ele, tirando meus dedos do livro.

— Por que você tem que ser tão difícil? — perguntei, virando as costas para ele. Eu me encaminhei para a porta, determinada a lhe dar a privacidade que ele queria tão desesperadamente um momento antes.

— Eu? — perguntou ele, dando uma gargalhada. — Você veio até aqui só para arrumar briga, e então tem a coragem de ficar com raiva de mim quando eu faço as perguntas que você não está pronta para se fazer.

Suspirei, deixando os braços caírem do lado enquanto perdia a vontade de brigar.

— Eu não vim aqui arrumar briga — admiti.

— Não sei, não, acho que você talvez nem saiba como *não* arrumar briga — disse ele, mas havia um sorriso se espalhando no seu rosto. — Do que você precisa, meu amor?

— Eu queria pedir desculpas. Eu estava errada ontem, quando deixei Iban me beijar. Não vai acontecer de novo — admiti, vendo a cabeça de Gray se inclinar para o lado. Ele colocou o livro na mesa com cuidado e se aproximou de mim.

Quando ele inclinava a cabeça dessa forma, só havia dois pensamentos na sua mente.

Ou ele estava prestes a ser cruel, ou ele achava que eu estava prestes a desmoronar.

Eu não sabia qual das reações doeria mais naquele momento, sabendo o que eu estava prestes a fazer. Sua crueldade machucaria agora, mas tornaria tudo mais fácil depois; sua gentileza seria o contrário.

Seus passos eram vagarosos quando ele se aproximou de mim, parando exatamente na minha frente e pegando o colar da minha mãe, que estava pendurado em volta do meu pescoço. Ele brincou com o colar, me olhando nos olhos.

— Eu sei que não vai, e agradeço seu pedido de desculpas — falou ele, deixando o colar cair no meu pescoço de novo. — Mas não foi isso que você veio aqui me dizer, e certamente não é a porra do que eu quero ouvir.

Engoli em seco, me arrependendo da escolha de ter vindo até ele. Eu não conseguia encontrar as palavras que tinham parecido tão fáceis quando seu olhar dourado não estava me fitando.

Um olhar dourado que eu provavelmente só veria mais uma vez, quando a vida esvaísse dele por completo.

— Isso foi um erro — murmurei, balançando a cabeça e recuando.

Gray me pegou pela nuca, me virando de novo para encará-lo. Sua boca veio para a minha bruscamente, sua língua me forçando a abrir. Ele se afastou tão de repente quanto se aproximou, me fazendo segui-lo.

— Diga.

— Odeio que tenha me feito amar você — disparei, as palavras desesperadas saindo como o mais baixo dos suspiros.

Eu não podia negar a necessidade que pulsava no meu coração, a maneira como cada ato doce e atencioso dele tinha se entranhado até meu âmago. Ele podia ser o diabo e ser capaz de grande maldade, mas ele também cuidava de mim de maneiras como eu nunca havia sido antes.

Ele me mostrava o que eu significava para ele sempre que podia, e aqueles momentos, mais do que qualquer coisa, fizeram minhas defesas ruírem até somente a verdade permanecer.

— Eu sei que você odeia, Bruxinha — afirmou ele, sua boca se abrindo em um sorriso deslumbrante. Seus olhos se iluminaram como se eu tivesse lhe dado mais magia do que ele saberia como conter, o sol refletindo nele e fazendo com que ele parecesse o anjo que um dia foi.

— Tenho certeza de que essa é a parte em que você deve dizer de volta — falei, fazendo biquinho para ele.

Seu sorriso se alargou quando ele se inclinou para baixo, tocando a boca na minha com muito mais delicadeza. Ele se demorou lá, compartilhando o ar comigo e me olhando fixamente.

— Eu te amo, Bruxinha. Por tudo que você é e por tudo o que você não é.

Suspirei de alívio, sorrindo através da dor agridoce.

Um único momento de felicidade para chamar de meu antes de a lembrança se tornar dolorosa.

Fiquei na ponta dos pés, beijando-o enquanto envolvia meus braços em volta do pescoço dele. Lúcifer enrolou seus braços na minha cintura, me levantando e me apertando firme.

Eu esperava que ele não visse a faca entrando mais tarde.

Esperava que ele não sentisse dor.

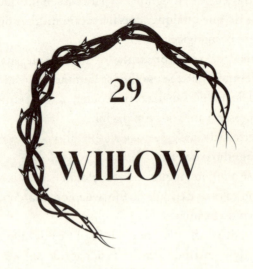

29
WILLOW

Eu me encaminhei para a biblioteca, e bati de leve na porta secreta, esperando que ninguém nas salas principais da biblioteca me ouvisse enquanto eu esperava impaciente para entrar.

Iban finalmente empurrou e abriu a porta, se apressando para me arrastar para dentro antes de eu ser vista. O pequeno espaço estava cheio demais, com um representante de cada casa herdeira se amontoando ali dentro. Mas foi a lâmina no centro da mesa que roubou o ar dos meus pulmões.

Eu tinha vindo até aqui sabendo o que eu planejava fazer, mas ver a adaga não tornava nada mais fácil.

Entrei na sala, sem tirar os olhos da arma. O silêncio era absoluto, minha cabeça cheia de estática. Eu me senti como se tivesse mergulhado embaixo d'água, como se a única maneira de sobreviver a isso fosse ficar totalmente entorpecida. Eu estava me afogando, sufocando no meu âmago.

Em pé na cabeceira da mesa do lado de Iban, engessei uma máscara no rosto. Nova entendeu minha expressão, seus lábios se movendo com os sons que eu não conseguia ouvir. Balancei a cabeça, tentando afastar a sensação de não conseguir respirar. Foi pior do que quando Gray tinha me estrangulado na noite passada.

O torpor era sempre pior do que o medo.

A figura de um homem apareceu da parede dos fundos, sua silhueta turva quando ele lançou um olhar vagaroso de alto a baixo pelo meu corpo. Ele me avaliou, me analisou e pela maneira como ele riu e virou as costas para mim me achou totalmente insatisfatória. Uma sombra leve de asas brancas escondia os seus olhos. Apesar disso, me vi me esforçando para ir até ele.

Iban tocou no meu braço, me tirando do transe que me consumia. O ar voltou aos meus pulmões, me fazendo espalmar a mão na mesa para me firmar enquanto puxava avidamente grandes tragadas de ar.

— Você está bem? — perguntou Nova, contornando o grupo de pessoas que se reunira para me ver desmoronar.

Aquiesci, limpando a garganta que parecia rouca.

— Estou bem. Foi só uma visão — falei, enxotando-a como se fosse sem importância.

— Loralei também costumava ter — comentou uma bruxa mais velha, seus olhos azuis brilhando enquanto me avaliava.

Eu me virei para encará-la, encontrando conforto no fato de que minha tia não tinha conseguido esconder o lado mais misterioso dos poderes dos Hecate. Todos presumiam que só ressuscitávamos os mortos ou trazíamos zumbis de volta à vida sem a lembrança de quem eram.

Poucos conheciam a verdade. Nós precisávamos nos comunicar com os mortos e saber que éramos incapazes de dar a eles a única coisa que desejavam mais do que tudo.

A vida.

Loralei costumava falar sobre conduzir quem tinha negócios inacabados em sua jornada para a paz. Segundo meu pai, ela considerava isso sua verdadeira vocação e a magia real que tinha a oferecer.

— Fico feliz por saber que não sou a única — repliquei apenas, tentando afastar o meu constrangimento por ter sido vista no auge de uma visão. Principalmente porque eu sabia que aquela visão tinha sido provocada pela minha agonia com o que eu estava prestes a fazer. — Iban disse a vocês todos por que estão aqui?

Iban pigarreou, confirmando com a cabeça e colocando a palma da mão em volta do cabo de osso da adaga. Engoli em seco, detestando a imagem de ser ele a segurá-la. Parecia outra camada da minha traição, como se trabalhar com Iban de alguma maneira piorasse o assassinato de Gray.

— Acha mesmo que consegue fazer isso? — questionou um dos homens na mesa. Eu não o conhecia, mas ele estava vestido de amarelo, a cor realçando sua pele negra clara.

— Você se tornou vulnerável ao dormir com aquele monstro. O que te faz pensar que ele não sabe exatamente o que planejou? — perguntou a mulher do lado dele. Ela usava o branco dos bruxos do cristal, seu cabelo prateado caindo solto por cima do vestido. Seus olhos também eram roxos, mais escuros do que a maioria da linhagem Hecate.

— E tem algum momento em que um homem esteja mais vulnerável do que quando está com o pau para fora? — rebati, vendo a maneira como a velha se encolheu pela minha fala direta e com termos chulos. Eu não ia ficar de meias palavras, e certamente não ia tolerar a insinuação de que eu era a única que estava em risco pela nossa relação.

Eu tinha vindo aqui para encontrar a fraqueza dele e explorá-la.

Só não sabia que era eu desde o início.

— Acho que não — respondeu a bruxa, balançando a cabeça e colocando os cristais na mesa. Ela fez um círculo em volta do centro, posicionando uma única pedra em cada ponta do pentagrama. Iban retornou a adaga ao centro da mesa enquanto os olhos de todos se voltavam para mim.

Um feitiço assim exigia três coisas.

Pedra.

Sangue.

Osso.

Abanei a mão para os ossos em volta do meu quadril, vendo-os se movendo ao meu comando. Eu não tinha entendido antes, achando que Gray era o único capaz de determinar onde os ossos repousavam junto a mim.

Nesse momento, eu entendi.

Eles eram uma parte de mim; eu só precisava saber disso, e eles ficavam sob o meu controle. A ressurreição e a morte de Loralei tinham me mostrado a verdade, me permitindo aceitar as partes mais sombrias da minha realidade.

Os ossos deslizaram para fora do meu quadril, se movendo em arco e se espalharam pela mesa. Eles cercaram o centro do pentagrama, se despejando aleatoriamente onde quer que pousassem. Eu mesma estendi o braço para dentro do centro do pentagrama, me inclinando sobre a mesa.

Arrastando a lâmina sobre a palma da minha mão, estremeci com as gotas de sangue que pingaram na superfície. Parecia um desperdício deixar alguma coisa que podia trazer tanta vida ser usada para trazer morte em vez disso.

— *Sanguis terrae et os* — murmurei, vendo os ossos chacoalhando em reconhecimento à minha oferenda. O pentagrama formado pelos cristais se alinhou com as trepadeiras que se libertaram da floresta, desenhando o símbolo em cima da mesa.

Em seguida, entreguei a faca a Nova, ignorando a maneira incisiva com que ela me olhava. Ela me imitou, se inclinando para a frente e cortando a própria mão. Ela não hesitou em oferecer o seu sangue para o feitiço embora tal magia tivesse sido proibida sob o domínio da última Aliança. Eu não tive dúvidas de que eles tinham tentado matá-lo antes, mas não tinham a magia da necromancia dos Pretos para ajudar.

Um vento soprou na sala, que se encheu com o ar de Nova, varrendo minha pele e me arrepiando até os ossos. Ela entregou a faca a Della do seu lado, o leve borrifo da chuva que caía na sala deixando pequenas gotículas dentro do nosso círculo de feitiço.

A bruxa Amarela se cortou, as trepadeiras que tinham crescido na mesa se enchendo de chamas. Elas agiram como uma barreira, contendo o fogo que machucaria quando eu precisasse colocar a lâmina de volta no centro. O sangue lá queimava, se unificando às chamas enquanto o aroma acre enchia a sala.

O bruxo Vermelho do lado dela se virou para passar a faca por sua mão, uma onda de desejo se espalhando entre nós. Iban se enrijeceu ao meu lado, mas me forcei a ignorá-lo quando ele se aproximou. A magia dos Vermelhos era potente, mas não podia criar o que não existia.

Não era por ele que meu corpo ansiava.

A bruxa Branca adicionou o seu sangue, o zumbido dos cristais abafando todo som além do nosso círculo. A bruxa Roxa fechou o círculo enquanto Iban se afastava, excluído por sua falta de magia. Sua insatisfação por ser excluído do seu próprio plano, que ele havia desencadeado, era palpável, mas eu odiava a maneira como ele continuava atrás de mim.

Eu ia ter que lidar com ele assim que Gray se fosse, estabelecendo os limites de forma bem clara. Não havia futuro para nós dois, mesmo sem a presença de Gray.

Estrelas cintilaram no teto, caindo sobre o círculo e se espalhando entre nós enquanto eu olhava maravilhada. A bruxa Roxa me entregou a lâmina, me permitindo dar o passo final ao permear toda a nossa magia na adaga.

Engoli em seco quando a peguei, olhando para o pentagrama queimando. Eu me forcei a me mover, guiando minhas mãos para as chamas. O fogo roçou pela minha pele, ardendo e deixando fissuras carbonizadas quando coloquei a faca na mesa. A dor era lancinante, me queimando até o osso, e eu cerrei os dentes.

Para arcar com o poder, eu precisaria doar mais de mim mesma.

Recuei, vendo minha pele cicatrizar de novo quando puxei o braço de volta na minha direção. Uma pele rosa nova substituiu a preta carbonizada.

A lâmina repousou nas chamas, até elas sumirem devagar. A adaga pulsava com uma luz dourada, absorvendo aquele fogo e o sangue que queimava com ele. Minhas trepadeiras recuaram quando passei a mão pela mesa, invocando os ossos de volta para mim. Eles circularam minha cintura mais uma vez, voltando para casa à medida que a bruxa Branca reunia seus cristais da mesma maneira.

Estendi a mão para dentro do círculo, enrolando meus dedos no cabo da adaga. O calor fresco de poder me escaldou, tirando um arquejo dos meus pulmões quando aceitei o envoltório. Senti aquilo profundamente dentro de mim, a vibração do poder ancestral preso naquela lâmina.

Segurei-a com firmeza, erguendo os olhos para encarar aqueles que esperavam em volta da mesa. O bruxo Vermelho encarou Iban, aquiescendo quando se virou para a porta.

— Espero que não tenhamos cometido um erro confiando em você, Aliança — disse ele, por fim, estreitando seus olhos vermelhos ao sair da sala.

— Vamos torcer para funcionar — repliquei enquanto os outros se retiravam devagar. Tomei um lugar na mesa, esperando e rejeitando todas as tentativas de conversa de Della, Nova e Iban. Finalmente, eles também me deixaram.

Até só restar eu.

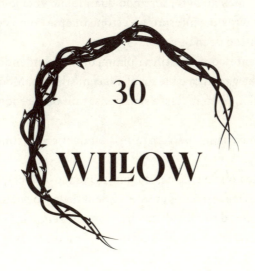

30
WILLOW

Eu me movi por instinto.

Parecia que minhas pernas não faziam parte do meu corpo, e, embora não estivesse mais segurando a lâmina, eu podia sentir o eco do seu poder dentro de mim como a pessoa que a colocara nas chamas. Guardada com segurança na bolsa carteiro do meu lado, subi a escada devagar.

Alunos passavam por mim, mas aproveitei poucos e preciosos momentos para me permitir sentir a tristeza pelo que eu precisava fazer. Quando entrasse naquele escritório, eu não podia estar presa em autocomiseração. Haveria somente minha dissimulação.

Seria apenas a tarefa pela qual eu vim até aqui, a conclusão do trabalho que sempre foi destinado a ser meu.

Eu podia ser a esposa do diabo ou a mulher que se sacrificou para salvar o mundo de ser corrompido por ele.

Conhecia a maneira como ele entrava na cabeça de todos que ele tocava, a maneira como ele podia nos virar contra nós mesmos.

Sabia como era fácil cair nas suas mentiras, mesmo com a consciência de que ele era tudo o que existia de errado.

Virei no corredor, parando do lado de fora da nossa porta. Inspirei fundo algumas vezes, me acalmando e afastando a dor e o medo. Eu esperava que ele tivesse a misericórdia que eu não tinha, a morte rápida e fácil que eu nunca teria. Seus arquidemônios me fariam sofrer quando soubessem o que eu tinha feito, e o resto do poder de Lúcifer se esvairia deste mundo comigo.

Forcei um sorriso hesitante no rosto, abrindo a porta e entrando no cômodo. Gray estava relaxado no sofá, folheando as páginas de um livro no seu colo. Ele parecia tão confortável, tão relaxado na nova casa que criara para si mesmo.

Ele tirou os olhos do livro, sorrindo quando me viu me aproximar. Leu a expressão no meu rosto e interpretou erroneamente como constrangimento pela minha confissão de mais cedo.

Fiz exatamente como eu tinha planejado, escondendo a emoção que comprimia minha garganta e me mantinha em silêncio. Meu pai quis que eu fosse implacável, que eu matasse sem pensar ou me preocupar e seduzisse com habilidade.

Não havia mais nada disso em mim quando me aproximei, parando bem na frente de Gray.

Joguei minha bolsa nas costas do sofá, deixando-a ali enquanto Gray abria as pernas e puxava meus quadris entre elas. Seus dedos roçaram nos ossos ao me tocar, seus polegares desenhando círculos em mim enquanto ele me encarava.

— Não precisa se sentir desconfortável, Bruxinha. Isso não muda nada entre nós.

Concordei com a cabeça. Ele estava certo.

Meu amor por ele não mudava *nada*.

Sorri quando ele deslizou os polegares por baixo da bainha da minha blusa, inspirando quando ele tocou na minha pele nua.

— Você está vibrando de poder — disse ele, se inclinando para a frente para inalar meu cheiro profundamente. Fiquei imóvel, esperando o momento em que ele percebesse que o poder que zunia dentro de mim não era só meu.

Ele não disse nada quando dei um passo para trás, me abaixando para pegar na sua bochecha. Inclinei o seu rosto para o meu, encarando o anjo diante de mim. Nesse instante, ele era muito mais o Estrela da Manhã do que o diabo, olhando para mim como se eu fosse a coisa mais importante do mundo. Toquei meus lábios nos dele, beijando-o suavemente.

Um beijo de despedida.

Ele gemeu nos meus lábios, deixando que eu colocasse as mãos nos seus ombros e o empurrasse para trás. Gray caiu contra o encosto do sofá, abrindo um sorriso malicioso para mim enquanto eu levantava a barra do meu vestido e deslizava minha calcinha para baixo e a chutava para o lado. Sua sobrancelha se ergueu quando me aproximei dele, desabotoando seu cinto e abrindo o zíper da calça.

— Bruxinha gulosa — brincou ele, o humor nessas palavras me fazendo estremecer. Afastei essa sensação montando na sua cintura, esmagando minha boca na dele com mais força. Estendi a mão entre nós, guiando-o até a minha entrada.

A onda de desejo do bruxo Vermelho tinha se esvaído com a tensão pelo que eu precisava fazer. Gray agora parecia grande demais, já que eu não estava molhada. A pontada de dor me ancorou, fazendo-me gemer na sua boca enquanto mexia os quadris. Subindo e descendo com investidas superficiais, deixei meu corpo assumir o controle. Ele sabia o que fazer, respondendo ao deslize do seu membro dentro de mim e à pressão dos seus lábios nos meus. Gray gemeu enquanto eu me movia para cima e para baixo nele, permitindo que eu me abrisse aos poucos.

Inclinei a cabeça, enrolando minha língua na dele. Isso estava muito mais delicado do que eu queria que fosse. Parecia mais fazer amor do que foder. Gray apertou minha bunda, segurando cada lado enquanto me deixava ditar o ritmo. Ele me apoiava e eu me movia para cima e para baixo sobre ele, devagar distraindo-o com o meu beijo.

Segurando seu rosto em minhas mãos, dei tudo que pude para fazer com que ele acreditasse em mim. Por um único momento, eu queria que ele soubesse que as palavras que eu tinha dito eram verdadeiras.

Eu queria que ele soubesse que era amado, mesmo que eu não pudesse ser egoísta o suficiente para escolher nós dois.

— Bruxinha — murmurou ele, seus olhos ainda fechados quando eu finalmente me afastei. Esse apelido atingiu a barreira que eu tinha tentado erguer em volta do meu coração para conseguir agir, a parte de fora se rachando quando percebi que seria a última vez que ouviria sua voz profunda murmurando isso.

A última vez que ele me chamaria de Bruxinha.

Encarei-o enquanto seus olhos se entreabriam, soltando seu rosto e colocando minhas mãos na parte de trás do sofá atrás dele. Usei a alavanca para levá-lo mais fundo, movendo meus quadris com mais fervor. Ele gemeu o meu nome, seu membro pulsando dentro de mim como sinal de seu clímax iminente.

Eu me movi devagar, angulando minha mão na bolsa e puxando a adaga. Inclinando-me, peguei sua boca com um último beijo; o toque suave dos meus lábios nos dele fez com que ele já parecesse um fantasma.

Eu sabia que havia lágrimas nos meus olhos quando finalmente recuei, colocando a lâmina ao meu lado. Ele abriu os olhos, inclinando a cabeça com preocupação enquanto segurava meu rosto.

— Qual o problema, meu amor? — perguntou ele.

Meu lábio inferior tremia quando cedi às lágrimas que ameaçavam cair, incapaz de segurá-las por mais tempo.

— Me desculpe — pedi, ofegante, minha respiração vindo com dificuldade.

Lutei para me controlar, tentando conter meu pânico diante da confusão no seu olhar.

Então enfiei a faca no seu coração.

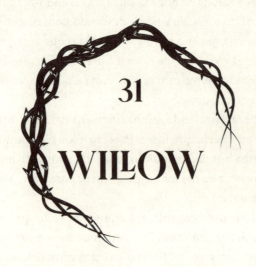

31
WILLOW

Ele arquejou, um som engasgado, úmido e irregular.

Sua testa se franziu enquanto ele olhava para a faca que se projetava de suas costelas, em um ângulo que a levaria a golpear o órgão carnudo abaixo. Ele olhou de volta para mim, a mágoa em seus olhos me arrancando um soluço sufocado.

— Me desculpe — repeti, torcendo a faca para atingir o máximo possível do seu coração.

Ele arfou, engasgando sob mim. Puxei e tirei a adaga, jogando-a de lado enquanto seu sangue jorrava livremente da ferida. O sangue bombeou sobre o sofá, tingindo o tecido bege com sua vida.

— Por quê? — perguntou ele, sua voz rouca e áspera. Eu não conseguia me forçar a me separar dele, a deixá-lo no sofá.

Eu não queria deixá-lo sozinho.

Eu precisava enganá-lo para que isso funcionasse, então por que a pergunta dele me fazia sentir ainda pior?

— Você sabe por quê — respondi, balançando a cabeça enquanto me mantinha ali com ele.

Seu sangue continuava escorrendo, sua visão se desfocando. Ele levantou a mão até o meu rosto, a palma manchada com seu sangue. Segurou minha bochecha, a umidade se espalhando contra minha pele.

— Eu te amo — disse ele, a declaração séria naquela voz me surpreendendo. Não havia a fraqueza que eu esperaria de um homem prestes a morrer, apenas um aviso firme envolto em palavras calorosas.

Ele me amava, mas isso não significava que eu não sofreria pelo que eu tinha feito...

Desviei meu olhar para a ferida dele, para a mancha em sua camisa, e percebi que o fluxo de sangue tinha parado. Meus olhos voltaram para os dele, a fúria tranquila em seu olhar mais aterrorizante do que qualquer raiva exteriorizada poderia ter sido.

Pressionei minha mão contra sua ferida em pânico, afundando meus dedos na fenda na sua camisa. Não havia ferida de facada, apenas pele fresca cobrindo o que eu tinha feito.

Se não fosse pela poça de sangue manchando o sofá, poderia ter achado que tinha imaginado aquilo tudo.

Recuei cambaleante, estremecendo quando o movimento o libertou de mim. Ele me observou sair, sentado no sofá enquanto eu ficava em pé na sala de estar. Não me preocupei em fugir, sabendo que eu não iria longe antes que ele buscasse a sua vingança. Eu não permitiria que mais ninguém fosse pego pela sua ira.

Gray se ajeitou de volta na sua calça, se levantando suavemente sem nenhum sinal de dor.

— Gray — comecei, fechando a boca em seguida. Não havia nada que eu pudesse dizer, nada que eu pudesse alegar.

Eu tinha tentado matá-lo, porra.

E tinha falhado.

— Eu fui tão horrível assim para você? — perguntou ele, se aproximando devagar. Jonathan sibilou e se retirou para baixo do sofá, me deixando ao meu destino.

— Não é isso…

— Não é isso o quê, Willow? — questionou ele, sua raiva pulsando intensa. — Por que caralhos você tentou me matar?

— Você me usou! — gritei, estremecendo quando ele recuou. Ele pensou que tínhamos superado o que ele fez para chegarmos aqui, mas eu não achava que era capaz de superar. — E nós dois sabemos que vai fazer isso outra vez.

— Você está certa — reconheceu ele. — Eu te usei para conseguir o que eu queria, e depois tentei fazer de *tudo* para me redimir. Eu nunca te machucaria de novo. Eu nunca faria *isso*. Nunca jogaria fora o que existe entre nós.

— Você não entende? Nunca foi sobre nós! — gritei, dando um passo para trás enquanto ele se aproximava.

— Sempre a porra da mártir — retrucou ele, suas palavras penetrando ainda mais fundo em mim. Eu tinha sido criada para ser uma mártir, criada para me sacrificar para conseguir os ossos que meu pai não podia obter por si mesmo.

Eu não sabia quem eu era sem esse propósito.

— Deixe eu te explicar, Willow. Isso *sempre* foi sobre nós — rosnou Gray, dando passos lentos na minha direção.

Eu não tinha escolha senão recuar para o quarto, olhando em volta do cômodo enquanto ele me seguia. Ele segurou a porta, fechando-a com força atrás dele. Estremeci ao pensar nos meus amigos esperando notícias minhas, imaginando se conseguiriam sentir a forma como a própria escola parecia vibrar com a intensidade disso tudo.

— Você queria se livrar de mim porque é fraca demais para me *escolher*.

— Você vai *acabar comigo*! — gritei, o som estridente chocando até a mim mesma enquanto rasgava o caminho pela minha garganta.

Congelei no meio do quarto, me recusando a recuar ainda mais. Eu já tinha dado espaço suficiente para ele e me encurralado em um canto. Ele podia me matar; podia me machucar, e não havia nada que eu pudesse fazer para impedir.

Eu merecia depois do que fiz. A culpa me pressionava, mas me forcei a não pensar nisso. Ele fez coisas piores.

— Sua tola ingênua — disparou Gray, e minha boca se abriu em choque. — Você já estava acabada muito antes de eu te encontrar.

Pisquei para ele do outro lado do quarto, meu corpo todo ficando tenso.

— Você está errado — contestei, cerrando os dentes de raiva. Eu queria machucá-lo, queria esfaqueá-lo outra vez.

— Eu não tinha coração quando te machuquei, e foi a experiência mais infeliz da minha existência. *Você* tem um coração, Bruxinha, e prefere matar o homem que ama a aceitar que se importa com alguém! — bradou ele, elevando a voz.

— Vá se foder — rosnei, caminhando na sua direção. Determinada a passar por ele, fui até a porta do quarto. — Eu admito que me importo com muitas pessoas na minha vida. Elas merecem o meu amor, *ao contrário de você*.

— É por isso que você mantém distância delas? É por isso que nem sequer consegue dizer que *ama muitas pessoas* na sua vida? — pressionou ele, sua voz zombeteira cutucando todas as pequenas lacunas em mim onde essa emoção deveria estar.

Eu me importava. Eu protegia.

Só que eu não tinha amado ninguém além da minha mãe e Ash.

E agora nenhum dos dois estava mais comigo.

Balancei a cabeça, encerrando a discussão simplesmente não lhe dando uma resposta. Não havia nada que eu pudesse dizer quando ambos sabíamos que ele estava certo, só que não importava, cacete. Eu me apressei em direção à porta.

— Ainda não terminamos, porra — rosnou Gray, envolvendo os dedos no meu braço. Ele me segurou firme, me puxando para perto e me fulminando com o olhar.

— Nem começamos — disparei com desdém, puxando meu braço até ele ter que escolher entre me machucar ou me soltar. Se antes ele teria me soltado para evitar me ferir, agora ele me segurava com mais força.

— Você está apavorada com o fato de que me ama. Passa os dias morrendo de medo de que eu faça alguma coisa para te machucar de novo — disse ele.

Eu o empurrei, afastando-o e arrancando meu braço da mão dele com força. Virei para longe dele enquanto ele recuperava o equilíbrio, correndo novamente em direção à porta.

Meus dedos envolveram a maçaneta, puxando-a com força. A palma da mão de Gray bateu na madeira, fechando-a com tudo enquanto eu me virava para encará-lo. Dei um soco no estômago dele, mirando na ferida que eu mesma tinha feito entre as suas costelas. Ele grunhiu, colocando os dedos em volta da minha garganta e batendo minhas costas contra a porta.

Ele me prendeu no lugar, seu polegar e seus dedos apertando apenas o suficiente para transmitir o aviso.

— Chega, Willow.

— Vai logo — rosnei, fazendo sua testa franzir com a minha ordem. — Me mata e acaba logo com essa merda.

Ele afrouxou o aperto na minha garganta, me mantendo imóvel, suspirando e se inclinando para frente. Apoiando a testa na minha, parou por um momento. Fiquei tensa quando ele tocou os lábios na minha testa, me soltando e me afastando da porta.

Ele foi para a sala, e eu não tive escolha senão segui-lo quando ele pegou a faca que eu tinha usado para feri-lo. Senti a pressão da sua magia no momento em que ele tocou na lâmina, certa de que ele havia decidido acabar comigo.

— Você quer tanto assim que eu morra? — perguntou ele, encarando a faca e girando-a na mão.

Não consegui responder. Minha boca parecia ter se enchido de areia enquanto eu assistia à tristeza atravessar o rosto dele.

— Gray.

— Me responda. Você quer me ver morto? Realmente me odeia tanto a ponto de preferir passar sua vida sem nunca mais me ver?

Esfreguei as mãos no rosto desesperada, tentando me livrar das lágrimas que pareciam não parar de cair.

Gray girou a lâmina e andou na minha direção, pressionando-a contra a minha mão. Meus dedos envolveram o cabo, só que não era para o peito dele que ele a guiava.

Era para o meu.

— Esta lâmina foi criada para me matar, sem dúvida. No entanto, essa não é a minha fraqueza, Bruxinha — disse ele, soltando minhas mãos e me deixando com a faca contra o meu próprio coração. — Você é.

— O que está querendo dizer? — perguntei, fungando, enquanto ele se afastava.

Eu queria mais daquilo, mas, ao mesmo tempo, também queria que ele me abraçasse. Esse era o conflito do nosso amor: o constante vai e vem de duas pessoas que não deveriam funcionar juntas, mas que de alguma forma funcionavam.

— Estou dizendo que seu erro foi *me* esfaquear. Essa lâmina foi feita para você — esclareceu ele, me forçando a baixar o olhar para a ponta da faca onde ela tocava em mim.

— O que isso...

— Eu uni nossa vida quando te trouxe de volta, Willow. Se você morrer, eu morro junto — respondeu ele, as palavras pairando entre nós enquanto ele esperava. Esperava que eu escolhesse. — E assim é como você morre.

O martírio que eu tinha sido criada para querer, ou uma vida com ele ao meu lado.

— Mandaram você aqui sabendo que você muito provavelmente morreria — prosseguiu ele. Eu nem conseguia reunir energia para argumentar, considerando que todos nós sabíamos que as probabilidades não estavam a meu favor. O sucesso significava morte, e nenhum deles tinha motivo para acreditar que Gray se importava o suficiente comigo para poupar minha vida após um atentado contra a dele. — Você vale muito mais do que um maldito sacrifício, Willow. Eu falhei se você não entende isso.

Mexi a faca na minha mão, observando Gray se encolher diante de mim, quando ele pensou que eu a afundaria no meu próprio coração.

— Você me deixaria fazer isso? Mesmo sabendo que morreria também? — perguntei, precisando da resposta para a sua pergunta da mesma forma que eu precisava do ar para respirar.

Eu não conseguia compreender, não conseguia entender como viemos parar aqui. Eu estava à beira de um precipício, e sabia que nunca mais seria a mesma depois que ele abrisse a boca.

A sinceridade no seu rosto partiu o que quer que ainda restasse em mim.

— Nada aqui tem valor sem você. Você é o meu lar — respondeu ele, sem tirar os olhos de mim. Sustentei seu olhar, esperando que ele continuasse. — Eles te sacrificariam com prazer se isso significasse que o mundo sobreviveria, mas eu não. Eu nunca andaria por esse plano de novo se isso significasse ter você do meu lado no Inferno.

Olhei para a faca na minha mão com atenção. Parecia o símbolo de tudo que eu achava que conhecia sobre mim mesma, a mulher que fingia ser forte enquanto escondia o medo de se machucar e ser abandonada.

Eles me sacrificariam para se salvar, mas ele não. Podia não ter sido a liberdade que eu achava que ele me daria ou a escolha que eu esperava ter. No entanto, era minha mesmo assim.

Só de existir a escolha ficou tudo tão claro que estremeci.

Afastei a faca do meu peito, segurando-a de lado e deixando-a cair no chão do meu lado.

Gray estava sobre mim no momento seguinte, me puxando para os seus braços enquanto minhas pernas cediam.

— Me desculpe — sussurrei, deixando ele tirar meus pés do chão. Coloquei os braços em volta da cabeça dele, segurando-o firme e tentando desesperadamente me grudar nele.

Ele me carregou para o quarto, me deitando na cama com delicadeza e puxando meu vestido até as minhas coxas.

Com seu peso sobre o meu, ele me penetrou.

Voltou para onde era o seu lar.

32

GRAY

Um dia, Willow ia aprender a aceitar que ela podia querer alguma coisa para si mesma. Não era egoísta da parte dela colocar suas necessidades em primeiro lugar de vez em quando, porque ela *nunca* seria como eu. Ela nunca se colocaria acima do mundo à sua volta e acima do que era melhor para o seu coven de maneira geral.

Ela gemeu enquanto eu penetrava nela, suas emoções a rasgando ao meio. Willow nunca antes havia estado tão em conflito consigo mesma, não quando toda a sua rebeldia fora retirada dela pelo abusivo pai de merda que eu queria que Charlotte não tivesse tomado de mim.

Eu daria quase qualquer coisa para fazê-lo sofrer lentamente. Eu o teria enterrado vivo apenas para desenterrá-lo e forçá-lo a lutar por sua vida ou passar a noite de joelhos.

Afastei esses pensamentos, focando nas lágrimas silenciosas que escorriam do rosto de Willow. Era como se ela não conseguisse parar agora que havia começado, seu horror pelas próprias ações a transformando em um caos. Queria de volta a bruxa forte que havia vindo para a Bosque do Vale, queria que ela voltasse a ser quem ela era antes de eu adicionar minha manipulação às diversas traições que ela havia sofrido ao longo da vida.

Minha esposa precisava de um propósito para impulsioná-la adiante, algo que mantivesse seu foco para ela não passar o dia inteiro remoendo e pensando nas possíveis mágoas que estavam por vir. Eu lidaria com isso de manhã, dando--lhe o que ela precisava mais do que qualquer outra coisa.

Depois de descobrir quem a ajudou a encantar aquela faca e matá-los por isso.

Esmaguei minha boca na de Willow, me movendo dentro dela para distraí-la por enquanto. Ela me envolveu com os braços e as pernas, como se eu fosse seu salvador.

Mas eu não era, e ela precisava de um lembrete de algo que ela sempre soube.

Só porque ela não estava mais sozinha, não significava que ela precisava de mim. Eu estava seguro o suficiente para admitir que precisava dela muito mais do que ela jamais precisou de mim. Enquanto eu não suportava a ideia de uma vida sem ela, ela estava disposta a me arrancar da sua alma.

Pensar nisso foi o suficiente para trazer minha raiva de volta, um grunhido ressoando na minha garganta enquanto as pernas dela se firmaram mais e tentavam me segurar. Ela estava macia e maleável nos meus braços, quase me fazendo lamentar o que eu faria para lembrá-la de quem *nós dois* éramos.

Eu queria que ela fosse minha. Eu queria que ela se abrisse para mim e me recebesse de braços abertos.

Mas eu *nunca* quis perder a bruxinha que estava mais do que disposta a me ferir quando eu a irritava.

Eu me libertei do corpo dela, empurrando seus braços e suas pernas para longe de mim enquanto me movia para a ponta da cama. Os olhos de Willow se arregalaram quando ela se ergueu, se apoiando nos cotovelos e olhando para o meu pau duro sugestivamente. Eu estava longe de terminar com ela, e ela pareceu perceber que estava em perigo no momento em que olhou para a máscara vazia que era o meu rosto.

Ela se virou, se arrastando em direção à ponta oposta da cama e tentando empurrar o vestido para baixo para se cobrir. Eu o teria rasgado para tirá-lo se não quisesse que ela o usasse na sala do trono quando eu terminasse com ela, uma exibição óbvia da minha vitória.

Willow estava coberta com o meu sangue e, quando eu terminasse com ela, eu me certificaria de que todo homem naquela sala soubesse que eu a tinha enchido de outros vestígios de mim também.

Agarrei seus quadris, puxando-a de volta. Seus joelhos deslizaram sobre os lençóis, suas unhas agarrando o tecido enquanto ela lutava para se segurar em algo sólido. Eu a arrastei até a ponta da cama, puxando seus joelhos para baixo. Quando o seu corpo se pendurou sobre a borda da cama, os dedos dos seus pés mal tocavam o chão, e ela teve que se esforçar para se equilibrar. Suas coxas se contraíram pelo esforço, e ela as apertou para não me deixar entrar.

Eu ri, inclinando meu peso sobre ela. Meu pau se encaixou na fenda da sua bunda, me permitindo fazer investidas rasas contra ela enquanto eu lutava para segurá-la pelos pulsos. Puxando-os para trás dela, eu os prendi na altura de sua cintura e os aprisionei entre os nossos corpos.

— Achou mesmo que escaparia fácil, Bruxinha? Depois do que você fez? — sussurrei, observando enquanto ela estremecia.

Havia aquela mistura deliciosa de medo e raiva em sua expressão quando ela virou só o rosto para me lançar um olhar irado, torcendo os braços para o lado e tentando me afastar. Se eu fosse qualquer outra pessoa, é provável que ela tivesse conseguido.

Minha bruxinha nem sequer reconhecia a própria força, se apenas um esforço mínimo da minha parte era capaz de contê-la.

Reposicionei seus pulsos, prendendo-os com uma das minhas mãos. Eu adorava a curva dos seus ombros quando eles se arqueavam para trás com os braços, o contorno que dava ao seu corpo, me fazendo desejar passar a língua ao longo da sua espinha.

Então, foi exatamente o que eu fiz, usando minha mão livre para afastar o cabelo dela do meu caminho. Ela estremeceu sob o toque da minha língua, arrepios de prazer surgindo por toda a sua pele.

Chegando enfim ao seu pescoço, brinquei com a pele delicada onde eu teria mordido se ainda tivesse presas. Cedi à tentação assim mesmo, afundando meus dentes na sua carne com força suficiente para fazê-la gritar e lutar embaixo de mim. Determinado a deixar minha marca nela, mordi mais forte enquanto ela se debatia, mantendo-a imóvel conforme eu lacerava a sua garganta.

Mantive a boca lá, apreciando o sabor da sua carne ferida contra a minha língua. Usando minha mão livre, puxei seu vestido juntando-o no meio das suas costas e fora do meu caminho. Então, levei meu toque até suas coxas, deslizando entre elas. Ela estava molhada apesar da brutalidade da minha mordida, seu corpo respondendo à dor que Willow estava apenas começando a apreciar. Ela moveu os quadris quando eu deslizei contra os seus lábios, inserindo dois dedos nela com facilidade.

Com os meus dentes na sua garganta e suas mãos presas atrás das costas, Willow fodeu os dedos que ofereci, aceitando tudo o que eu lhe dava. Sorri junto a ela e retirei os dedos, substituindo-os pelo meu pau e penetrando nela. Ela gritou, impulsionando-se contra mim para acompanhar meu movimento, enquanto eu a segurava pela parte de trás do joelho. Levantei a perna dela para apoiar um dos joelhos na beirada da cama, abrindo-a bem e finalmente soltando a sua garganta.

O pescoço dela estava vermelho, a marca distinta dos meus dentes já ficando roxa. Não foi um protesto ou uma reclamação que saiu de sua boca quando eu dei uma palmada na sua bunda, observando-a quicar enquanto eu martelava meu pau nela.

— Mais forte — gemeu ela, inclinando os quadris para que eu lhe desse o que ela desejava.

— Caralho, que bruxa gostosa — murmurei, dando um tapa mais forte. Sua bunda ficou vermelha no lugar onde eu bati, a marca da minha mão parecendo perfeita para cacete na sua carne. — Você quer que eu te castigue, não é?

Ela gemeu baixinho, o som indo direto para os meus testículos.

Essa mulher tinha sido feita para mim. Cada maldito pedacinho dela.

— Gray.

Meu nome nunca soara mais reverente do que quando vinha dela nos momentos do auge da paixão. Suas súplicas eram muito mais belas do que qualquer uma das almas que rezavam para o meu pai, muito mais deslumbrantes do que qualquer um dos condenados que me imploravam por misericórdia.

Ela me tornava um deus, e o corpo dela era o meu altar.

— Me responda — exigi, penetrando fundo. Parando bem no fundo dentro dela, deixei-a sentir a cabeça do meu pau nas partes mais profundas da sua boceta. Ela recuou um pouco, a pontada de dor misturando-se ao prazer enquanto seu olhar suavizava. Ela mordeu o lábio inferior, fechando os olhos envergonhada enquanto admitia o limite sombrio de seu desejo.

— Sim — respondeu ela, sua voz diminuindo. Puxei meus quadris para trás, me movendo devagar dentro dela, e ela finalmente abriu os olhos. Havia determinação naquele olhar conforme ela enxotava os seus sentimentos de vergonha, a mulher vibrante e desafiadora recusando que lhe dissessem o que ela deveria ou não querer de mim. O que ela fazia na privacidade da nossa cama era assunto só nosso, e ela não tinha como saber que ninguém mais saberia que ela se tornou meu brinquedinho de sexo perfeito no momento em que a toquei.

Só eu sabia daquilo, e eu derreteria o cérebro de qualquer um que ousasse pensar nela dessa maneira.

— Quero ouvir as palavras, Bruxinha — demandei, o olhar fixo no dela. Eu não agiria se ela não quisesse, se ela não fosse forte o suficiente para admitir seus desejos e me pedir para realizá-los.

Tanto Willow quanto eu sabíamos que ela precisava da minha punição para que tudo voltasse a ficar bem entre nós. Ela ansiava por isso tanto quanto eu.

— Quero que me castigue pelo que eu fiz — disse ela finalmente, as palavras fazendo meu pau pulsar dentro dela.

Gemi, reprimindo o desejo que crescia no meu saco.

Não seria na sua boceta que eu terminaria esta noite.

— Faça isso desaparecer — implorou ela, permitindo que eu baixasse a perna que eu havia apoiado na beirada da cama, enquanto a observava se contrair ao se esforçar para alcançar o chão.

— Não consigo negar nada a você, meu amor. Não quando me implora de um jeito tão lindo — admiti, dando outro tapa na sua bunda. Ela gemeu, se empinando para encontrar meu golpe. Com uma risadinha, estendi a mão para a gaveta da mesa de cabeceira. — Fique parada ou eu vou te amarrar. Entendeu? — perguntei, ciente de que o que eu estava planejando fazer com ela exigia uma precisão cuidadosa.

Eu queria que doesse, mas não tanto a ponto de ela não desejar mais isso de mim. Manter sua confiança era um equilíbrio cuidadoso, dar apenas o suficiente sem ultrapassar os seus limites. Ela concordou, mas recuou imediatamente quando ouviu a tampa do frasco se abrir.

— O que é isso? — indagou ela, virando o pescoço para olhar. Mantive o frasco fora de vista, baixo o suficiente para ela não conseguir ver. Inclinando-a, deixei algumas gotas escorrerem até a base do meu pau. Usei o corpo dela para espalhar o líquido por ela, deslizando para dentro e para fora da sua boceta enquanto seus olhos se arregalavam e sua boca se abria.

O elixir tinha sido encantado com a magia dos Vermelhos, um potencializador que eu criara especialmente para ela. Eu sabia que esse dia afinal chegaria. Meu desejo de tomar Willow completamente e fazê-la minha era forte demais para eu ignorar. Eu sabia que ela hesitaria em me conceder essa parte dela, e seria uma tolice ela não fazer isso.

Ela gemeu enquanto eu a penetrava com movimentos longos e lentos, seu rosto bonito contorcido de êxtase.

— Por favor — suplicou ela, praticamente se contorcendo na cama. Ela não conseguiria ficar parada quando eu a pegasse por trás, não com a maneira como sua pobre bocetinha seria negligenciada.

O elixir duraria horas, e a minha intenção era levá-la até a sala do trono quando ela estivesse desesperada pelo meu pau. Na verdade, o que queria mesmo era que a sua punição fosse ser forçada a sentar-se nele sem se mover enquanto o coven observava.

Soltei seus braços por um momento, observando para ver se ela obedecia à minha ordem de ficar quieta. Ela se moveu um pouco, se corrigindo e ficando imóvel quando percebeu o que tinha feito. Eu ri, sabendo que os próximos instantes acabariam com Willow enrolada em trepadeiras tão apertadas que ela não ia conseguir se mexer de jeito nenhum.

Pinguei o elixir na minha mão, focando nos meus dedos antes de colocar o frasco em cima da mesa de cabeceira. Meus dedos estavam úmidos quando toquei o ponto onde Willow e eu estávamos unidos, esfregando os dedos contra o meu pau e dando a ela mais da magia que a tornaria insaciável.

Ela chegou ao orgasmo quando deslizei dois dedos para dentro dela junto com o meu pau, enchendo-a completamente de mim. Seus braços se soltaram das costas, deslizando para agarrar os lençóis com os punhos enquanto ela gemia, o som longo e baixo indo direto para o meu pau.

Apertada pra caralho.

Eu me movimentei dentro dela, bombeando meus dedos em um ritmo oposto e aproveitando cada momento da fricção. Willow mordeu a roupa de cama, me brindando com seu gemido sufocado enquanto seus cílios longos e escuros tremiam. Tirei os dedos enquanto ela experimentava os espasmos do orgasmo, deslizando-os mais para cima e tocando a bunda dela com eles.

Ela enrijeceu, os olhos se arregalando conforme soltava os lençóis e se apoiava nos antebraços. A estrutura de madeira da cama se transformou em trepadeiras sob meu comando, espalhando-se pelo chão e pela cama para alcançar Willow.

Uma trepadeira envolveu cada um dos tornozelos dela, afastando-os um do outro e mantendo-os firmes enquanto eu pressionava meus dedos molhados contra o seu buraco.

— Gray! — protestou ela, a voz estridente à medida que as trepadeiras cresciam e cobriam suas costas, prendendo-a ao colchão e atando seus braços unidos. Ela caiu deitada. Seus seios estavam pressionados com firmeza contra a cama, enquanto as trepadeiras se enrolavam em volta dela, agindo como a corda que a manteria exatamente onde eu queria.

— Não seria uma punição se você quisesse, amor — adverti, arrastando minha mão livre por sua espinha. Agarrei as trepadeiras, ignorando a pontada dos espinhos e usando-as para me segurar enquanto eu penetrava a sua boceta. Ela se contraiu ao meu redor, seu corpo inchado e ávido apesar da sua apreensão.

Amarrada assim para mim, ela se tornava o banquete perfeito.

Meus dedos pressionaram um pouco mais enquanto eu movia os meus quadris. Eles se moviam em estocadas superficiais, a lubrificação do elixir facilitando o processo enquanto o corpo dela reagia.

— Relaxe — murmurei, a suavidade da minha voz contradizendo totalmente a maneira como eu a havia aprisionado ali.

Ela respondeu mesmo assim, fechando os olhos e soltando um suspiro lento. Seu corpo seguiu, sua bunda relaxando e me permitindo deslizar aos poucos um dedo para dentro dela. Willow estava quente e apertada, me segurando feito um torno com meu pau na sua boceta e um dedo no seu cu. Movendo-me com estocadas curtas, diminuí para um ritmo mais calmo.

Meu pau e meu dedo se moviam em harmonia, um proporcionando prazer enquanto o outro a preparava para mim. Alinhei um segundo dedo, deslizando-o ao lado do primeiro enquanto ela dava um gemido longo e baixo.

— Gosta disso, não é? — perguntei, rindo quando Willow estreitou os olhos para mim de onde eu observava seu rosto.

Por mais que foder o traseiro dela fosse algo para mim, para tomar o que eu queria, eu não o faria à custa de ela nunca mais me permitir fazer isso outra vez. Eu pretendia passar minha vida dentro dela, o que significava fodê-la onde e quando eu quisesse.

Até mesmo na sua bunda linda para cacete.

— Vá se foder — rosnou Willow, ao mesmo tempo em que suas palavras perdiam o veneno quando eu abri meus dedos dentro dela, fazendo seus olhos tremerem.

Penetrei fundo na sua boceta, me acomodando lá enquanto trabalhava meus dedos dentro do seu traseiro e a abria o melhor que podia. Pegando a garrafa do elixir na mesa de cabeceira, derramei mais entre suas nádegas, arrastando um terceiro dedo por ela, antes de me pressionar contra ela.

— É exatamente isso que estou tentando fazer agora, bruxa — eu disse, rindo baixo quando ela se concentrou na sua respiração.

O terceiro dedo deslizou para dentro, sua bunda resistindo mais à intrusão do que com os dois primeiros. Usei os dedos para abrir, preparando-a para o meu pau. Ainda seria um desafio para mim entrar nela pela primeira vez, mas eu não duvidava de que Willow conseguiria.

Ela conseguiria qualquer coisa que eu lhe desse.

Quando meu terceiro dedo estava ajustado o mais fundo possível, voltei para dentro da sua boceta. Sua umidade no meu pau chegava a ser indecente, os ruídos da sua boceta preenchendo o quarto. Eu me inclinei para a frente, tocando a marca que fiz no seu ombro com a boca. Ela estremeceu com o contato, o raspar dos meus dentes contra ela fazendo-a se contorcer debaixo de mim.

Tirei os dedos devagar, tomando cuidado para não machucá-la enquanto eu me ajeitava. Encarando sua boceta bem aberta para acomodar o meu pau, e sua bunda esperando por mim, tive a primeira sensação de satisfação genuína, como eu não sentia havia séculos.

Quem precisava do paraíso quando eu tinha o corpo da minha mulher pronto e à minha espera?

Movi minha mão para baixo entre nós, segurando a base do meu pau e o tirando da boceta dela, que se contraiu quando saí, lutando para se agarrar a mim enquanto eu a abandonava. Ela gemeu de desejo quando o deslizei por cima da pele fina entre seus orifícios, guiando-o para cima, para sua bunda, e pingando mais do elixir em mim mesmo.

Ela se contraiu quando deslizei minha mão limpa entre seus quadris, tocando com meus dedos no seu clitóris e fazendo pequenos círculos.

— Respire fundo — instruí, minha voz reconfortante conforme eu me angulava e pressionava a cabeça do meu pau para dentro dela. Ela estremeceu, seu corpo se abrindo enquanto eu aplicava uma pressão contínua e gradual.

Sua respiração estava rasa, a dor ameaçando consumi-la além do prazer. Movi meus dedos mais rápido, trazendo-a de volta ao limiar de um orgasmo e então diminuindo a velocidade logo antes de ela poder gozar para mim.

— Você vai gozar quando estiver com o meu pau no seu cu. Nem um instante antes — declarei, empurrando para a frente.

Willow parou de respirar, seus arquejos cessando conforme ela se concentrava no ar nos seus pulmões. Ela soltou um suspiro profundo, seu corpo relaxando o suficiente para me deixar entrar com sua expiração. Enfiei devagar e com cuidado, a cabeça do meu pau abrindo o anel de músculos que tinham sido firmemente determinados a não me deixarem entrar. A boca de Willow abriu em um "o" silencioso, minha mão livre se movendo para desenhar círculos suaves no seu quadril.

Empurrando para a frente e depois tirando, gemi quando sua bunda apertou meu pau. Não deixei a cabeça sair do paraíso do corpo dela em momento nenhum, aproveitando cada estocada curta para obter mais um centímetro dela para mim.

— Você é linda para cacete! — exclamei, dando um tapa na bunda dela. Senti-a balançando contra a lateral do meu pau, usando seu momento de choque para deslizar para dentro dela em uma última investida firme.

Meu saco se aninhou contra a sua boceta, batendo contra sua carne inchada e arrancando um gemido dela.

— Nunca mais vou parar de foder seu cuzinho apertado agora, amor — anunciei, puxando para trás devagar. Ela estremeceu enquanto eu me arrastava para dentro dela por mais um centímetro de carne sensível, empurrando para a frente com mais firmeza do que antes. Olhei para o seu rosto, a expressão de dor surgindo nele, e circulei meus dedos apenas o suficiente para vê-la recuar desse limite e voltar ao prazer.

Ela era o instrumento, e eu era o condutor. Nossa música era de dor e êxtase, um compasso todo nosso.

Meus quadris bateram na sua bunda quando encontramos o ritmo que funcionava para nós, meu saco estalando na sua boceta enquanto meus dedos brincavam no seu clitóris. Willow lutou com seu orgasmo, tentando negar o prazer que sentia com isso.

— Você ama a porra do meu pau no seu cu, sua bruxinha safada — falei com um sorriso, quando a bunda dela se contraiu em volta de mim. Seus olhos se fecharam devagar, seu orgasmo a dominando quando eu enfiei fundo. Eu me concentrei na boceta dela, desenhando círculos no seu clitóris com meu polegar conforme eu me angulava e deslizava três dedos para dentro dela.

Sua boca se abriu com um grito, sua bunda apertando como um torno. Eu me movimentei em meio a essa compressão, usando-a para encontrar o meu próprio alívio. Meu calor a preencheu, escaldando-a por dentro à medida que Willow ficava lânguida na cama.

Sua respiração se acalmou, seu corpo satisfeito por um breve momento antes de o efeito do elixir tomar conta de novo.

Deslizei da sua bunda devagar, notando como ela estremeceu, e fui para o banheiro. Me limpei e peguei uma toalha, umedecendo-a para Willow. As trepadeiras recuaram quando eu voltei para ela, usando a toalha para limpá-la. Mesmo sem as trepadeiras, Willow não saiu do lugar.

Abri um sorriso triunfante ao levantá-la, mudando sua posição para deitá-la de costas com as pernas penduradas por cima da beira da cama. Eu as abri bem, mirando a bagunça encharcada que eu tinha feito da sua boceta. Inclinando-me para a frente, arrastei minha língua por ela.

Ela gemeu imediatamente, seus olhos se abrindo para me encarar entre suas pernas.

Willow deu um sorrisinho malicioso quando estendeu o braço, enterrando a mão no meu cabelo e me posicionando onde ela queria.

Era a vez dela de ter o que queria.

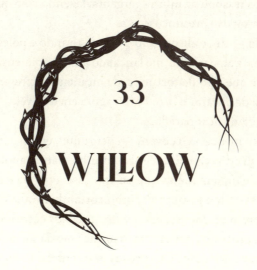

33
WILLOW

Gesticulei para as portas da sala do Tribunal quando nos aproximamos, as engrenagens girando imediatamente para me deixar entrar. O espaço estava vazio quando ingressamos, todos os sinais da carnificina ocorrida da última vez em que eu colocara os pés na sala circular apagados.

Eu me virei para Gray, reparando no estado desgrenhado da sua roupa. Sua camisa estava rasgada onde eu o tinha esfaqueado, o corte distinto da lâmina quando ela se enterrou na pele dele. Seu tórax estava coberto de sangue, e eu sabia que se eu tocasse na sua calça, o tecido estaria enrijecido de sangue seco.

Meu próprio vestido preto, estava rígido pelo sangue dele. Meu corpo parecia corrompido, o espaço entre minhas coxas assado pela maneira como ele tinha me fodido.

Eu ainda podia senti-lo dentro de mim, a dor pouco familiar inútil para aplacar o desejo que o elixir ainda causava.

— O que estamos fazendo aqui? — perguntei, me virando no meio da sala.

Os olhos de Gray se escureceram, lendo nas entrelinhas da minha pergunta. Eu preferia estar na privacidade do nosso quarto, principalmente no chuveiro.

Gray segurou meu braço, me guiando para o trono da Aliança no palanque. Ele me sentou lá, me encarando como se apreciasse de verdade me ver em uma posição de poder. Era um contraste tão gigante com homens como o meu pai e Itar, que não suportavam pensar em uma mulher sendo colocada no mesmo patamar que eles.

— Você vai invocar o coven — declarou ele, estendendo o braço para pegar o meu rosto. Ele passou o polegar pelo meu lábio inferior, puxando-o para baixo e colocando a ponta do dedo dentro da minha boca.

Um grunhido ressoou na minha garganta, fazendo com que ele inclinasse a cabeça com um sorriso presunçoso.

— Sua safada — disse ele quando o mordi, tirando o polegar e sugando-o na própria boca para aliviar a dor, me lançando um olhar intenso. O desgraçado sabia exatamente que tipo de tortura cada momento representava para mim agora, que a ideia de encarar o meu coven agora era terrível.

Eu mal conseguia ficar parada.

— Por que eu invocaria o coven? — perguntei, enfim, enquanto Gray se inclinava na minha direção. Ele segurou minha mão, manobrando-a para o braço do trono de uma maneira que eu apoiasse a palma da mão contra os espinhos. Ele pressionou firme, o espinho cortando minha carne até o osso. Um suspiro surpreso de dor escapou dos meus lábios entreabertos.

Ele repetiu o processo com a outra mão, me empalando nos espinhos. Meu sangue se infiltrava nos ossos e nas rosas, me centrando no meu assento de poder. Susannah e George não tinham convocado o coven, apenas ordenaram que membros do Tribunal se juntassem a eles. Nas raras circunstâncias em que o fizeram desde que cheguei ao Vale do Cristal, eles enviavam um mensageiro para reunir as pessoas.

Eu não havia entendido na época. No entanto, conforme meu sangue percorria as trepadeiras e se afundava nas linhas do chão, de repente entendi.

Eles nunca tiveram a habilidade de invocar o coven dessa maneira, já que nunca foram destinados a ocupar esse assento.

Ele era de Charlotte por direito.

Susannah e George só o ocuparam na ausência dela, e eles não tinham sangue para derramar.

Os espinhos pressionaram a palma da minha mão, saindo por entre os ossos do dorso. Cerrei os dentes por causa da dor, vendo meu sangue viajar para o círculo no meio da sala. Cada trono se alimentou do sangue que eu fornecia, mandando um chamado até a sala estar repleta da magia de toda a minha gente.

Nossa gente, eu me corrigi. Os bruxos eram criação de Gray, assim como os demônios e os Hospedeiros, uma coisa que ele tinha feito para seus próprios fins egoístas; mas havia feito mesmo assim.

— Estamos invocando o coven para mostrar a eles que a tentativa de assassinato falhou — informou Gray, fazendo com que eu voltasse meu olhar chocado para ele. — Se eles partirem do pressuposto de que você nem tentou me matar, para início de conversa, eles nunca vão jurar lealdade a você.

— Então você acha que a solução é fazer com que eu pareça um fracasso? — perguntei, bufando indignada.

Se eu falhei na minha primeira tarefa como Aliança, o que isso diria da minha capacidade de liderar?

— Você não falhou. Você fez exatamente o que foi pedido, foi capaz até mesmo de me esfaquear. O plano *deles* falhou, e eles vão pagar pela tentativa de te matar — explicou Gray, se afastando. As engrenagens da sala do Tribunal se moveram ao longe quando os primeiros bruxos responderam ao meu chamado. Gray andou até ficar ao lado do meu trono, inclinando seu peso na lateral com um sorriso convencido.

— Não pode puni-los pelo que eles tentaram sem me dar o mesmo destino — ponderei. Não era justo eles sofrerem e eu não, principalmente porque fui eu quem desferiu o golpe.

— Não só posso como vou — rosnou Gray, o aviso nas suas palavras me sobressaltando.

— Alguns deles são meus amigos — admiti, esperando que ele os condenasse de qualquer maneira.

Eu aparentemente conseguia perdoá-lo pela maioria dos seus erros, acreditando que sua intenção ao menos era boa. No entanto, se ele matasse Della e Nova, eu jamais poderia superar.

— Quais? — perguntou ele, suspirando com irritação enquanto uma bruxa aguardava na entrada. Eu não a reconheci, e ela certamente manteve distância até que rostos mais familiares chegassem.

— Della, Nova e... — hesitei, sabendo que o nome seguinte ia enfurecê-lo.

Eu deixei claro que não permitiria que Iban me tocasse de novo e, em vez disso, planejei com ele a morte do meu marido. Eu não o considerava mais um amigo, não da mesma forma que eu considerava Della e Nova, mas também não queria que ele morresse por sua participação.

Merda.

— Diga — ordenou Gray, olhando para mim. Ele já sabia a resposta, sabia o único nome que eu diria que me faria hesitar.

— Iban. Foi Iban que encontrou a adaga e o livro — respondi, engolindo meu nervosismo.

— Então ele era quem sabia que você morreria ao fazer isso? — questionou Gray, suas palavras letais estranhamente calmas. Um arrepio frio percorreu meu corpo ao pensar em seu aviso a Gray antes de ele jogá-lo escada abaixo.

Alguém vai usá-la como sua fraqueza.

— Ele não faria isso — afirmei, balançando a cabeça em objeção. — Se ele soubesse, teria simplesmente me dito para me matar, Gray. Não faz sentido.

— Isso pode ser por enquanto, mas nada impede que a ficha dele caia depois — argumentou ele, se virando para encarar o grupo que entrava na sala.

Interrompemos nossa conversa, pois havia testemunhas demais, que se aproximavam o bastante para nos ouvir, enquanto enchiam a sala aos poucos.

A partir desse momento, foi um fluxo contínuo, a maioria do coven chegando com suas roupas de dormir para obedecer ao meu comando. Della e Nova entraram na sala juntas, seus olhos pousando nas minhas mãos empaladas pelo trono.

Aproveitei a oportunidade para erguê-las, puxando os espinhos através da minha carne sem desviar o olhar. A dor era agonizante, mas, ao ficar de pé, forcei meu rosto a exibir uma expressão *blasé*. Todos os olhos na sala se voltaram para as minhas mãos, enquanto um feixe de luz dourada brilhava sobre a ferida, cicatrizando-a conforme eu direcionava minha atenção para onde Gray aguardava.

Ele se afastou do trono, avançando na minha direção e ficando ao meu lado. Não deixei de notar o arquejo de surpresa ao verem sua camisa manchada de sangue, nem o modo como os que sabiam sobre o plano de Iban olhavam para nós dois.

Chocados ao me verem respirando, percebi, engolindo meu desgosto.

Eu me deixara ser manipulada mais uma vez, perdida demais na ideia de que era minha responsabilidade corrigir o que eu havia feito. Eu nunca deixaria de ser um peão até começar a agir por conta própria, deixando de lado pensamentos focados nos objetivos dos outros e fazendo o que era *certo*.

Daquele momento em diante, eu faria o que era certo para mim.

Gray segurou meu queixo com os dedos, virando meu rosto para encontrar seus olhos. O que ele viu ali o fez acenar com a cabeça, um sorriso de aprovação elevando os cantos da sua boca. Aquela expressão quase arrancou o ar dos meus pulmões, muito mais íntima do que qualquer coisa que ele tivesse feito comigo na privacidade do nosso quarto.

Ele tinha aprovação e orgulho abertamente estampados no rosto, sem deixar dúvidas para qualquer um que observasse nossa interação de que ele me perdoara pelo que eu havia feito.

— Tentamos do seu jeito — começou Gray, olhando o coven reunido. — Vocês mandaram minha esposa fazer o que tiveram medo demais de tentar por conta própria. Como podem ver, ela foi cruel o suficiente para me esfaquear. — Ele riu ao pronunciar essas palavras.

Eu não *apenas* o esfaqueei. Eu torci a lâmina no seu coração, determinada a parti-lo em pedaços que nunca cicatrizariam.

Empalideci com a lembrança recente, a sensação do sangue dele encharcando minhas mãos e se misturando com o meu próprio sangue que secava na pele enquanto ele falava. Quando criança, tudo o que eu queria era uma vida pacífica em uma casa perto da floresta, cercada por jardins como os da minha mãe.

Aqui podia ser o meu lar, mas eu sabia que o veria encharcado no sangue daqueles que se opunham a mim muito antes de ter a paz que eu almejava.

— No entanto, aí está você — disse a bruxa Roxa dando um passo à frente. Seus olhos cintilavam como estrelas, um aviso no seu olhar ao se mostrar corajosa o bastante para se pronunciar. Identificando-se como uma das que Gray veria como traidora, mesmo sabendo das consequências. — E ela está viva e bem.

— É claro que ela está — rosnou Gray, por entre dentes cerrados. Seus lábios se afastaram para trás quando ele continuou, a brutalidade na sua expressão fazendo a bruxa Roxa recuar um pouco. — Ela é minha esposa, e só porque vocês estavam tão dispostos a sacrificá-la por sua própria tolice, não significa que eu esteja.

— Ela sabia o que estava arriscando — afiançou a bruxa Roxa, erguendo o queixo e voltando os olhos para mim.

Ela me esperou falar, que eu a salvasse do destino que a esperava. Eu não podia interceder em seu favor. Não quando eu também começara a questionar o quanto eu queria dar para proteger alguém que estava disposto a me enviar para a morte.

No lugar dela, eu não permitiria que alguém morresse pelo bem maior com tanta facilidade. Eu não era assim.

Não éramos iguais.

— Eu sabia — concordei, unindo as mãos na frente do corpo. — O que não justifica terem me pedido para fazer isso.

Ela bufou com desdém, olhando para Iban, que permanecia no meio do grupo. Ele deu um passo à frente, torcendo as mãos e parando a uma distância adequada com apenas um olhar de reprovação de Gray. Seus olhos castanhos se ergueram para mim no palanque, sua expressão suplicante.

Só que, pela primeira vez, ao olhar para ele, não vi o amigo que pensei que estaria pronto para me defender. Vi alguém que tinha percebido minha fraqueza e as barreiras ao meu redor, jogando-as contra mim para alcançar o que ele achava que este coven precisava.

— Tivemos *séculos* de conflito entre bruxos e Hospedeiros — declarei, falando não para Iban, mas para todo o coven. Ele abriu a boca como se fosse me interromper, mas eu o silenciei estendendo a mão. — Não foi suficiente?

— O que sabe sobre nossos séculos de luta? — perguntou uma bruxa Branca mais velha. — Você acabou de chegar e só suportou *uma* Extração. Não sabe nada da nossa história.

— Você está certa — admiti, aquiescendo. — Eu não cresci aqui. Não passei minha vida imersa em ódio como vocês, mas fui criada para vir até aqui e destruir os Hospedeiros, independentemente do custo. Se estou disposta a deixar isso de lado pela paz, por que vocês não estão?

— Porque eu não estou trepando com o desgraçado responsável por isso! — gritou ela, resultando em um murmúrio de concordância.

— Para começar, esse desgraçado também é responsável por você ter magia — retruquei, descendo do palanque. Eu me aproximei dela, parando na sua frente e me inclinando para perto do seu rosto. — Talvez você prefira que ele tome de volta.

Ela empalideceu, da mesma forma que qualquer um dos bruxos teria feito diante da ideia de não ter magia. Em algum ponto ao longo do caminho, isso se tornou parte de quem somos, algo intrínseco à nossa identidade.

Havia mais em nós do que a magia nas nossas veias.

Gray ficou do meu lado, me permitindo interagir com o coven e suas rebeliões. Eu o admirei mais nesses momentos do que nunca, na sua disposição de se afastar e me deixar lutar minhas próprias batalhas. Se eu realmente fosse substituir a Aliança, eles não teriam respeito por mim se ele interferisse a cada momento.

Não deixei de notar os arquidemônios se encaminhando para o fundo da sala, silenciosamente à espreita, se preparando para o momento em que Gray teria que ele mesmo impor um castigo. Assim como ele não havia interferido agora, eu me afastaria e o deixaria fazer o que fosse necessário para o seu povo.

Mesmo que isso significasse punir quem um dia esteve ao meu lado e me sacrificou como um cordeiro.

Juliet se moveu pela multidão, alcançando Della e Nova e calmamente segurando cada uma delas pela mão. Ela as conduziu para fora da sala, enquanto as duas se viravam para me fitar, e eu suspirei satisfeita. Pelo menos elas estavam seguras, poupadas do que estava por vir graças à relutância de Gray em fazer com que eu voltasse a odiá-lo.

— Você não merece ocupar o lugar da Aliança — disse a bruxa Roxa, seu rosto estampando uma careta de nojo que eu teria odiado ver em outro momento.

Agora, aquilo só me enchia de determinação enquanto eu a encarava.

— Esse lugar nunca pertenceu por direito àqueles esqueletos ambulantes para começo de conversa — afirmei, me lembrando dos ossos deles batendo no chão a cada passo. Em sua posição no palanque, Gray gargalhou, o som aquecendo a minha alma. — Mas se o legado que eles deixaram foi a destruição da mesma magia que afirmamos amar, esse não é um legado do qual eu queira fazer parte.

— Querida, esse coven opera com base em tradição por séculos — interpelou Iban, olhando em torno da sala quando Gray rosnou um aviso ao termo afetuoso indesejado que ele usou.

— Opera? — perguntei, franzindo a testa. — Séculos de tradição exigiam magia de sangue e sacrifício para devolver o que tiramos da Fonte. Esse coven perdeu o rumo por décadas, e eu farei com que ele volte ao que sempre deveria ter sido.

— Isso é tudo muito bonito, mas você não pode esperar que eles te aprovem se ficar do lado dele! — rebateu Iban, elevando a voz ao me encarar. Ele parecia mais do que nunca com seu tio nesses momentos, a contorção dos seus traços de raiva o fazendo parecer cruel e rancoroso.

— Eu não preciso da aprovação deles, mas espero que ela venha com o tempo — pontuei, dando alguns passos para cima do palanque. Eu me sentei, me acomodando no trono e encarando Iban. — Por que não discutimos o que está realmente impulsionando a sua raiva, Iban? Ciúmes não caem bem em você.

Ele franziu os lábios, olhando para o lado quando a atenção se voltou para ele.

— Você pode alegar o que quiser, mas o bem do coven deve vir em primeiro lugar. Se aliar a ele é uma coisa. No entanto, ele nunca poderá fazer a única coisa que realmente importa em prol da Fonte. Você não pode permitir que suas linhagens terminem com você, e ele nunca vai poder te dar filhos!

Estremeci com o baque provocado pela mudança repentina de assunto, reconhecendo plenamente que seu desespero o fez se agarrar a qualquer coisa que pudesse salvá-lo. Eu havia refletido brevemente sobre isso em algum momento, mas, não importa o que ele pense ser a minha obrigação para com o meu coven, eu não queria filhos agora. Isso era um problema para o futuro, para uma mulher que não tinha certeza se viveria tanto tempo.

— Não vou poder? — perguntou Gray, me paralisando por inteiro.

Eu me forcei a não olhar para ele, me concentrando na minha respiração e mantendo meu rosto como uma máscara impassível. Eu não podia permitir que meus pensamentos transparecessem no meu rosto, não quando quem me observava estava procurando rachaduras no nosso casamento.

— Os Hospedeiros não podem gerar filhos — enunciou Iban, mas sua voz estava muito menos firme quando olhei para o rosto arrogante de Gray.

Meu marido sorriu, e Iban empalideceu, a realidade da situação que nenhum de nós tinha considerado. Nós não sabíamos quase *nada* sobre Lúcifer Estrela da Manhã, e menos ainda sobre os arquidemônios que ele trouxera consigo.

— Ah, mas nós dois sabemos que eu não sou um Hospedeiro — replicou ele simplesmente.

Meu corpo congelou inteiro, ao mesmo tempo em que forcei minha expressão para a indiferença. Engoli em seco, tentando não pensar em quantas vezes tínhamos feito sexo. Eu tomava o tônico para evitar a gravidez todo mês, mantendo minha menstruação sob controle já havia muito tempo.

Eu estava segura.

Mas eu não sabia se meu marido sabia disso. Eu não sabia se ele estava ciente das medidas que eu tomara para evitar a procriação no caso de um homem tomar o que eu não oferecia. Meu mundo era cruel e brutal, e eu não sabia em que situações eu poderia me encontrar quando cheguei ao coven.

Nunca fui mais grata por minha paranoia do que agora.

— A criança seria uma bruxa? Ou um Nefilim? — indagou um dos Devoes, avançando para fazer a pergunta. Ele estava calmo, juntando as informações enquanto sua mente analisava as opções disponíveis. — Uma criança Nefilim não continuaria o legado de nossas casas fundadoras.

— Não temos como saber com certeza — respondeu Gray, com a mesma atitude calma e controlada do homem. — Mas eu também sou o único ser vivo que pode criar novos bruxos. Posso simplesmente conceder o poder de uma Verde e uma Preta a mortais de minha escolha, caso os meus filhos com Willow sejam poderosos demais para desempenhar esse papel.

Contive meu arquejo de choque, odiando que estávamos negociando com o potencial dos filhos que eu nem sabia se queria. Fiquei quieta, confiando que Gray sabia o que estava fazendo. Eu discutiria com ele mais tarde, quando os olhos intrometidos do coven não estivessem mais analisando cada movimento nosso.

— E o que você espera em troca desse acordo? — perguntou o Devoe, erguendo a sobrancelha.

— O coven vai aceitar Willow, como todos prometeram na noite em que se curvaram a ela e, quando for a hora certa, ela vai abrir o lacre permanentemente e permitir que o nosso povo possa ir e vir entre nossas terras como quiser — asseverou Gray, e mal consegui reprimir meu suspiro de mágoa.

Outra motivação, outro objetivo que não discutimos.

— Vamos conversar sobre isso em particular — disse Devoe, levantando o queixo.

— Eu não esperaria menos que isso — replicou Gray, vindo para o meu lado. Ele pegou a minha mão, levando-a aos lábios e dando um beijo suave no dorso. Aquilo acalmou a minha dor por um momento, me permitindo passar por esse espetáculo para que eu pudesse rasgar a garganta dele em particular, se assim eu desejasse.

— Você não pode estar de acordo com isso — afirmou Iban, me forçando a voltar minha atenção para ele. — A garota que eu conheci nunca ia permitir...

— A garota que você achava que conhecia não existe — objetei, minha voz suave ao proferir as palavras que eu sabia que o magoariam. Era culpa minha Iban ter distorcido o nosso relacionamento em algo que não era. Eu o usei para fazer ciúmes em Gray e permiti que ele me beijasse quando eu sabia que o meu coração pertencia a outro. — Porque ela era uma coisa que você criou na sua mente. A verdadeira Willow não precisa da sua aprovação nem toma decisões com base no que você possa pensar delas. Queira você ou não — acrescentei, cruzando as pernas e me acomodando completamente na cadeira. — Seja como for, não existe mais nada entre nós.

Iban suspirou, os ombros caindo enquanto ele me encarava. Eu esperava que ele tivesse o bom senso de se afastar, de perceber que um fórum público como este não era o lugar para discutirmos os detalhes se quiséssemos preservar algum arremedo de amizade.

— Estou decepcionado com você — exprimiu ele, balançando a cabeça.

A minha parte mesquinha não podia deixa-lo ter a última palavra, não quando isso podia me fazer parecer fraca no momento em que eu precisava parecer forte.

— Então me chame de sua rainha da decepção, e eu vou acrescentar isso à lista de coisas com as quais não me importo porra nenhuma — retruquei, imediatamente lamentando as palavras duras. Eu só queria voltar para o nosso quarto, tomar um banho e cuidar da necessidade muito mais urgente do que o ego ferido de Iban.

— Chega. Diga quem são seus cúmplices — demandou Gray, se aproximando de mim. Seus olhos me encararam e o comando naquele olhar me forçou a afastar meus pensamentos de remorso. Gray os tinha visto se manifestando em mim, percebi, e me impediu de voltar atrás na repreensão severa de que eu desconfiava que tanto eu quanto Iban precisávamos.

Eu já não era igual a ele aos olhos do coven, e ele precisava aprender a respeitar os novos limites da nossa amizade se fôssemos continuar amigos de alguma forma.

— Não sei o nome deles — admiti, ao mesmo tempo em que meus olhos passavam por cada um deles.

Tanta gente pela qual eu era responsável, e eu nem sequer conseguia nomeá-los enquanto os enviava para a morte.

Fechei os olhos quando Gray voltou sua atenção para a pessoa que eu tinha isolado como líder do ataque.

— Então você vai dizer — ordenou ele, fazendo um gesto com a cabeça.

Belzebu e Leviatã se moveram, abrindo caminho na multidão para segurar cada braço de Iban. Eles o levantaram do chão, carregando-o para fora pelas portas da sala do Tribunal enquanto Gray os seguia. Ele se virou no último momento, seu olhar encontrando o meu com uma ordem que eu obedeceria, mesmo que isso exigisse tudo de mim para não desafiá-lo.

Eu exigiria a mesma retribuição se um dos seus prejudicasse os bruxos.

— Ninguém sai até eu ter as respostas de que eu preciso.

34
GRAY

Leviatã e Belzebu arrastaram Iban para uma das salas de aula próximas, largando-o no chão no meio das carteiras. Ele cambaleou para se levantar, olhando furioso para mim, enquanto Belzebu dava um passo para o lado para me deixar passar.

— Eu preciso admitir, você fez ela se voltar contra você muito antes do que eu esperava — declarei, dando alguns passos até parar bem na frente dele. — Estou quase contente de você ter sobrevivido àquela quedinha no outro dia. Ver a sua derrocada completa por sua própria conta valeu a pena. Achei que eu ia ter que esperar anos para me livrar de você, mas você tornou isso tão terrivelmente fácil.

Ele empalideceu quando dei outro passo, jogando as mãos para cima para se defender embora eu não tivesse me movido para atacá-lo.

— Você não pode me ferir. Ela não vai te perdoar — disse ele, seu cérebro racional tentando se agarrar à sua única esperança.

— Ela me viu te arrastar para um lugar privado — contestei, torcendo meu nariz de irritação. O sangue seco tinha atravessado a minha camisa e roçava na superfície da minha pele de uma forma enervante. Eu queria encerrar logo aquele assunto para levar Willow para o chuveiro e cuidar das necessidades dela, além de remover do meu corpo todos os indícios da sua traição. — O que exatamente acha que ela acredita que está acontecendo?

— Ela não está pronta para me ver morrer — insistiu Iban, balançando a cabeça.

Mesmo que Willow tivesse se distanciado do seu antigo amigo e admitisse que ele estava agindo por interesse próprio, ela ainda assim não o queria morto.

Desde o primeiro momento em que tinha traído a garota que ele nem conhecia ainda, prendendo-a em um acordo, sem se importar com seus sentimentos, ele havia agido com um propósito na cabeça: servir a si mesmo.

Ele continuaria provando isso para ela repetidamente, jogando-a ainda mais nos meus braços. Uma mulher como Willow ficaria sufocada em um casamento que era tanto sobre controle quanto sobre fazer o que era esperado dela.

Ela precisava desafiar as expectativas, prosperar com o homem que apreciava sua tendência de esfaquear primeiro e fazer perguntas depois, e esconder suas vulnerabilidades com palavras cuidadosamente afiadas.

— Quem foi que falou em te matar? — perguntei, inclinando a cabeça para o lado. Eu não tinha intenção de acabar com a vida de Iban, não quando sua vida ofereceria muito mais sofrimento. — Quero o nome de cada bruxo que participou do encantamento daquela faca.

— E se eu não disser? — perguntou Iban, se empertigando.

Dei uma risada, piscando e absorvendo a onda de luz das estrelas que consumiu a sala. Caímos na escuridão total, exceto pelas luzes cintilantes que brilhavam na pele dele, pequenos pontos de fogo ardente que o queimavam onde se acomodavam.

Ele bateu nos braços nus, tentando desesperadamente se livrar deles e estremecendo com a queimadura que subia para as suas mãos.

— Você vai dizer — afirmei simplesmente, enquanto Leviatã derrubava um vaso na mesa. A água se derramou na madeira, permitindo-me moldá-la em uma bola que eu levei ao rosto de Iban apenas com meu pensamento. Ele empalideceu quando a água cobriu o seu nariz, a sua boca.

Seu peito não se movia, e ele lutava para prender a respiração, determinado a não permitir que eu o afogasse. Mantive o olhar fixo nele, esperando pacientemente o momento em que ele percebesse que não podia lutar contra mim. Homens como Iban eram egoístas demais; não tinha como negar seu instinto.

Ele resmungou, o som saindo como bolhas através da água. Apenas quando ele finalmente inalou e engasgou com o líquido, eu o soltei, deixando que o restante caísse no chão em uma poça a seus pés.

— Você tinha alguma coisa para me dizer?

Ele tossiu para recuperar o fôlego, inspirando o ar profundamente.

— Você vai matar Della e Nova? Porque vai precisar punir as duas se quiser livrar o coven de todos que se opuseram a você — espezinhou Iban, cuspindo o que restava da água.

— Não, porque, ao contrário de você, eu acredito que elas agiram apenas porque achavam que era o que Willow queria. Elas estariam dispostas a ficar do lado de Willow se fosse a escolha dela, e ficariam do lado dela enquanto ela trabalhasse para unir o coven comigo. Os outros queriam apenas se livrar de mim, e nós dois sabemos disso — aleguei, agarrando-o pelo pescoço.

Apertei a carne sensível que eu tinha danificado com a água, dando um aviso final. Eu queimaria pedaços dele em seguida, assistiria à pele derreter das suas pernas até que ele me desse o que eu queria.

Ele baixou o olhar, sua voz um sussurro rouco enquanto falava o primeiro nome. Os outros seguiram logo depois.

— Vou te contar um segredinho — falei quando ele terminou, me inclinando para que as palavras fossem só um sussurro. — Eu já sabia quem tinha enfeitiçado aquela adaga. Eu posso *sentir* a magia deles, mesmo que eu não saiba os nomes.

— Então por quê…? — perguntou ele, um grunhido de derrota e confusão.

— Eu queria ver você se humilhar e saber que estava disposto a entregá-los para se salvar de alguma dor — retorqui, me levantando e ajeitando minhas roupas. — Queria que soubesse que até nisso, você só pensa em si mesmo.

*

Entrei na sala do Tribunal, deixando Iban na sala de aula com Belzebu e Leviatã. Passando por bruxos reunidos, eu me inclinei e dei um beijo delicado em Willow.

— Vejo você na cama — ofereci, e ela ergueu as sobrancelhas sem acreditar.

— Você não pode esperar que eu simplesmente vá embora — argumentou ela, como eu sabia que faria. Por mais que eu desejasse que ela respeitasse a minha vontade de vê-la resguardada em segurança onde não pudesse testemunhar minha brutalidade, entendi por que ela precisava testemunhar aquilo.

Suas ações tinham contribuído para a morte deles. O mínimo que ela podia fazer era ser testemunha.

— Muito bem — cedi, virando o rosto para a multidão. Satanás estava parado na porta, bloqueando a saída de qualquer um que pudesse ter tentado escapar. — Blair Beltran, Uriah Peabody, Kass Madlock e Teagan Realta, entrem no círculo.

Os quatro entraram, olhando em volta como se percebessem que duas bruxas estavam faltando da lista deles e não iriam sofrer o mesmo castigo. Sob quaisquer circunstâncias normais, Della e Nova teriam sofrido o mesmo destino.

A bruxa Realta virou o olhar zangado para Willow.

— Espere um minuto, sua merdinha de…

Fechei a mão, invocando o poder que eu tinha instilado dentro deles através das suas linhagens. Eles engasgaram, segurando o peito enquanto a magia subia arranhando seu interior. A bruxa Realta sufocou na sua própria magia, caindo de joelhos com suas palavras detestáveis presas na garganta.

Outra bruxa Realta deu um passo para a frente, se movendo para interceder na dor de um membro da sua família. Willow esticou a mão para cima, irrompendo pela sala uma rajada de ar que ondulou como um tornado, que se moveu entre a mulher e a Realta que sofria, criando uma barreira que a bruxa cósmica não conseguia romper.

Minha mulher se levantou, seus ombros relaxaram com um suspiro ao mesmo tempo em que lançava um olhar fulminante para a pessoa que tinha interferido. A outra bruxa batia os punhos contra a parede de vento, a pele se arranhando com a força do ar. Ela recuou conforme Willow se mantinha firme, seus olhos arregalados encarando a bruxa que agora liderava o coven.

Eles tinham visto Willow usar sua necromancia e sua magia da terra, mas essa era a primeira vez em que ela revelava o *quanto* tinha se tornado semelhante à Aliança anterior.

Não sendo leal a ninguém, a magia de todas as casas fluía nas suas veias. Ela era a bruxa perfeita para liderá-los, sem laços familiares para fazê-la se comportar de maneira injusta.

— Eles enganaram Lúcifer, e eles me enganaram quando me mandaram matá-lo — declarou Willow, sua voz saindo alta e clara.

Puxei minha mão para trás, arrancando a magia daqueles bruxos que estavam tão dispostos a vê-la morrer.

Parecia apropriado que o que eles valorizavam mais do que tudo se tornasse uma parte dela.

Em vez de permitir que a magia voltasse para dentro de mim, retornando ao lar de onde ela havia se separado havia tantos séculos, deixei que ela rastejasse pelo chão. Os quatro bruxos se ajoelharam à medida que a magia era expelida pela boca deles, se engasgando e se esparramando pelo chão enquanto isso acontecia. A magia serpenteou insidiosamente, as cores variadas se misturando em uma névoa que se movia sobre o piso em direção ao palanque.

Willow olhou confusa conforme a magia girava em volta dela, se entrelaçando ao seu corpo e envolvendo-a em seu abraço.

A magia a tocou no meio do peito, pressionando a linha que eu havia desenhado ali para fazê-la acreditar que eu tiraria sua magia. Mesmo que a ferida já tivesse se curado havia muito tempo, a pele de Willow se afastou da linha fina para revelar uma luz dourada cintilante dentro dela, onde toda a sua magia residia.

A névoa desapareceu dentro dela devagar, uma longa fita de fumaça que fez suas costas se arquearem até que tudo voltasse para onde eu queria que fosse.

Meu lar e o lar de tudo o que era importante para mim.

Os olhos de Willow cintilaram conforme sua ferida cicatrizava, seu olhar encontrando o meu enquanto eu sorria para ela. Não lhe dei tempo de questionar minha decisão, girando e golpeando com uma massa de ar tingida de noite, que atravessou o centro do círculo, cortando a cabeça dos quatro bruxos desprovidos de magia que estavam ajoelhados e achando que sua punição havia sido entregue.

Até mesmo Willow arquejou quando as cabeças rolaram para o chão, seus corpos desabando para o lado. Na multidão de espectadores, alguém gritou de sofrimento, fazendo Willow cerrar os dentes.

As narinas dela se dilataram de irritação, mas ela se recuperou rápido e falou com o coven. Mantendo a paz, como qualquer líder decente faria em tempos de crise.

— A justiça dele foi feita, e espero que ele seja igualmente rápido e me permita realizar nossa própria vingança, caso algum dos Hospedeiros ou Demônios engane os bruxos da mesma maneira! — exclamou ela, o desafio pela justiça expressando um desafio de equidade para o público perfeito.

Ela deu o seu recado àqueles que eram leais a mim, anunciando que eles pagariam se tocassem no que ela considerava seu.

Abri um sorriso largo.

Ali estava a minha bruxinha favorita.

— Jamais discordaria disso, Aliança — proferi, fazendo uma reverência que teria sido zombeteira se fosse qualquer pessoa e não Willow.

Por ela, eu passaria a vida de joelhos, se ela me pedisse.

35
WILLOW

Caminhei pelo quarto com Jonathan passando em volta dos meus pés. Gemi de frustração enquanto ele miava para mim, sempre no meu caminho. Precisei de cada centímetro de equilíbrio para evitar que eu caísse de cara no chão várias vezes.

Meu pé se conectava ao dele, mas o gato não mostrava nenhum sinal de irritação. Ele não sibilou da maneira como teria feito normalmente para me mostrar seu descontentamento.

Franzi a testa, encarando o gato preto por um momento antes de me agachar para fazer carinho no seu pescoço. Minha mão passou por ele, se movendo para o outro lado, e meu corpo inteiro ficou tenso.

— Estou impressionado — disse uma voz masculina, me forçando a me levantar depressa e me virar para encará-lo. Ele estava apoiado na soleira da porta, sua figura grande o suficiente para preencher o espaço que levava à sala e ao escritório adiante.

Se o seu corpo não o ocupasse, as asas brancas e emplumadas que se espalhavam atrás dele teriam feito isso.

Seu rosto era tão parecido com o de Gray que doía, me atingindo como um soco no estômago. Ele era bem-apessoado, seu cabelo estava adequadamente cortado e suas feições eram gentis. Seus lábios se curvavam para cima em um sorriso que parecia mais falso do que qualquer um dos sorrisos sarcásticos que Gray tinha me dado durante o tempo que passara me enganando.

Cambaleei na direção dele, engolindo em seco quando percebi quem ele devia ser.

— Miguel — falei, minha voz revelando toda a minha apreensão.

— Willow Hecate — disse ele, ignorando de propósito meu nome de casada.

— Willow Estrela da Manhã — eu o corrigi incisivamente, erguendo o queixo.

Ele soltou uma risada, dando um passo na minha direção. Moveu-se até estar tão perto que me incomodou, mesmo no reino dos sonhos, onde nenhuma criatura normal podia me tocar. Eu não sabia que magia ele tinha, ou se era similar de seu irmão gêmeo, principalmente levando em conta que Gray tinha conseguido me marcar em um sonho uma vez.

— Não aos olhos de Deus, não — retrucou ele, seus lábios se abrindo mais. Seus dentes eram perfeitamente brancos e retos, discretos e opacos. Ainda assim alguma coisa nele me fez cogitar se ele era ainda mais cruel do que Gray, sua retidão uma arma a ser empunhada.

Encolhi os ombros e fui até a janela para olhar os jardins lá fora. Eles estavam escuros, sem a iluminação que normalmente reluzia nas luminárias suspensas.

— Nunca dei muita importância ao que o seu Deus pensa de mim — rebati, fitando-o.

Encará-lo era desconcertante, seus olhos do mesmo azul chocante que o Hospedeiro de Gray possuía. Uma vez, eu achei que ia sentir saudades do azul daquele olhar quando o perdi para o dourado e a compreensão do que ele era, mas, ao encarar Miguel, não pude deixar de notar que ele não passava de uma imitação pálida.

— Eu não esperaria que alguém como você se importasse. Nós dois sabemos para onde você vai quando morrer, Bruxa — retrucou Miguel, destacando a palavra de forma bem mais maliciosa do que a afeição que Gray imprimia.

— Isso é maneira de falar com a sua cunhada? — perguntei, sorrindo para ele e canalizando a atitude que Gray tinha tão abertamente aceitado em mim.

Miguel apenas olhou para mim com desprezo, como se eu não valesse a sujeira nos seus bonitos sapatos brancos.

— Você não é parente minha — falou ele rispidamente, dando um passo à frente para dentro da ilusão do quarto que ele tinha criado na minha mente.

— Então por que não vai direto ao assunto e me diz que merda você quer para eu poder voltar a dormir? — questionei, retribuindo sua rispidez.

Miguel escarneceu.

— Você é exatamente o que Ele disse que seria — afirmou ele, me fazendo sorrir.

— Fico feliz pela minha reputação me preceder — retruquei, gesticulando para que prosseguisse.

— Você tem a habilidade de abrir os portões do Inferno de novo — disse Miguel. E ergui uma sobrancelha para ele, cruzando os braços. — Ele quer que você faça isso e leve todos os da sua espécie e a família de Lúcifer de volta para o lugar deles.

— Minha espécie nasceu aqui. — Descruzei os braços, fechando as mãos com força do meu lado. — Aqui é exatamente o nosso lugar.

— Vocês são abominações que nunca deveriam ter existido. Venderam suas almas ao diabo, então deveriam ir para o lugar adequado a todos aqueles que escolheram aceitá-lo. — Miguel se aprumou, estufando as asas para cima como se o seu tamanho pudesse me intimidar.

— E o que eu ganho fazendo isso? — perguntei, inclinando a cabeça enquanto o avaliava.

— Ele não negocia com os condenados — proclamou ele, um tom de aviso na fúria calma da sua voz.

Eu me aproximei, pegando sua gravata azul e a endireitando enquanto olhava para ele com uma atenção zombeteira.

— E seu não quiser ser uma pagã? Aí Ele me aceitaria no Paraíso?

Miguel se afastou, a repugnância tomando conta do seu rosto pela ameaça do meu toque. Ele era sólido mesmo neste estado onírico, palpável e tangível.

Na teoria, passível de ser morto.

— Claro que não. Seu uso da Fonte corrompe a sua alma — disparou ele, e entendi essas palavras muito claramente.

— Eu não uso a Fonte. Eu sou parte dela, e Ele não suporta isso, não é? — ironizei, minha risada enchendo o quarto. — Está me dizendo que nenhuma boa ação que eu possa fazer vai importar? Não tem como eu ser acolhida no Paraíso?

Ele ergueu o queixo, sua indignação clara enquanto me observava.

— Não pode mudar quem você é.

Abri um sorriso.

— Obrigada, Miguel — falei, virando as costas para o arcanjo e indo brincar com as pétalas da rosa que eu mantinha na minha mesa de cabeceira. Eu não podia tocá-la, meus dedos a atravessavam, embora ela ainda servisse a seu propósito e me fizesse sentir mais forte.

— Pelo quê? — indagou ele, aquele rosto ilusoriamente bonito franzindo de confusão.

— Por me dar o pretexto de que eu precisava para fazer qualquer merda que eu queira de agora em diante — respondi, me aproximando dele, aquela magia de vida fluindo pela superfície da minha pele como um sussurro do que era real. — Diga ao seu pai que mandei ele se foder, garoto de recados.

Espalmei as mãos contra o peito dele, encontrando carne sólida, e ele arregalou os olhos. Eu o empurrei, forçando-o para a porta aberta do quarto. O arcanjo cambaleou para trás na escuridão, desaparecendo de vista tão rápido quanto tinha aparecido.

Eu me virei...

E me sentei na cama, olhando para o lado e vendo Gray em um sono agitado, como se ele pudesse sentir a presença do irmão. Esticando o braço, acariciei as pétalas da flor que eu havia tocado no meu sonho. Elas viraram cinzas sob meu toque, a vida que eu tinha lhes dado desaparecendo.

Eu me encolhi de volta na cama, prometendo substituir as rosas pela manhã.

Tinha a sensação de que precisaria delas.

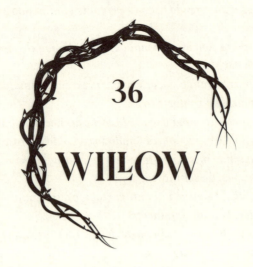

36
WILLOW

Gray entrou no quarto na manhã seguinte, me acordando com um sobressalto. Vestindo uma calça de moletom cinza quase caindo dos seus quadris, trazia nas mãos uma bandeja de café da manhã. Era uma peça de madeira enfeitada e impecavelmente entalhada, que sem dúvida não tinha vindo do refeitório da universidade.

Arrumei os lençóis em volta da minha cintura e me acomodei de maneira mais confortável, fitando a variedade de frutas e itens de confeitaria que ele tinha colocado em pratos para nós.

— Bom dia, meu amor — disse ele, se inclinando para a frente para tocar a minha testa delicadamente com os seus lábios. O beijo era tão doce que detestei interromper o momento, ainda atordoada e muda pelo gesto atencioso de me trazer café da manhã.

— Não precisava fazer isso — falei, pegando um copo de água. Tomei alguns goles, deixando que refrescasse minha garganta. Eu não sabia o que fazer com essa versão de Gray, com os atos gentis que eram tão atípicos, comparados ao que eu tinha me acostumado.

— Eu quis fazer — replicou ele, pegando um morango. Ele o mordeu, meus olhos rastreando o movimento da sua boca em volta da fruta carnuda. Eu estava com vergonha da maneira como eu tinha reagido a alguma coisa que devia ter sido tão inocente, ainda assim havia uma constatação que era mais importante do que os meus hormônios.

— Acho que nunca te vi comer — falei, a observação fazendo-o rir.

— Eu não preciso comer, mas isso não significa necessariamente que eu não possa — explicou ele, terminando o morango e depositando o cabinho na bandeja. — Eu gosto de fruta madura em particular.

— Não seja nojento. — Revirei os olhos e peguei um pedaço de abacaxi.

Eu o joguei na boca, mastigando devagar enquanto considerava como abordar um assunto. Normalmente, eu não me importava se o que eu dizia pudesse irritar Gray ou levar a uma briga, mas esse novo terreno que resolvemos trilhar, tentando um relacionamento de verdade, me deixava apreensiva.

Casais normais não *querem* brigar.

Será que Gray e eu somos realmente capazes de viver em paz?

— Desembucha, Bruxinha — disse ele, erguendo a sobrancelha enquanto me observava mastigar.

Ruborizei, irritada pelo modo como ele parecia conseguir ler meus pensamentos. Ele sempre sabia quando algo estava me deixando apreensiva, e desejei ter a mesma habilidade de entendê-lo sem que ele dissesse nada.

— Por que não me disse nada sobre poder ter filhos? — perguntei depois de engolir.

Ele se sentou na cama, se apoiando em um dos braços para se acomodar. Havia uma tranquilidade na sua postura que me dizia que ele sabia que essa conversa viria depois da sua revelação na noite passada.

— Eu sei que você está tomando o tônico — revelou ele, me surpreendendo. Eu não tinha tomado na frente dele, sendo que sempre fora uma parte da minha rotina matinal no início do mês. — Não parecia que nós precisássemos ter uma conversa sobre isso nesse meio-tempo. Não quando nosso relacionamento já era complicado demais.

Fiz uma pausa, detestando que nosso passado abria margem para eu ter que questioná-lo. Eu precisava saber a verdade, ainda mais por já saber exatamente do que ele era capaz.

— Então você não escondeu isso de mim com a esperança de eu parar de tomar meu tônico justamente por achar que não haveria problema?

Gray deu uma risada, balançando a cabeça. Não de uma forma irônica como eu esperava, mas uma risada que me aqueceu por dentro.

— Não, Willow. Quando eu quiser que você engravide, vou te deixar perfeitamente ciente das minhas intenções. — Ele pegou uma das frutas vermelhas, mas em vez de levar à própria boca, ele a guiou para a minha. A ponta pressionou os meus lábios, e eu os abri devagar para permitir que ele me oferecesse uma mordida. Com seu olhar intoxicante em mim, não consegui evitar o arrepio que subiu pela minha nuca.

Mastiguei e engoli, o olhar fixo no dele.

— Quando *você* quiser que eu engravide? E quanto ao que *eu* quero? — perguntei, fingindo indiferença embora sua resposta importasse demais para mim.

Durante toda a minha vida eu soube que o coven me veria como nada além de uma procriadora, uma linhagem para a continuidade de um legado de herdeiros. As palavras dele na noite anterior tinham me apavorado por pensar que eu tivesse escapado de uma pessoa que queria exatamente isso para mim apenas para pular de cabeça em uma relação com o mesmo propósito.

— Acredite em mim — disse ele, pegando minha mão. Ele se inclinou para a frente, e a sinceridade brilhando no seu olhar me impactou a ponto de me deixar sem palavras. Qualquer coisa que eu fosse dizer sumiu, perdida na expressão séria do seu rosto. — Filhos são uma dádiva, e eu nunca te forçaria a ter um filho se você não quisesse. Nem todo mundo deve ser pai ou mãe, e muito da habilidade de ser uma boa mãe vem do *desejo* de ser.

Minha garganta queimou com a ameaça de lágrimas, pensando na minha própria mãe, que me quis mais do que tudo. Ela me amava, me amava de verdade, apesar dos desafios que lhe impus e do homem que nunca a tinha visto como nada além de um objeto a ser usado.

— Mesmo se eu decidir que não quero de jeito nenhum? — perguntei, notando a dor daquela possibilidade surgindo no rosto dele. Se havia uma verdade da qual eu estava bem ciente, era que Lúcifer Estrela da Manhã desejava formar uma família mais do que tudo.

A família dele o tinha abandonado, forçando-o a começar uma nova. Ele queria uma família que não pudesse deixá-lo, que não iria embora só porque não concordava com alguma coisa que ele fez.

Ele ansiava por amor incondicional e a inocência que vinha com o amor de um filho.

— Mesmo assim — respondeu ele, me surpreendendo enquanto se recompunha. — Contanto que eu tenha você, posso ficar bem com essa decisão se for preciso.

Abri um sorriso, minha expressão mais suave do que o normal quando me inclinei e o beijei com delicadeza.

— Acho que essa foi a resposta perfeita.

Ele sorriu junto à minha boca, devolvendo o meu beijo com um selinho leve.

— Estou falando sério.

Recuei, deixando-o notar a sinceridade nas minhas palavras.

— Eu sei. Por isso foi perfeita.

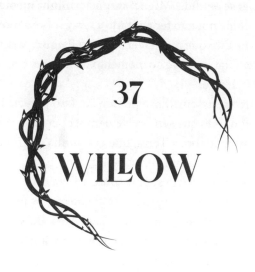

37
WILLOW

Gray e eu fomos cada um para o seu lado depois de nos aprontarmos para o dia. Ele foi para a sua sala de aula, a qual insistia em manter por enquanto, e eu me vi vagando do lado de fora em direção aos jardins.

Tendo em vista a nossa conversa naquela manhã, eu precisava me ancorar utilizando a terra.

Eu precisava da lembrança da minha mãe, da lembrança da alegria que minha família me trouxera.

Eu nunca havia considerado a possibilidade de ter filhos, mas será que eu queria abrir mão dessa possibilidade para sempre? Eu estaria mentindo se meu mundo ideal não envolvesse trazer Ash para o Vale do Cristal quando encontrássemos alguma maneira de acalmar a dissidência entre os arquidemônios e o coven.

A Escolha não seria mais necessária para ele, não quando eu já tivesse cumprido o destino que a Aliança anterior estava tentando evitar.

As flores me cercaram quando passei entre elas, balançando na minha direção na esperança de que eu fizesse uma oferenda. Estendi o braço, permitindo que os caules se enrolassem em volta do meu antebraço e apertassem até o sangue escorrer. Eles recuaram com apenas uma gota, se recolhendo de volta aos canteiros. As feridas em volta do meu braço pareciam uma corda delicada, a pele cintilando e cicatrizando diante dos meus olhos. Havia algo reconfortante na familiaridade de os jardins coletando o que necessitavam, como um lembrete de que, apesar de todas as mudanças, uma coisa permanecia genuína: este era o meu lugar.

Passei a ponta do dedo nas pétalas de uma flor, absorvendo sua textura. Os jardins tinham florescido com vida desde que eu chegara, o retorno de algo que nunca devia ter se perdido. Miguel surgiu na minha mente, e não consegui conter a onda de culpa por não ter contado a Gray sobre a interferência do seu irmão. Ele tinha me dito que não havia lugar no Paraíso para mim, que minha alma tinha sido vendida ao diabo no momento do meu nascimento pela maneira como eu subverti a Fonte.

Só que isso não se assemelhava perversão. Isso parecia harmonia, como duas metades de um todo que sempre deviam ter permanecido unidas.

Não com Gray, mas com a Terra, que era minha, e a Fonte, que eu podia alcançar e tocar com apenas um pensamento.

Sorri, sentindo o vento frio soprar sobre a água e me alcançar no jardim. Os penhascos ao longe estavam cobertos de névoa, os prismas das baías de cristais abaixo escondidas do campo de visão. Além desses penhascos, havia um cemitério, que agora estava basicamente vazio: apenas as bruxas Verdes estavam enterradas lá, já libertas dos caixões.

Andei até aquele terreno com certa relutância, meus pés me levando em direção à outra metade da minha linhagem. Senti a magia pulsante dos Verdes se espalhando pela terra ali; o chão acima do cemitério, uma massa de flores silvestres e grama nova e verde que não pararia de crescer.

A magia daqueles que vieram antes de mim tinha finalmente retornado para onde ela deveria estar, e fui até a extremidade do cemitério para prestar minhas homenagens. Um dia, eu encontraria uma maneira de devolver o corpo da minha mãe para cá, de forma que ela também pudesse ser uma parte da sua cidade natal.

Por ora, eu me sentei, enterrando as mãos na grama. A magia da vida e da morte pulsava na terra aqui, se transportando pelo solo para tocar a minha pele. Soltei um suspiro de alívio com a magia que se espalhou pelo meu corpo, arranhando na minha garganta e me mantendo cativa.

Porém, diferente do medo que senti na primeira vez em que usei a minha necromancia, eu não a temia mais. Ela havia se tornado uma parte de mim, se juntando a todas as outras magias com as quais eu precisava me familiarizar.

Então mergulhei nela, espalhando aquela magia mais fundo na terra, tocando nas fontes naturais que estavam enterradas ali embaixo e sentindo a onda de frio fluir pelo meu corpo. O sol me aquecia contra esse frio, a estrela mais brilhante ardendo, mesmo na luz do dia, à medida que o lado cósmico da minha magia se alastrava para cima e para fora. Os cristais na ponta dos penhascos pareciam duros e inflexíveis, lançando um prisma de cores na minha visão. Havia as brasas fracas e ardentes de uma chama dentro das tochas, que na sua maioria eram difíceis de ver à luz do dia, tremeluzindo para mim como o calor de uma lareira.

A magia dos Vermelhos era mais complexa para eu explorar, a magia com a qual eu crescera vindo de fora do meu corpo. Era uma magia que vinha de dentro deles, e também de dentro dos corpos daqueles ao seu redor. Mergulhei naquele lugar de desejo, que surgia sempre que eu pensava em Gray. Na sensação que as suas mãos provocavam no meu corpo.

No momento em que o desejo ganhou vida, inspirei de uma maneira irregular. Tocando em todas as partes da Fonte de uma vez, experimentei a magia da criação em si. Ela desceu pela minha garganta como fases das estações, um padrão que estava lá desde o início dos tempos.

Meus olhos se fecharam devagar, minha respiração desacelerando a ponto de eu não ter certeza se estava viva ou se eu tinha me fundido com a Fonte. Era uma parte de mim, fluindo pelo meu corpo e tocando em cada canto. Eu não podia imaginar como era estar na pele de Gray, ter vivido com essa sensação por séculos e ainda assim estar preso e isolado de tudo isso.

Abri os olhos com o ruído de um graveto quebrando, *sentindo* aquilo como se fosse um dos *meus* ossos.

Os Amaldiçoados saíram da floresta, me forçando a me levantar devagar. Quando ficaram visíveis percebi que havia mais deles do que eu havia considerado. Suas figuras eram tão aterrorizantes quanto eu me lembrava, o movimento lento e estranho dos lobos andando em duas pernas peludas, mas humanas, ressoando até os confins da minha alma.

Eu podia salvá-los. Fazer com eles o que havia feito com Jonathan, mas eu sabia bem no íntimo que precisava colocar minhas mãos neles para isso funcionar.

Havia onze deles, e eu com certeza não podia lutar contra eles todos de uma vez só.

Olhei em volta conforme eles se movimentavam, observando a maneira como se espalhavam pelo cemitério. Não chegavam particularmente perto de mim, a maioria mantinha distância, exceto por um, que parou a poucos centímetros de mim.

Endireitando minha postura, posicionei os pés em paralelo dos ombros. A magia da Fonte fluía nas minhas veias, e eu havia passado muitos, muitos anos lutando pela minha vida nas gaiolas projetadas para me enfraquecer e me depreciar.

O Amaldiçoado mais perto de mim ficou parado ali, inclinando a cabeça para a frente em silêncio. Era um gesto claro de submissão, e fiquei observando-o enquanto eu dava alguns passos à frente.

A brutalidade impiedosa que os Amaldiçoados tinham exibido na minha primeira tentativa de fuga desapareceu quando todos os outros se comportaram como o primeiro, imitando a sua postura, enquanto eu chegava perto o suficiente para tocá-lo. Engoli em seco, encontrando a intensidade do seu olhar.

Ele não fez movimento nenhum para me tocar, permanecendo completamente imóvel, e me perguntei se ele *queria* que eu o libertasse. Se eles de alguma forma sabiam o que eu tinha feito por Jonathan...

Estendi a mão trêmula, tocando na lateral do rosto dele. Seu pelo era áspero sob a palma da minha mão, duro quando eu queria que fosse macio.

Seus olhos se fecharam enquanto eu tentava convocar a mesma magia Preta que havia usado para libertar Jonathan.

O que respondeu foi algo diferente, mais forte, com vontade própria. A Fonte de toda a magia se ergueu em mim, entrelaçada em uma magia viva e pulsante, que exigia o sacrifício que lhe fora oferecido. Tentei puxar minha mão depressa, me afastando, quando os olhos do Amaldiçoado se arregalaram. De uma só vez, os outros imitaram o movimento, o pânico no rosto deles, como se também sentissem a atração do que eu havia convocado.

O Amaldiçoado na minha frente agarrou o meu pulso, me segurando de maneira que eu não conseguisse retrair a minha mão.

— Pare — sussurrei, mas ele prosseguiu como se entendesse o que estava por vir.

Só que eu não entendia.

As pernas do Amaldiçoado se torceram nas raízes de uma árvore, ancorando-o ao chão enquanto ele uivava de dor. Mesmo assim, ele não me soltou. Nem mesmo quando galhos irromperam do seu tórax, espirrando seu sangue e sua carne por toda a vegetação ao redor. Folhas brotaram dos galhos que irromperam dele quando ele finalmente me soltou, me fazendo cambalear para trás e cair sentada.

Seu corpo desapareceu completamente da vista, engolido pela sebe que formava um círculo. Ela se moveu para o Amaldiçoado seguinte, até que um a um os engoliu por completo. Libertando-se do corpo deles, o labirinto que surgiu na minha frente era terrivelmente familiar.

Caminhei pelo contorno da sebe, gemendo ao ver a cabeça de cada um dos Amaldiçoados no topo das colunas que formavam o labirinto. Seus olhos estavam vazios e cegos, as vidas cedidas à Fonte que se ampliou renovada com a oferta deles. Corri, contornando todo o labirinto. Havia três aberturas, três caminhos, que eu sabia que levariam ao centro se eu conseguisse uma visão aérea dele.

Eu sabia porque era o mesmo símbolo que eu havia imprimido no peito de Gray quando o marquei como meu.

Parei abruptamente na frente da entrada que apareceu diante de mim, encarando o rosto lupino morto do Amaldiçoado que eu tinha tocado.

Engoli o meu medo, a apreensão do que a Fonte estava tentando me dizer.

E entrei no labirinto.

38

GRAY

Meus passos vacilaram quando contornei a minha mesa, olhando pela janela para ver o pátio adiante. Willow não estava em nenhum lugar à vista, mas eu sabia que ela tinha encontrado um local para convocar sua magia e se recompor.

Minha bruxinha estaria abalada, mas ela era resiliente, determinada e, acima de tudo, forte.

Sorri, liberando uma risada leve. Leviatã se aproximou de mim conforme meus alunos começavam a entrar na sala.

— Que porra de bruxinha esperta — falei, balançando a cabeça ao me virar para ele.

— O que sua esposa fez agora? — perguntou Leviatã, achando graça.

— Ela tocou na Fonte — respondi, sentindo a magia na minha pele em resposta à dela. No passado, Willow tinha usado a magia nas suas veias para convocar a Fonte.

Dessa vez, ela enfiou as mãos até os pulsos nela, tomando-a para si e deixando-a se arrastar para dentro dela.

— Isso é possível mesmo? — questionou Leviatã, se virando para olhar pela janela. Ele também procurava por Willow, sabendo que ela estaria no pátio ou nos jardins se estivesse tocando tão profundamente na magia. Eram os lugares onde ela se sentira mais à vontade para se aprofundar no desconhecido.

Sorri, balançando a cabeça com carinho.

— Parece que nem mesmo a Fonte consegue dizer não à minha esposa — observei, encarando os alunos que tinham se reunido. Havia menos do que eu esperava em qualquer dia, já que alguns membros do coven tinham decidido que não queriam mais seus filhos frequentando uma aula ministrada pelo diabo.

Era direito deles, mesmo que os alunos não se tornassem membros efetivos do coven até se formarem na Bosque do Vale. Eu percebia a ironia e a hipocrisia nessa afirmação, considerando que eles eram liderados por uma bruxa que não tinha completado um único ano.

Parte de mim desejava que houvesse alguém para ocupar aquele trono até que Willow se formasse, dando a ela a oportunidade de frequentar a faculdade como qualquer outra pessoa. Eu disse a mim mesmo que teríamos uma conversa depois, para encontrar um jeito de ela continuar sua educação se assim desejasse.

A outra parte de mim só queria se ajoelhar diante dela e incentivar seu reinado de terror.

— Ela é um perigo — constatou Leviatã. No entanto, aquilo era uma repreensão suave que parecia vir de um irmão mais velho afetuoso. Não havia ameaça para mim na maneira como ele olhava para Willow, apenas admiração pela mulher que tornara possível a presença dele aqui.

Se ao menos Belzebu fosse amigável assim com ela. O demônio que a tinha matado ainda estava frustrado com a mera existência dela, mesmo que a bruxa que ele quisesse cortejar fosse amiga da minha esposa.

Pobre Margot.

Aquela bruxa não tinha a menor chance.

— Você não devia contê-la? — perguntou Leviatã, erguendo uma sobrancelha.

Mexer com a Fonte tinha seus riscos, embora isso acontecesse normalmente quando alguém tentava *forçar* sua entrada. A magia que cobria minha pele como uma extensão da de Willow não era maliciosa, era o calor acolhedor de um abraço familiar.

Ela a reconhecia e a convidava para se juntar a ela.

— Não — respondi, balançando a cabeça, pegando um pedaço de giz e começando a rabiscar anotações no quadro-negro. — Deixe ela continuar. A Fonte vai dizer quando ela tiver ido longe demais.

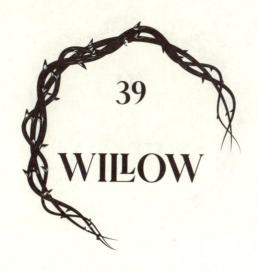

39
WILLOW

Vaguei pelo labirinto, ignorando a maneira como as sebes se esticavam para me tocar. Elas não estavam buscando sangue. Os Amaldiçoados tinham saciado sua necessidade. Apenas se esforçavam para tocar na minha pele nua, roçando folhas e flores em mim.

Toda a terra estava viva, só que isso era diferente.

Parecia guardar segredos.

Continuei ao longo do caminho, seguindo conforme ele se curvava na vegetação. O chão embaixo dos meus pés parecia estranho, diferente do que sempre fora. Não era a terra que eu conhecera por toda a minha vida, quase como se esse labirinto existisse entre reinos.

Um lugar único.

Dobrei a esquina mais uma vez, meio esperando que alguma coisa saltasse na minha frente. No entanto, o que eu encontrei foram as asas cintilantes de borboletas que esvoaçavam pelo caminho. Uma delas pousou na minha mão, as asas azuis brilhantes parecendo tanto um cristal que eu as observei por um instante antes de continuar a minha exploração. A magia nesse lugar impregnava o ar, me cercando como as profundezas do oceano depois de um mergulho até o fundo.

Senti nos meus pulmões. Senti na minha barriga e na minha mente.

Eu era aquilo e aquilo era eu. E, enquanto eu andava para o círculo central, entendi onde estava.

No coração da própria Fonte.

40
WILLOW

Eu me aproximei das três estátuas dos Amaldiçoados que havia no centro do círculo, tocando o topo do que estava mais próximo de mim. Ele apontava para o anel que eles formavam, guardando-o como sentinelas, vigiando cada uma das três direções. Um ficava à minha esquerda, os arbustos mais velhos naquele caminho. Eram os galhos espinhosos e entrelaçados da morte. Projetando-se em direção ao percurso como se eles pudessem cortar qualquer um que entrasse; eram uma relíquia do passado.

À minha direita, o labirinto crescia com o esplendor da primavera. O caminho era coberto de flores, a sebe resplandecente. O verde era novo, com brotos, enquanto o meu caminho tinha o verde de uma planta madura.

Espreitei o pedestal no centro, franzindo a testa com o símbolo da deusa tripla me encarando. A lua cheia no meio estava cercada por dois arcos virados para fora, que se curvavam ligeiramente em direção aos dois caminhos que eu ainda precisava tomar.

Um movimento à minha esquerda me sobressaltou, e me virei, recuando da deusa tripla e do que eu não conseguia entender, para mirar a figura se movendo entre os espinhos. Ela emergiu do caminho, usando um vestido preto que cobria seus braços e caía até o chão, arrastando grama ao se aproximar de mim.

Ela era exatamente como eu me lembrava, seu rosto tão parecido com o meu, mesmo agora que tinha sido presenteado com a mais verdadeira das mortes.

— Charlotte — exprimi, minha voz praticamente um suspiro. As lágrimas arderam nos meus olhos, ao mesmo tempo em que eu entendia que era idiotice ficar tão feliz por vê-la. Eu só tinha encontrado a Hecate mais velha uma vez, apesar de ela ter segurado a minha mão quando eu mais precisei.

Ela abriu um sorriso triste, se aproximando de mim e parando ao lado de um dos arcos.

— Willow — sua voz era suave, tão carinhosa quanto eu me lembrava de ser a voz da minha mãe quando eu era uma garotinha, tinha pesadelo e me arrastava para a cama dela à noite. Charlotte estendeu a mão por cima da deusa tripla, pegando o meu rosto cuidadosamente. — Eu disse que sempre estaria com você.

— Como isso é possível? Como eu estou aqui? — perguntei, olhando o labirinto ao redor.

O sorriso dela se ampliou.

— Garota esperta, já descobriu onde você está?

— Eu consigo sentir — admiti confirmando com a cabeça, erguendo as mãos diante dos meus olhos. Elas me lembraram os olhos de Gray, a magia dourada que brilhava dentro de mim quando uma ferida se curava. Entretanto, nesse lugar, minha pele parecia simplesmente brilhar com ela.

— Você está aqui porque você se rendeu à Fonte — esclareceu Charlotte, traçando o formato da lua crescente mais perto dela com seu dedo indicador. — Assim como eu fiz quando dei minha vida para salvar a sua.

— Mas eu não estou morta — objetei, olhando para a entrada do labirinto.

Eu estava viva quando entrei, e pensar que eu tinha inconscientemente deixado Gray depois de tudo o que passamos...

Ele estaria morto também.

— Não, você não está morta, Willow. Meu propósito de vida era cumprir meu acordo, pagar o preço que Lúcifer exigia. Lúcifer acreditou que seu propósito terminava no momento em que você abriu aquele lacre, até aquele sonho em que ele decidiu que queria ficar com você de qualquer jeito — explicou ela, pegando a minha mão.

Ela encostou meus dedos na lua no centro da deusa tripla, uma faísca de poder cintilando quando eu a toquei.

— Mas eu sabia que você tinha que viver. Foi por isso que fiz Lúcifer prometer que garantiria que eu sempre estaria com você. Para que eu pudesse estar lá no final para te proteger.

— Não estou entendendo — admiti, tirando a mão da deusa tripla.

— Lúcifer é tanto parte da Fonte quanto você e eu. Assim como o pai e os irmãos dele. Há muito tempo, Deus se ofereceu à Fonte para ganhar sua confiança e o poder para criar vida. No entanto, desde então, ele virou as costas para essas criações na sua ganância por adoração. Ele se desviou da Fonte, tirando dela e levando consigo poder suficiente para tornar qualquer luta impossível. Ele usou sua influência para fazer as pessoas se afastarem das antigas práticas e tradições. A Fonte se enfraqueceu com cada pessoa que a abandonou e com cada bruxo que a negligenciou. A sua missão, Willow, é devolver esse poder de modo a ficarmos fortes o suficiente para lutar contra o exército de Deus — relatou Charlotte, sua voz ficando distante.

Ela olhou para o lugar vazio onde estava a outra lua crescente, a vida brotando à espera.

— Os anjos — falei, concordando com um aceno de cabeça.

Minha lembrança de Miguel era vívida demais. Sua afirmação de que os bruxos deveriam ser condenados era algo em que ele realmente acreditava.

Charlotte concordou.

— Eles carregam dentro de si o poder que Deus roubou. Nós carregamos o poder da Fonte, diretamente dela. Não somos iguais, e não seremos demonizados por tocarmos o que nos foi proibido no Jardim do Éden — disse ela, tirando uma maçã do bolso do vestido. Ela a jogou para mim, me obrigando a pegá-la com ambas as mãos enquanto ela se afastava da deusa tripla.

Olhei para a maçã vermelha que segurava, a tentação proibida pulsando com magia nas minhas mãos.

— Como Lúcifer conseguiu acessar a Fonte diretamente se o seu pai virou as costas para ela? — perguntei, direcionando meu foco a Charlotte.

— O diabo não é o único que sabe *usar* as pessoas, querida Willow — respondeu Charlotte, olhando para a deusa tripla. — O destino fala de três mulheres que vão mudar tudo. De três mulheres que vão trazer a nova ordem.

Soltei o ar, olhando para o símbolo da deusa tripla com uma nova compreensão.

A Donzela.

A Mãe.

A Anciã.

— Fiz a minha parte em selar o acordo que permitiu que Lúcifer vivesse nessa terra ao seu lado. Mas o equilíbrio *precisa* ser mantido — prosseguiu ela, seus olhos gentis enquanto eu encarava o seu familiar tom roxo.

— Assim como é acima, é abaixo — murmurei, soando distante. Meus ouvidos zumbiam, sinos de alerta soando na minha cabeça.

— O diabo não está mais no Inferno, e isso significa que chegou a hora de alguém *arrancar* Deus do Paraíso — disse ela, a crueldade no seu rosto tão semelhante ao ódio que eu sentira quando Miguel me disse que *nada* do que eu fizesse garantiria o perdão.

Eu seria condenada apenas por ousar tocar no poder que ele julgava não ser direito meu.

Engoli em seco, sem ter certeza se queria a resposta.

— Eu? — perguntei, observando o sorriso suave de Charlotte se transformar em um sorriso de pura satisfação.

— Não, Willow — replicou ela, se aproximando mais de mim. Ela pousou a palma da mão na minha barriga, os dedos se curvando em um gesto significativo. — *Ela.*

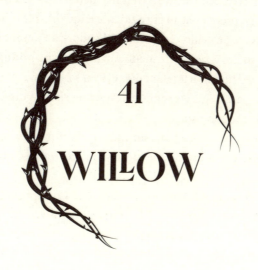

41
WILLOW

Cambaleei para trás com o toque de Charlotte, balançando a cabeça.

— Eu não estou grávida — neguei, comprimindo os lábios.

Pensar que qualquer escolha tinha sido tirada de mim, quando eu já tinha decidido que eu podia querer... um dia... parecia impossível. Aceitar o futuro não significava aceitá-lo *neste instante*.

— Não, você não está — disse ela, e meus pulmões expeliram o ar de alívio. Eu não estava pronta.

Independentemente da decisão que eu tomara antes, devido a esse aviso, eu não tinha certeza se algum dia eu estaria.

— A Donzela *virá* — afirmou Charlotte, sua voz empática. — Você já decidiu que pode querer filhos um dia. Isso não muda nada.

Essas palavras estavam tão em sintonia com os pensamentos e as reflexões que eu já tinha.

Sempre comigo, até mesmo na minha cabeça como parecia às vezes.

— Ele sabe? — perguntei.

A ideia de que isso tudo surgiu logo depois da nossa discussão sobre filhos não me parecia coincidência, mas a Fonte se enrolou em volta de mim, o toque distintamente reconfortante enquanto eu mirava o caminho primaveril da Donzela.

O caminho que minha filha iria percorrer um dia quando entregasse a si mesma e o seu corpo à Fonte.

— Não. Nem mesmo Lúcifer sabe o preço que a Fonte exigirá dele — respondeu Charlotte, pegando a minha mão.

— O preço? — perguntei, minha confusão fazendo minha testa se contrair.

O labirinto estremeceu ao nosso redor à medida que Charlotte me afastava da deusa tripla. Sua preocupação era evidente enquanto ela olhava de volta para o meu caminho. O toque caloroso e tranquilizador da Fonte se transformou em algo mais sombrio, uma ponta de medo formigando na minha pele.

— Sua filha vai liderar a luta um dia. Ela vai ser a arma que vai nos permitir corrigir o mundo para o que ele sempre deveria ter sido — disse ela, me guiando em direção ao meu caminho.

— Eu não estou pronta para ser mãe — admiti, vendo-a se mover em direção ao próprio caminho. Ela se virou para me fitar, a compreensão visível em seus olhos.

— Eu sei. A Fonte esperou por séculos. Ela vai esperar mais mil anos se for preciso — garantiu Charlotte, dando um passo na entrada do seu caminho. — O tempo não tem significado para algo mais antigo que toda a existência.

Não houve despedida quando ela sumiu de vista, seguindo pelo caminho criado para ela e apenas para ela escapar.

Corri pelo meu, disparando ao longo dele, enquanto as paredes tremiam ao meu lado. Era como se a própria Fonte estivesse sob ataque, como se alguém batesse nas paredes e exigisse entrar. Eu não queria parar para pensar no que poderia ter causado o tremor.

Meus pulmões lutavam por ar enquanto eu corria, determinada a sair antes que qualquer retaliação estivesse se formando. Meus pés me levavam o mais rápido que conseguiam, contornando a curva até a entrada que me atraía. A área do lado de fora estava indistinta e turva, mas eu corri em direção a ela.

Saltei para fora do labirinto enquanto ele desmoronava ao meu redor, me jogando pelo ar até eu aterrissar no chão que eu parecia nunca encontrar. Meus braços se agitavam, o vento soprando meu cabelo para trás na minha queda.

Caindo. Caindo.

Caí no meu próprio corpo e me sentei como eu tinha feito antes de o labirinto se formar, olhando de volta para o cemitério onde ele se formara. Não havia os pilares que os Amaldiçoados tinham criado, nenhuma cabeça cortada descansando sobre as sebes. O solo diante de mim era plano e uniforme, uma mistura de grama e flores silvestres cobrindo os túmulos das gerações passadas de Brays e Madizzas.

Como se o labirinto só tivesse existido na minha cabeça.

Tirei minhas mãos do solo, recuando da ruptura na magia em que eu tinha submergido. Encarando a palma das minhas mãos em choque, não vi o galho vindo de encontro à minha cabeça.

Senti a dor, minha têmpora latejando no momento em que ele me atingiu. O galho se partiu ao meio quando tombei para o lado, me forçando a ficar de pé ao me virar para encarar a pessoa responsável. A bruxa que estava diante de mim era jovem, um membro da minha turma de herdeiros.

Um grupo de seis bruxos estava atrás dela, cada um com um galho. Meu corpo parecia bastante ferido quando voltei a ele, meus braços cobertos de hematomas e arranhões que eu não tinha sentido antes.

Fazia quanto tempo que estavam ali, me agredindo enquanto eu sonhava com a Fonte?

Não era a Fonte que estava sob ataque na visão que eu pensava ter sido real. Era eu.

Eu me levantei e fiquei o mais ereta que consegui, olhando para eles com desdém. Meu corpo se inclinava para o lado, parecendo que podia tombar a qualquer momento. A Fonte se ergueu para me segurar, um apoio suave sustentando o meu peso enquanto minha visão girava.

A primeira bruxa engoliu em seco quando jogou seu galho quebrado no chão, e eu voltei minha atenção aos outros.

Pisquei, enviando o chamado com a minha magia. A Fonte rastejou pelo chão, se arrastando como insetos até tocar nos galhos. Torcendo-os em nós, eles se voltaram contra aqueles que os empunhavam, mirando seus corações.

Uma bruxa gritou ao largar o seu galho, e os outros fizeram o mesmo enquanto me olhavam.

— Tudo bem — falou um bruxo, inclinando a cabeça para o lado. Ele usava as vestes brancas dos bruxos de cristal, seus músculos salientes, duros como pedra. — Sem magia então.

Ele avançou, correndo na minha direção. Meu corpo entrou naquele lugar de memória muscular e adrenalina, se movendo para o lado para evitar o ataque. Bati o cotovelo contra a coluna dele, jogando-o direto para o chão, e me virei e peguei a bruxa seguinte, atingindo a sua garganta com a base da mão.

Ela lutou para se soltar, suas unhas arranhando a superfície da minha pele antes de ela cair de joelhos e ofegar por ar.

Passei por ela, deslizando para a frente com passos seguros. A magia nas minhas veias impulsionava o meu corpo, fazendo-me sentir invencível apesar dos ferimentos. Em todos os anos que lutei nas jaulas em que meu pai me colocava, eu nunca tinha sentido tanta raiva.

Dei um soco na lateral do corpo da bruxa seguinte, levando meu joelho ao seu nariz quando ela se curvou de dor.

Duas das outras se viraram para bater em retirada até a universidade, e memorizei o rosto delas. Não seria Gray a aplicar o castigo dessa vez.

Seria eu.

— Que patético — murmurei, me virando de costas para encarar o primeiro bruxo que se levantou. Ele olhou para o outro que ainda não havia atacado, imóveis enquanto se entreolhavam. — Bater em uma mulher quando ela está desacordada.

O desprezo no meu tom de voz era evidente, deixando pouca dúvida sobre o que eu pensava deles e da sua coragem em me atacar.

Eu os peguei de surpresa, correndo na direção do maior. Ele estendeu o braço enquanto se virava na tentativa de fugir, me dando as costas. Enganchei o braço em volta do seu tórax, agarrando-o e o usando para mudar meu peso de lugar. Ele cambaleou quando coloquei minhas pernas em volta do pescoço dele, prendendo-o com firmeza e transferindo meu peso para o seu outro lado para tirar seu equilíbrio. Segurando sua cabeça com firmeza entre meus joelhos, usei minhas pernas para puxá-lo para a frente e virá-lo, batendo suas costas no chão embaixo de mim.

Ele gemeu quando eu saltei para ficar de pé, avançando até o outro bruxo que estava com as duas mãos para cima em sinal de rendição. Como se ele não tivesse visto uma mulher em um momento de fraqueza e decidido tirar vantagem disso.

Eu tinha tolerância zero com valentões.

Avancei devagar, atravessando por cima dos bruxos imobilizados que eu tinha deixado no chão. Invocando a magia que existia bem na ponta dos meus dedos, chamei os mortos dentro do solo abaixo de nós.

A terra sacudiu, o chão se abriu e os bruxos que tinham ousado colocar as mãos em mim tentaram se levantar atabalhoados. As mãos ossudas dos bruxos Madizza e Bray emergiram da terra, se arrastando para fora e endireitando seus ossos para se eguerem.

Eu não disse nem uma palavra ao voltar para a universidade, enquanto os mortos investiam sobre os que haviam me machucado, e certamente não assisti quando eles os partiram em pedaços.

Os sons já davam detalhes suficientes.

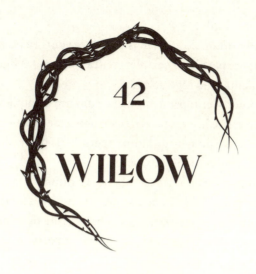

42
WILLOW

A sala do Tribunal me esperava, o trono sobre o palanque me chamando adiante. Eu iria convocar o coven, sabendo que quem tinha escapado não poderia resistir ao chamado da Aliança. Se elas permanecessem no Vale do Cristal, seriam forçadas a vir e responder por seus crimes.

Elas seriam forçadas a responder a *mim*.

Avancei pelo círculo central, minha irritação me impulsionando para a frente. Eu estava tão cansada da divisão idiota dentro do coven. Se o que Charlotte tinha me dito era verdade, precisávamos encontrar uma maneira de nos unir. Éramos todos parte do mesmo plano, dois lados da mesma magia. Mas não íamos conseguir fazer isso se estivéssemos tão em desacordo uns com os outros a ponto de nos matarmos na surdina.

A ideia de que estávamos destinados a nos opor uns aos outros era uma causa perdida. Charlotte pode ter cometido um erro ao desencadear isso tudo, ao abrir o mundo para uma guerra que o dividiria ao meio. Só o tempo diria. Mas nós não podíamos voltar atrás e mudar depois de termos dado os primeiros passos. Tudo o que podíamos fazer era aceitar e seguir em frente.

Eu estava quase chegando ao meu trono, meu corpo pulsando de agonia à medida que a adrenalina da luta começava a se esvair do meu corpo. Tudo latejava, minha cabeça girando tanto de raiva quanto de tontura.

Miguel saiu dos quartos privados da Aliança, que eu não tinha interesse em reivindicar para mim mesma. Havia lembranças demais da ancestral que quase arruinara tudo para eu suportar o lugar como meu espaço privado.

Parei de repente, encarando o arcanjo diante de mim. Por um momento, eu me perguntei se eu tinha entrado em outra visão, a dor induzindo o estado onírico.

Não.

Isto não era um sonho.

Ele não se aproximou de mim, mas eu não era burra a ponto de pensar que seria forte o bastante para lutar sozinha contra o arcanjo. Miguel era gêmeo de Gray, seu equivalente pelo fogo celestial.

— Olá, Willow — cumprimentou ele, com um sotaque suave e refinado. Eu odiava como o rosto dele era tão parecido com o de Gray, detestava como ele podia ser tão similar ao homem que nunca permitiria que nada me machucasse e, no entanto, tão *errado* ao mesmo tempo.

Dei meia-volta até as portas da sala do Tribunal. Um aviso ressoava na minha mente, a consciência de que *isso* não era uma alucinação se instalando sobre mim. Eu devia ter contado a Gray sobre a visita do irmão dele aos meus sonhos, mas eu não tinha conseguido encontrar as palavras depois da conversa que tivemos naquela manhã.

Já havia peso o bastante entre nós. Eu não queria acrescentar mais nada.

Bati contra um peito masculino quando girei, mãos familiares me agarrando pela cintura e me estabilizando.

Iban estava atrás de mim, seu rosto soturno ao me segurar. Minhas mãos pousaram nos seus ombros enquanto eu me equilibrava, seus dedos se enrolando no tecido da minha camisa.

Uma dor intensa surgiu na minha barriga, me queimando por dentro enquanto ele me encarava fixamente. O pedido de desculpas nos seus olhos não significava nada quando eu dei um passo cambaleante para trás, olhando para o conhecido cabo de osso branco que se projetava do meu corpo.

Fui tomada por uma sensação de confusão, sem entender como Iban tinha a faca que Gray havia trancado em seu cofre para guardar com segurança. O arcanjo atrás de mim riu como se pudesse ouvir meus pensamentos girando, e eu percebi que *aquilo* foi na noite em que Miguel visitou meus sonhos.

Meus olhos reviraram, mãos fracas alcançando a lâmina. A magia da Fonte me partia ao meio, puxando mais da minha magia para a faca e me exaurindo. Cambaleei para o lado, meus dedos se enrolando em torno do cabo enquanto Iban pegava minhas mãos e me virava para enfrentar Miguel. Ele prendeu meus braços dos meus lados, me segurando quando eu mal conseguia encontrar forças para ficar de pé.

Eu me sentia como uma humana totalmente indefesa e sabia que nunca mais seria a mesma enquanto aquela lâmina continuasse inserida dentro do meu corpo.

— Me desculpe — murmurou Iban, as palavras um amargo lembrete do que eu tinha feito com Gray. Ele tinha trabalhado com Miguel de alguma forma para planejar isso.

Não havia dúvidas na minha cabeça de que essa sempre foi sua intenção. Ele precisava que eu encantasse a faca e me manipulou para que eu fizesse isso pensando que estava livrando o mundo de Lúcifer.

Ele sabia que o plano falharia. E ele sabia que a usaria para me matar.

— Como pôde fazer isso? — murmurei, balançando a cabeça de um lado para o outro para afastar a fraqueza que assolava a minha alma. — Você está traindo sua própria espécie, e ele não tem *nada* a lhe oferecer.

Eu sabia disso tanto quanto Miguel, com a oportunidade patética que ele me deu para fazer o mesmo.

Eu não podia ser salva por causa do que eu era.

— Eu desisti da minha magia para ter uma família. Nunca subverti a Fonte como você fez. Eu posso me arrepender — explicou Iban, tropeçando sobre meus pés enquanto me guiava em direção ao lacre no chão no centro do círculo.

— Seu idiota de merda — rosnei, caindo no painel de vidro do espelho. O portal para o Inferno tinha sido preenchido com pedra, cortando a visão que eu conhecia. Iban me deixou cair, meu corpo se acomodando contra a estranha mistura de vidro e pedra.

Ele cobriu meu corpo com o dele, deitando-se em cima das minhas costas enquanto eu estava de quatro. Fiz uma careta, me encolhendo do toque dele mesmo nessa situação.

Sua mão envolveu o cabo da adaga, girando-a dentro da minha barriga para que um novo esguicho de sangue escorresse pela superfície espelhada.

Uma oferenda.

Recuei, lutando contra ele enquanto ele me levantava do vidro e a pedra derretia, me dando uma visão geral das profundezas do Inferno.

Ele segurou minhas mãos com uma das suas, lutando com meu corpo enfraquecido. Eu não conseguia resistir ou fazer qualquer coisa já que minha vida e minha magia desapareciam naquela lâmina.

Iban guiou minhas mãos até a borda do espelho, batendo-as contra o rosto que era o meu. A magia se agarrou a mim imediatamente, tirando ainda mais do que eu tinha para dar. Eu recuei, tentando cortar a conexão.

O lacre permaneceu firme, me sugando mais ainda enquanto o vidro se despedaçava.

E os portões do Inferno se abriram mais uma vez.

43
GRAY

Dez minutos antes

Peguei o livro da mesa no meio da sala de aula.

— Abram na página 193 — instruí, folheando as páginas do meu exemplar.

Já tínhamos passado pela história do pacto que criou o coven, mas eu queria discuti-lo por um ponto de vista diferente. Belzebu e Leviatã esperavam no fundo da sala, a presença deles desnecessária. Entretanto, Belzebu estava sempre comigo quando não podia estar com Margot.

Era como se o desgraçado não conseguisse mais funcionar sozinho.

— Discutimos o pacto que eu fiz com Charlotte no início dessa aula — falei, baixando o livro. — Mas não discutimos do meu ponto de vista. Agora que a verdade veio à tona, acho que podemos aproveitar esta aula para responder quaisquer perguntas que vocês tiverem.

Leviatã ergueu a sobrancelha no fundo da sala, sua expressão eternamente intrigada não combinava com a enormidade do seu tamanho e a intimidação que provocava.

— Por que está dando esta aula? Você não tem coisa melhor para fazer? Como comer bruxas? — um dos alunos perguntou, o rosto vermelho de medo.

— Primeiro de tudo, só existe uma bruxa que faz parte do meu plano de dieta — repliquei, resultando em uma gargalhada chocada de alguns dos outros alunos. — Segundo, eu acredito que nossas maiores conquistas vêm nas realizações das gerações que virão depois de nós. A melhor coisa que podemos fazer pelo mundo é dar às nossas crianças a oportunidade de prosperar. Conhecimento é poder, e esse é o melhor presente que eu posso dar a vocês e todo o ambiente que está se transformando ao seu redor — expliquei, deixando o garoto mudo de choque.

A expressão de medo sumiu do rosto dele devagar, seu olhar desviando para o meu abdômen. Uma dor intensa se seguiu, me fazendo cambalear para o lado da mesa.

Toquei aquele ponto e fitei minha mão assim que a retirei. Sangue brilhante e viscoso a cobria, escorrendo de uma ferida pela qual eu não tinha explicação.

Belzebu e Leviatã se levantaram, as expressões chocadas ao mirar meu torso. Encarei os dois, já me encaminhando para a porta.

— Willow — murmurei, minha voz tomada pelo pânico. Por ela estar com um ferimento tão sério a ponto de me afetar, por nenhum de nós estar cicatrizando...

— Chame os outros — ordenei a Leviatã, vendo o arquidemônio gigante sair correndo da sala.

Segui o fio da dor de Willow, deixando-o me guiar escada abaixo. Andei cambaleando, a ligação entre nós atraindo a minha magia para mantê-la viva. A Fonte me atravessou, me canalizando para não permitir que minha mulher perdesse a vida, mas eu não conseguia reter nada.

Willow precisava de tudo aquilo.

Belzebu e eu saímos correndo, mesmo depois de o sinal tocar, e os alunos se amontoarem no corredor. Eu os afastei, sangrando por todo o chão, e indo em direção a ela. Gemi, agarrando o corrimão enquanto a dor no meu estômago se revirava, rasgando minhas entranhas em um eco do que Willow estava sofrendo.

Somente uma arma poderia ter causado isso; somente uma faca tinha o poder para ferir dessa maneira.

Ela podia não ter me matado, mas a vida de Willow escorria por entre os meus dedos enquanto eu tentava alcançá-la. A Fonte só podia sustentá-la por um tempo. Meu único conforto e suspiro de alívio era que eu a seguiria e estaria com ela no Inferno.

Porém, ela nunca seria a mesma uma vez que fosse separada da terra que tanto amava.

— Gray, ela pode já ter morrido — disse Belzebu, sua voz tensa quando olhou para o fluxo de sangue fresco escorrendo pela minha calça e respingando no chão.

Dei um grunhido, afastando esse pensamento terrível.

— Eu também teria morrido — afirmei, dissipando-o com a única lógica na qual eu podia me apoiar naquele momento. — Ela está se agarrando à vida.

— Onde ela está? — perguntou Belzebu, sabendo que eu podia senti-la. Ele olhou para mim como se eu fosse fraco, um obstáculo para que ele a alcançasse a tempo.

Detestei aquilo. Detestei que, pela primeira vez em séculos, eu estava vulnerável. E era a primeira vez que importava.

— Na sala do Tribunal — respondi, seguindo o fio até Willow. Sua dor era como uma âncora, irradiando pelos corredores escuros da Bosque do Vale. — Vá! — disparei, e o vi abrindo as asas. Ele mergulhou por cima da escadaria, voando para chegar à minha mulher mais rápido do que eu.

Sem minhas asas só me restavam cicatrizes inúteis nas minhas costas, e sem nenhum poder para invocar, eu não conseguiria alcançá-la com a velocidade dele.

Eu só esperava que ele a alcançasse a tempo.

44
WILLOW

Encarei as profundezas do Inferno abaixo. Demônios se dirigiam em massa para a escada, mas eu sabia que eles nunca nos alcançariam. Miguel recuou para os aposentos privados da Aliança, voltando com Margot ao seu lado. Ela estava amordaçada, as mãos amarradas na frente do corpo e lágrimas silenciosas escorriam pelo seu rosto.

Eu me debati contra Iban, lutando em meio à minha fraqueza. Ele me segurou firme, sua força maior do que a minha. Meu corpo nunca se sentiu tão debilitado assim desde a infância e parecia totalmente à mercê de Iban.

— Você vai ser uma boa garota e ficar quieta para mim, Willow, ou juro por Deus, vou cortar a garganta dela e fazer você assistir à sua amiga morrendo — ameaçou Miguel, o aviso se infiltrando na minha pele.

Quase desabei em cima do vidro, fitando o abismo. O pensamento de me deixar cair surgiu espontaneamente, sabendo que, se eu morresse, ninguém nunca mais poderia me usar para abrir o portal outra vez.

Gray me mataria com as próprias mãos.

Margot balançou a cabeça, suas narinas se dilatando de raiva. Sua força atiçava mais a chama da minha, nós duas nos entendendo mesmo sem palavras. Nós lutaríamos.

Nós morreríamos.

Mas nunca desistiríamos.

Eu sabia uma coisa que Miguel não sabia. Eu sabia por que ele estava tão desesperado para se livrar de mim agora. Ele não tinha tempo a perder, já que um dia minha filha ia nascer.

Um dia, minha filha ia matar todos eles.

Parei de me debater contra Iban, deixando que ele ficasse cada vez mais confortável me segurando. Eu cedi àquele toque, reunindo o pouco de força que ainda tinha e me preparando para usá-la contra ele. A Fonte continuava na ponta dos meus dedos, mas eu não ousava tocá-la até estar pronta. Não da maneira como eu sentia a faca, como se fosse tirar tudo de mim.

Não da maneira como a Fonte sozinha me mantinha viva.

— Ela não devia estar respirando — afirmou Miguel, advertindo Iban enquanto eu movia minhas pálpebras devagar. Permiti que meus olhos se fechassem, deixando-o ver o que ele queria ver no meu enfraquecimento.

Iban passou a mão no meu cabelo, tirando-o do meu rosto, e se voltou ligeiramente para olhar para mim.

— Querida — disse ele, a falsidade na sua voz quase me fazendo perder o controle e atacá-lo naquele momento. Eu não estava forte o suficiente para derrotar Miguel e precisava esperar Gray me alcançar. Eu não conseguia senti--lo, a dor silenciando tudo fora do meu corpo. Mas eu sabia que ele viria. — Não é tarde demais para você se arrepender.

— Se acredita nisso então você é ainda mais burro do que eu achava — retruquei, as palavras sumindo até ficarem inaudíveis.

As portas do Tribunal se abriram de supetão e uma figura masculina voou pelo ar. Belzebu aterrissou na sala, me encarando e dando um único passo à frente. Ele parou quando seu olhar varreu o espaço para avaliar a ameaça.

Eu soube no momento em que ele viu Margot. Seu corpo inteiro ficou rígido, paralisando quando ele foi pego entre seus sentimentos por ela e a lealdade a Gray.

Sorri para ele quando ele cerrou a mandíbula, aquiescendo simplesmente para comunicar que eu tinha entendido. Ele foi até Margot, e estremeci quando Miguel a jogou para o lado. Ela cambaleou na direção do lacre, sem conseguir se equilibrar, e rolou.

— Margot! — dei um berro, tentando arrancar minhas mãos do lacre para segurá-la. — Ela é sua amiga! — gritei, repreendendo Iban quando ele não fez nenhum movimento para ajudá-la.

Ele me segurou firme, enquanto Margot tombava por cima do lacre. Ela usou as pernas para tentar retomar o equilíbrio, abrindo-as bem no último momento. Ela só conseguiu se segurar com o esforço de suas pernas compridas, que, no entanto, começaram a escorregar na textura viscosa do meu sangue.

Ela soltou um murmúrio, abafado pela mordaça, o pânico na sua voz para-lisando o meu coração.

— MARGOT! — gritei outra vez, vendo suas pernas cedendo e escorrendo sobre a borda da entrada do portal.

Ela caiu para dentro do lacre, perdendo o apoio, enquanto eu berrava a plenos pulmões. Belzebu parou de lutar com Miguel, virando-se para encontrar o meu olhar, enquanto eu implorava a ele silenciosamente. Empurrando Miguel para longe, ele mergulhou no lacre e deslizou através do buraco, recolhendo bem suas asas para ir atrás da minha amiga.

Assisti em pânico quando ele disparou na direção de Margot, se esforçando para alcançá-la antes que ela atingisse o chão. Suas asas se abriram no último instante, envolvendo-a em um abraço apertado apenas segundos antes de colidirem na terra vermelha. Ele torceu o corpo logo antes de pousarem, absorvendo o impacto da queda e cobrindo Margot com suas asas. Belzebu a escondeu da vista, mas ele também afundou na terra, formando um buraco com a força do impacto.

Esperei, mas nenhum deles se moveu, e voltei minha atenção para Miguel apenas quando ele deu um passo na minha direção. Seu rosto estava cheio de fúria, suas mãos girando para criar um redemoinho de ar. A tempestade rasgou a sala do Tribunal, reunindo o sangue que tinha escorrido da minha ferida e pressionando-o no chão e no trono em cima do palanque. Senti o chamado da Aliança se espalhando por mim, convocando o coven para a sala do Tribunal onde Miguel mandaria todos para o Inferno.

— Iban, ainda podemos parar isso. Podemos salvar Margot. Podemos salvar a sua família — implorei, olhando para baixo e esperando qualquer sinal de vida de Belzebu ou Margot, que tinham sido tragados pela multidão de demônios reunidos para subirem a escada que os levaria para fora.

A porta do Tribunal se abriu de novo, e eu soube no fundo do meu coração quem eu encontraria entrando na sala. Ele ainda estava usando terno, sem perder tempo para chegar a mim. Seu rosto era pura e vibrante fúria quando viu Iban se inclinando sobre mim, me prendendo no chão e a faca ainda enterrada no meu abdômen.

Uma bola preta de pelos passou em disparada por ele, correndo entre suas pernas. Jonathan disparou, saltando na minha direção. Ele se transformou em pleno ar, seu corpo crescendo e sua pelugem preta ficando mais comprida. Uma pele clara e macia surgiu nas suas pernas quando elas se esticaram. Seu focinho ficou curvo, seus dentes se alongaram em presas que saíam da boca. Ele balançou a cabeça quando aterrissou de quatro, as patas enormes, e se endireitou para se erguer nas traseiras, retomando sua forma de Amaldiçoado.

— Por favor — implorei, voltando minha atenção a Margot. Eu não sabia quanto tempo eu ainda podia ganhar para eles saírem de lá antes de sucumbir à dor da morte que rondava bem ali, logo além da Fonte ou antes que eu conseguisse lutar.

— Consorte — disse Jonathan, sua voz me chocando. Era mais grave do que sua forma humana, fascinante por parecer um rosnado.

— Salve ela. Salve a Margot, por favor — implorei, voltando meu olhar cheio de lágrimas para ele.

Com Gray aqui, eu só poderia esperar que juntos nós conseguíssemos fechar o lacre.

Entretanto, eu não podia fazer isso até Belzebu tirá-la de lá.

Jonathan concordou com sua cabeça de lobo, se abaixando em uma reverência com um gesto de despedida. Perdê-lo seria como perder uma parte de mim, mas eu não podia deixar Margot apodrecer no Inferno.

— Como quiser, Consorte.

Jonathan saltou para dentro do abismo, sem se importar com a queda que teria matado um ser humano. Ele aterrissou de joelhos dobrados, se esticando para a frente para atenuar o impacto. Enquanto encolhia o corpo para correr nas quatro patas, eu o vi lutar para ir até onde Belzebu ainda cobria o corpo de Margot com suas asas. Sem se mover e em silêncio.

— Miguel — falou Gray, me forçando a desviar o olhar da cena lá embaixo. Seus olhos cor de âmbar se voltaram para seu irmão gêmeo com surpresa, a dor surgindo na sua expressão quando ele olhou para nós dois e juntou os pontos. Percebi que ele provavelmente não via o irmão havia séculos, desde sua queda. O que podia ter sido uma reunião se tornou uma coisa terrível. — O que está fazendo?

— Ele te expulsou para o Inferno. Precisa voltar para lá — disse Miguel, a mandíbula cerrada em alguma coisa que eu achei que podia ser remorso. O que quer que tenha acontecido entre eles, o que quer que Deus tenha incutido neles, em algum momento tinham sido a família um do outro.

O mais perto de uma família que poderiam ter.

Isso não impediu Miguel de se aproximar de Gray e colocar as mãos em volta dos ombros dele enquanto meu marido o encarava em choque. Ele jogou Gray no chão, direcionando-o para o buraco. Gray retomou o controle e revidou, atingindo com o cotovelo o estômago de Miguel e acertando a parte de trás da cabeça no rosto do irmão.

— O lugar do Diabo é no Inferno! — gritou Miguel, grunhindo de dor e dirigindo o punho para o rosto de Gray. Eles lutaram, agarrando um ao outro enquanto Satanás e Asmodeus irrompiam sala adentro para ajudar.

Uma movimentação lá em baixo tirou minha atenção da luta. A visão de Belzebu abrindo suas asas grandes e rijas renovou minha esperança. Ele se sentou ao lado de Margot e puxou-a para seu colo, lutando para tirar a sua mordaça e desamarrar as suas mãos.

Ela estava viva.

Ele tocou o rosto dela, segurando-o com tanta ternura que eu me perguntei se precisava reconsiderar minha antipatia por esse demônio imenso. Ela envolveu os braços no pescoço dele com desespero, e ele olhou para cima, levantando-se com Margot no colo. Jonathan lutava ao lado deles, golpeando e mordendo tudo o que se aproximava demais. Os demônios estavam ferozes, tentando derrubá-lo de onde ele estava.

A rajada de ar que Miguel enviou pela sala quase me fez tombar para dentro do abismo. Apenas a conexão do lacre com a minha magia me manteve firme. Iban se agarrou a mim, movendo a faca dentro do meu abdômen para que ela deslizasse um pouco mais para fora do meu corpo.

— Você poderia ser livre! — bradou Miguel, e me contorci para vê-lo lutar com Gray.

Satanás e Asmodeus foram pegos na tempestade de Miguel, raios caindo no meio do tornado que ele formou com o vento. Ambos foram arrastados pelo chão, suas mãos arranhando e agarrando em busca de apoio enquanto eram puxados cada vez para mais perto do lacre.

Gray lutava, trocando golpes com seu irmão que deixavam os dois feridos e sangrando. Gray nunca recorreu à sua magia, deixando a Fonte intocada.

Guardando-a para mim, notei quando ela cobriu minha pele de poder.

Guardando-a porque ela era a única coisa que me mantinha viva enquanto meu sangue se derramava sobre o lacre para mantê-lo aberto.

— Mande ele de volta! Você poderia ser livre, Bruxa! — berrou Miguel mais uma vez, torcendo Gray em seus braços. Ele enroscou o antebraço em volta da garganta do meu marido, conduzindo-o devagar em direção ao lacre.

Mantive o olhar fixo nos olhos cor de âmbar de Gray, que temia que eu pudesse abandoná-lo muito mais do que aquilo que o esperava no Inferno. Mantive o olhar fixo no dele ao proferir minhas palavras quase inaudíveis por causa do ciclone que arrastava Satanás e Asmodeus de volta para o Inferno. Eles desapareceram dentro do buraco, forçando Belzebu a arrastar Margot para o lado.

Eles nunca chegariam a tempo.

Ainda assim, voltei meu olhar para Gray.

— Eu já sou livre — declarei com firmeza, falando mais para o meu marido do que para Miguel. Se era assim que iria terminar, se era assim que eu morreria, eu queria que ele soubesse.

Eu não me arrependia de nada.

Ele me mostrou o que era escolher.

E eu o escolhi.

Gray se debateu contra o domínio de Miguel com uma energia renovada, dando um solavanco com a cabeça para trás e jogando o irmão no chão. Miguel se levantou rápido, enquanto Gray gritava para mim, seus olhos comunicando tudo o que sua voz não podia.

— Agora, Willow!

Bati a parte de trás da minha cabeça no nariz de Iban, sentindo-o quebrar com a força. Ele levou as mãos ao nariz quebrado, me soltando enquanto eu me desconectava da magia com um grito de agonia que reverberou pelo meu âmago. Envolvendo a palma da minha mão detonada no cabo de osso da adaga enterrada dentro de mim, eu o agarrei com firmeza e puxei para fora.

Sangue fresco se avolumou, enquanto me virava de joelhos, formando, com o braço, um único arco suave.

A lâmina atingiu Iban na garganta, a linha fina demorando um pouco para revelar o sangue que se acumulava para jorrar. Ele engasgou, me encarando antes que seu olhar descesse para o gotejar lento que caía sobre sua camisa.

Engoli minha tristeza pelo que havia acontecido entre nós, me atrapalhando para ficar de pé com a faca na mão. Seu poder deslizou através de mim, mergulhando de volta ao seu devido lugar, no meu centro. Tudo se tornou nítido quando senti Gray. Senti seu próprio acesso à Fonte se fortalecendo, à medida que ela parava de me alimentar.

Gray chutou Miguel no peito com uma explosão fresca de magia cinza, fazendo-o cambalear para trás. Empurrei o corpo de Iban para o seu caminho, deslizando-o através do seu próprio sangue, e vi quando Miguel tropeçou e caiu para trás. Ele esticou os braços, agarrando a borda do lacre que tentava se fechar sem minha magia para mantê-lo aberto.

No momento em que ele se fechava, senti o puxão no meu poder. Na minha alma, à medida que exigia uma vida.

Seria tudo em vão se eu não pudesse pagar o preço.

Agarrei Iban, empurrando-o sobre o corpo de Miguel enquanto Gray pisava na mão do irmão. Miguel soltou o lacre, seu corpo cedendo sob a borda, e Iban despencou no abismo. Seu corpo explodiu em uma massa de sangue e carne no momento em que ele o atravessou; o sacrifício estava completo.

Vidro cobriu o poço, cortando os dedos de Miguel e mutilando-os enquanto o lacre se fechava sobre a minha amiga e o meu familiar, que ainda estavam presos embaixo. Um demônio avançou, acertando seu golpe e deixando três marcas de um corte profundo no peito de Jonathan enquanto eu assistia. Meu familiar transformou-se em sua forma felina, correndo em direção a Margot, ao mesmo tempo em que Belzebu rugia sua fúria e os demônios tremiam.

Caí de joelhos no vidro, encarando Margot lá embaixo enquanto seu olhar cheio de medo se erguia para mim. Ela segurava Jonathan no peito, meu gato sangrando, mas vivo, seu olhar violeta também encontrando o meu.

Vidro coberto de pedra.

E ambos desapareceram.

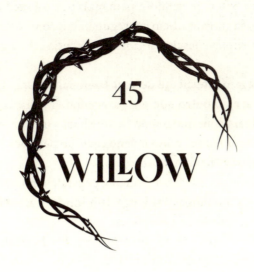

45
WILLOW

Arranhei a pedra, desesperada para cavar através dela. Minhas unhas raspavam a superfície, o sangue escorrendo sobre o lacre enquanto eu me movia em direção à borda e me preparava para prender minhas mãos nele.

— Não! — gritou Gray, saltando na minha direção. Ele envolveu minha cintura com os braços, me puxando para longe do lacre, e me debati contra ele. Meu sangue vazava da ferida que não cicatrizava, escorrendo pelo lateral do meu corpo.

Gray me segurou firme e me virou de bruços no chão da sala do Tribunal.

— Me solta! — berrei, tentando me libertar. Mesmo agora, meu corpo estava tão cansado que precisei dar tudo de mim. Apenas a adrenalina me mantinha em movimento, a Fonte se recusando a me deixar ir.

— Não pode ajudar ela se estiver morta! — gritou ele, rolando meu corpo para eu ficar de barriga para cima. Ele levantou o pulso até a boca, mordeu e rasgou a pele com dentes agora não mais pontudos como antes. Estremeci quando sua carne se abriu, rasgando para pingar no meu rosto.

Ele pressionou o pulso na minha boca, batendo com tanto vigor nos meus dentes que senti meus lábios se cortarem pela força. Balancei a cabeça de um lado para o outro, rejeitando o sangue do seu braço rasgado.

Mesmo assim, ele o pressionou na minha boca, forçando meus lábios a se abrirem. Seu sangue escorreu pelos espaços entre os meus dentes, tocando na minha língua. Seu gosto estava tão apurado como sempre, explodindo sobre a minha língua, com um sabor de magia pura e não diluída. Eu sabia agora que era a Fonte fluindo através dele, o gosto de todas as coisas vivas e mortas que existiam dentro dele.

Agarrei o seu braço, puxando-o para mais perto à medida que o sangue escorria pela minha garganta. Sem conseguir parar, completamente encantada pela magia que me rejuvenescia, eu sabia que beberia até ele não ter mais nada para dar.

Eu estava vagamente ciente de vozes, enquanto Gray falava com outra pessoa, a voz grave do outro homem parecendo familiar. Eu não podia me preocupar em olhar ao mesmo tempo em que bebia, o calor se espalhando por mim, conforme finalmente curava o dano causado pela faca.

Eu ainda segurava firme a faca de osso.

— Bruxinha — disse Gray, finalmente pegando o meu rosto.

Ele tentou puxar o pulso para longe da minha boca, mas eu resisti, afundando meus dentes na sua pele em recusa.

Ele riu quando outro homem apareceu, agarrando minha mão e a arrancando do braço dele. Gray puxou e soltou o braço, deixando meus pulmões ofegantes, e eu o vi cair sentado de novo. Ele segurou o braço, a ferida cicatrizando mais devagar do que deveria.

Leviatã me ajudou a me sentar, guiando minhas costas para longe do chão com um toque gentil e fraternal.

Meus olhos foram imediatamente para o lacre, um soluço sufocado preso na minha garganta quando percebi que teria que dizer a Della e Nova que Iban estava morto e Margot...

Merda.

— Olhe para mim — disse Gray, seu rosto preenchendo minha visão. Ele se colocou entre mim e o lacre, capturando meu rosto em suas mãos. — Belzebu *nunca* vai permitir que alguma coisa aconteça com ela. Entendeu?

Concordei, me prendendo a essa lógica com todas as minhas forças. Eu não conhecia Belzebu o suficiente para saber se podia confiar nele, ou se ele seria um aliado ou um inimigo, mas o que eu sabia era que a maneira como ele olhava para Margot teria que ser suficiente por enquanto.

— Ela é para ele o que você é para mim, meu amor — explicou Gray, tocando sua testa na minha. — Vamos trazer os dois de volta quando pudermos.

— Temos que fazer isso. Vamos precisar deles quando o preço de você estar aqui desabar sobre nós — afirmei, abaixando a cabeça.

Charlotte disse que ele não sabia qual seria seu preço, e eu acreditei nela pela maneira como ele me analisava.

— Do que está falando? — perguntou Gray.

— A Donzela. A Mãe. A Anciã — expliquei, observando o rosto de Gray empalidecer. Ele trocou um olhar com Leviatã, e seus olhos se arregalaram quando finalmente voltaram para mim. — Nós perturbamos o equilíbrio ao trazer você até aqui, e nossa filha será aquela que vai corrigir isso.

— Charlotte era a anciã — murmurou Leviatã, entendendo tudo enquanto Gray me encarava.

— E você é a Mãe — exprimiu meu marido, sua mão descendo para tocar na ferida do meu abdômen.

— Ainda não, mas serei — admiti.

Gray balançou a cabeça, sua negação surgindo imediatamente.

— Isso não muda nada. Se você não quiser filhos, não vamos ter filhos. É simples assim — falou, se levantando e me puxando para os seus braços. Ele me ergueu do chão, indo em direção às portas da sala do Tribunal, enquanto o coven entrava.

Leviatã acenou para nós, sinalizando que lidaria com os bruxos por enquanto.

— Mas o equilíbrio — argumentei.

— Foda-se o equilíbrio. Prefiro assistir ao mundo queimar antes de permitir que ele a force a algo que você não está disposta — afirmou ele.

A maneira resoluta como Gray balançou a cabeça espalhou a sensação de calma dentro de mim, reconfortando as bordas esgarçadas da minha alma. Hoje à noite, eu ia sofrer pelos amigos que perdi.

Amanhã, encontraria uma maneira de seguir em frente.

46
GRAY

Levei Willow ao banheiro e a despi. Ela não se moveu enquanto eu cuidava dela, encarando a parede como se as respostas aos seus problemas estivessem escritas ali. Ela já tinha parado de chorar havia muito tempo. Dei instruções a Leviatã sobre como lidar com os membros do coven, que enchiam a sala do Tribunal, e a levei para a privacidade do nosso quarto para ela poder lidar com sua dor em paz. Havia umidade na parte inferior dos seus olhos, mas ela não deixou essas lágrimas caírem em momento nenhum quando rasguei a sua camisa ao meio e a tirei.

Meus dedos foram para a pele cicatrizada e rosada do seu abdômen logo acima do umbigo. Tremendo ao tocar no ferimento, percebi quando ela recuou ao meu toque. Seus olhos ficaram transtornados, seu corpo se encolhendo visivelmente, conforme ela saía do transe.

Ela estava em choque, seu corpo trabalhando para proteger a mente do que ela tinha passado.

— Sou só eu, bruxinha — falei, levantando as mãos na frente dela.

Esperei seus olhos pousarem nos meus, e seu gesto de cabeça sutil conforme seu olhar demonstrava que me reconhecia.

— É culpa minha — murmurou ela, quando me apressei para tirar sua calça, puxando-a pelas suas pernas. Sua pele estava fria demais ao toque, como gelo, comparada ao calor confortável que ela normalmente oferecia. — Se eu não tivesse encantado a adaga...

— Não ouse — disparei, detestando a maneira como ela estremeceu com a violência no meu tom de voz. — Não precisa carregar o peso do mundo toda vez que alguém foder com a sua vida. Às vezes, as pessoas simplesmente fazem merda. Ele tentou te sacrificar e a todo mundo que ele conhecia. Foi culpa *dele*.

Willow assentiu, entrando no chuveiro quando eu fiz um gesto para ela entrar. Observei pela porta aberta Willow embaixo da água, deixando-a escorrer sobre o rosto. Seus olhos se fecharam, seus pulmões arfando com o calor repentino. Ela virou, inclinando a cabeça para trás para permitir que a água lavasse seus cabelos, seu corpo escorregadio e molhado mesmo antes de ela afastar as gotas dos olhos.

Ela parou, me encarando de repente.

— O que está fazendo? — perguntou ela, sua voz dolorosamente suave. — Você não vai entrar?

Fiquei parado, refletindo sobre o seu estado e pesando minhas escolhas. Eu poderia ser honesto, comunicar minhas necessidades e deixá-la escolher, ou simplesmente permitir que ela sentisse o luto em paz.

— Não posso — respondi, pensando apenas nela.

— Mas está coberto de sangue — disse ela, olhando para minha própria roupa manchada.

— Vou tomar banho quando você terminar.

— Gray — argumentou ela, franzindo a testa. Seu lábio inferior tremia com um lampejo de vulnerabilidade, ela própria se abraçando.

Avancei, parando apenas quando fiquei colado à porta do box.

— Eu quase te perdi — murmurei, a confissão surgindo do meu âmago. Eu não queria admitir como Willow esteve perto da morte quando ela finalmente conseguiu arrancar aquela adaga do seu estômago, mas eu senti o chamado da vida após a morte vindo dela.

Eu tinha visto o ceifador esperando nas sombras.

— Não me perdeu — replicou ela, a suavidade na sua voz me atingindo no coração.

Ela quase morreu e, ainda assim, ela se preocupava com a maneira como isso *me* afetava.

— Mas eu quase perdi e, se eu entrar aí com você, tudo o que eu vou querer é sentir você nos meus braços. Para me lembrar que você ainda está aqui, porque, se você não estivesse... — Eu me interrompi.

Mesmo sabendo que a seguiria até o Inferno, eu entendia que a Willow que eu amava estaria perdida.

Ela nunca mais seria a mesma depois da morte. Nunca seria a mesma depois de viver seu primeiro dia no Inferno.

No entanto, eu não podia contar isso a ela, considerando que só revelaria tudo o que Margot estava experimentando no momento.

— O que te faz pensar que eu não quero que me lembre que eu ainda estou viva? — perguntou Willow, a suavidade dessas palavras em conflito com o calor do seu olhar.

— Você está de luto. — Balancei a cabeça em negação. Eu não me aproveitaria dela.

Não assim.

A umidade nos seus olhos finalmente se rendeu, seu rosto se contraindo. Isso não me deixou escolha a não ser avançar para dentro do chuveiro, acolhendo-a nos meus braços. A água encharcou minhas roupas, que grudaram na minha pele, e Willow colocou os braços em volta do meu pescoço. Ela me puxou para si, capturando minha boca com a dela.

Era uma demanda suave; sua necessidade de toque comunicada na forma desesperada com que os seus dedos resvalaram na minha nuca.

Tirei a camisa, jogando-a no chão do banheiro. O ruído úmido não me fez afastar os lábios da minha esposa, recusando-me a cortar nossa conexão enquanto eu abria meu cinto e descia minhas calças pelas coxas.

Eu me afastei dela apenas o suficiente para tirar o tecido molhado das minhas panturrilhas, chutando-o junto com a cueca para o canto do chuveiro. Willow levantou uma das pernas em sintonia comigo, enquanto eu agarrava a parte de trás da sua coxa, usando essa pegada para levantá-la nos meus braços e guiá-la para o canto oposto. Ela escorou um pé na prateleira dentro do box, para ganhar apoio, enquanto guiava a mão por entre nossos corpos.

Não houve preliminares, quando ela levou meu pau para sua entrada, afastando a mão para que eu pudesse penetrá-la. Sua testa repousou na minha, sua respiração se tornando irregular enquanto eu a abria para mim.

Willow se grudou em mim como se sua vida dependesse daquilo, como se todo o seu ser precisasse do lembrete de que eu era real.

Sua respiração se misturou com a minha, e eu sabia que nunca deixaria de valorizar cada um desses suspiros. Seu coração batia forte contra o meu peito, seu pulso vibrando em sintonia com o meu. Eu sentia cada batida daquele coração dentro de mim, atingindo profundamente a Fonte com a tração do destino.

— Eu te amo — sussurrou Willow, suas palavras ternas junto aos meus lábios. Ela me beijou enquanto eu a penetrava, seu corpo se abrindo para que eu fizesse amor com a mulher que eu quase perdi.

— Bruxinha — gemi, a magia dos Vermelhos cobrindo minha pele. Willow segurou meu rosto entre as mãos, seus olhos cintilando com o poder da Fonte ao me encarar.

— Eu escolho você, todos os dias — disse ela. Essas palavras eram toda a garantia do que eu sempre quis ouvir.

Só o que eu precisava para estar em paz.

Devorei sua boca com a minha, inclinando minha cabeça para lhe dar um beijo longo e profundo. Eu me movia dentro dela com movimentos lentos e lânguidos, levando-a ao prazer e lhe dando o lembrete do que ambos buscávamos quando finalmente chegamos ao clímax juntos.

Nós estávamos aqui. Estávamos juntos.

Estávamos em casa.

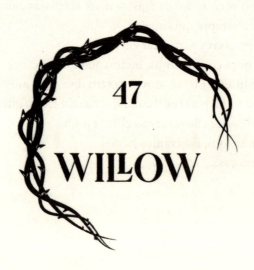

47
WILLOW

Acordei devagar, uma leve lembrança dos meus sonhos ainda pairava sobre mim. A luz do sol do meio da manhã entrava pelas janelas. Meu corpo parecia cansado demais quando eu me impulsionei para me sentar, vendo Gray em uma cadeira no quarto. Seus olhos me fitavam atentos, observando cada dor que vinha da exaustão que somente um esgotamento da minha magia podia causar.

A adaga tinha tirado muito de mim, e depois o lacre tinha drenado o que sobrou. Entretanto, eu sentia a Fonte se movendo dentro de mim, tentando recarregar o que havia sido perdido.

Gray colocou seu livro de lado, se levantando devagar. Seu peito estava nu, apenas uma calça de moletom pendendo frouxa nos seus quadris. Ele foi até a cômoda, pegou a bandeja com frutas e vegetais frescos e a colocou na minha frente em cima da cama.

Meu olhar se desviou para aquele labirinto que eu tinha queimado no peito dele quando eu o marquei como meu, imaginando por um momento se alguma vez eu realmente o marcara. O labirinto era a realidade física da Fonte em si, um símbolo de poder fluindo por mim devido à minha linhagem.

O que Charlotte tinha começado terminaria com minha filha. Nossa filha, eu me forcei a pensar.

Ele era tão parte desse destino quanto eu.

Gray se sentou na beirada da cama, se esticando para tocar meu rosto com carinho.

— Como você está? — perguntou ele, e eu me obriguei a afastar aqueles pensamentos e me concentrar no meu corpo.

Além do cansaço e das dores por todo o corpo, nada preocupante me afligia fisicamente.

— Vou ficar bem — garanti, me esquivando da verdadeira questão.

Aquele vazio dentro de mim, o lugar onde toda a minha perda estava reunida, tinha outra alma repousando lá dentro. Uma alma que eu estava determinada a recuperar.

— Não foi isso que eu perguntei, e você sabe — disse ele, o rosto suave apesar da dureza das suas palavras.

— Quando eu posso abrir o lacre de novo? — perguntei, estendendo a mão para pegar um pedaço de pepino. Dei uma mordida, mastigando rápido. Quanto mais comidas da terra pudesse comer, mais rápido aquela parte da minha magia se recuperaria, pelo menos.

— Willow… — disse Gray, e eu sabia que sua resposta não seria a que eu queria. Eu sabia que abriria um fosso entre nós se eu permitisse aquilo, que o desejo dele de me proteger do mal me afastaria dele.

Eu sabia que nós tínhamos potencial para destruirmos um ao outro, para nos queimarmos até não restar nada além de cinzas.

Só se não escolhêssemos priorizar um ao outro.

— Quando? — perguntei, engolindo o pedaço de pepino.

— Vai levar tempo para você aprender como canalizar a Fonte nesse sentido. Não podemos arriscar abrir até você entender como permitir que ela circule por você sem tirar sua força vital — explicou Gray, apresentando os riscos, como seu eu não soubesse.

Nós não podíamos continuar sacrificando outras pessoas por uma dívida que era minha, não quando isso destruía o equilíbrio toda vez que eu escapava da morte por um triz.

— Quanto tempo? — insisti, aceitando a verdade nas palavras dele.

Em algum momento, a morte se cansaria de me sentir deslizando por entre seus dedos e fugindo do seu aperto eterno.

— Meses, na melhor das hipóteses — admitiu Gray, seus olhos ficando distantes. — Acho que levei anos para entender como agir como condutor de magia quando eu me ofereci pela primeira vez à Fonte. Você está mais motivada do que jamais estive e, se alguém pode aprender mais rápido, é você.

— Meses — ecoei, a voz baixa. Aceitar isso como realidade significava deixar Margot no Inferno por *meses*. — Você me garante que Belzebu vai proteger ela.

— Prometo que ele vai, Bruxinha. Não posso fingir que sei o que aconteceu entre os dois, mas ele sabe o que ela significa para você. Ele protegeria ela por lealdade a mim, assim como Jonathan. Eles vão garantir que ela fique segura

— asseverou Gray, passando o polegar por cima do meu lábio, e esticando a mão para pegar outro pepino. Ele o ergueu, me encorajando a comer o que nós dois sabíamos que ia ajudar.

O que vinha da Fonte só podia me auxiliar. Quanto mais cedo eu tivesse a força total da minha magia de volta, mais cedo Gray poderia me ensinar como canalizar sem me oferecer. Eu nunca abandonaria as tradições que minha mãe me ensinou, dando tanto quanto eu tomava sempre que possível.

Ainda assim, eu precisava saber como escolher a maneira de fazer minhas oferendas e quando fazê-las, e precisava que elas não acontecessem ao custo das nossas vidas.

— Tudo bem — concordei, cumprindo minhas palavras da noite anterior. Eu *nunca* desistiria de Margot, e faria o que eu pudesse para trazê-la de volta o quanto antes.

Mas eu também não a escolheria em detrimento de Gray.

— Tudo bem — disse Gray, ecoando minhas palavras e indo para o armário pegar um vestido, jogando-o sobre o encosto da cadeira onde ele estivera me esperando acordar.

Era uma roupa formal, o tecido completamente desprovido de cor. Era o preto mais puro, do céu noturno sem estrelas. Com decote em formato de coração, tinha duas alças finas que roçariam sobre meus ombros para sustentar. O tecido se derramava sobre os bíceps, criando uma linha feminina delicada para acentuar o ajuste apertado do corpete em cima da saia que se abria em camadas leves. O tecido preto cintilava.

— Para que é isso? — perguntei, a suspeita transparecendo na minha voz. Da última vez que Gray me arrumou um vestido, anunciamos que eu era a substituta da Aliança. Isso levou a um desastre; a carnificina que eu lamentava com todas as forças.

Mesmo que aqueles que foram mortos naquela noite estivessem dispostos a sacrificar as próprias famílias por poder e para se libertarem dos Hospedeiros, eu ainda carregava a mácula daquelas mortes na minha alma.

— É hora de unirmos o nosso povo — estabeleceu Gray, sentando-se novamente. Ele segurou as minhas mãos, seu polegar passando pela aliança de casamento que ele colocara no meu dedo. Parecia que fazia uma eternidade desde que eu tinha lutado com tanta veemência contra aquilo; só que, agora, eu não conseguia imaginar passar um único dia sem sentir o toque dele.

— Pensei que já tivéssemos feito isso — falei, com uma risada desconfortável.

Ele era tudo o que eu queria, mas, mesmo o amando, eu não tinha deixado de vê-lo exatamente como ele era.

Amar não significava que eu o achava perfeito. Significava apenas que eu o amava de qualquer maneira.

— Já? — perguntou ele, e eu sabia que ele se referia àqueles que haviam ajudado Iban em seu plano de nos enviar todos para o Inferno para salvarem a si mesmos.

— O que você gostaria que fizéssemos? — Encarei seus olhos dourados. Eu nunca apagaria da minha mente a sensação deles em mim, e eu os veria nos meus sonhos enquanto eu respirasse.

Amar Lúcifer era amar o impossível.

— Eu te jurei uma vez que nos casaríamos em *todas* as nossas tradições, mas não cumpri minha parte nessa promessa — declarou ele, suas palavras suaves, mas firmes. — Então, hoje, a Deusa vai nos unir como um só aos olhos do coven.

— Não — recusei, vendo seu rosto se tensionar com o que ele interpretou como uma rejeição. — Acabamos de sofrer uma grande perda. O coven precisa de tempo para o luto.

— O coven está sofrendo por saber que alguns deles mesmos estavam dispostos a lançá-los ao Inferno. Eles sabem que a única coisa que deteve Iban foi *você*. Você protegeu todos eles, e seria tolice negar isso. Então, você vai declarar publicamente sua lealdade a mim e unir nossas espécies em casamento, como tem sido feito por séculos entre os bruxos.

Seus olhos ardiam de raiva, me incitando a desafiá-lo enquanto eu cerrava os dentes.

— E se eu disser *não*? — perguntei, precisando saber a resposta.

Suas narinas se dilataram, sentindo a rebeldia pelo que era. Um lembrete de quem eu era e quem eu sempre seria, a esposa que estava ao seu lado, não como uma noiva subserviente, mas como sua Rainha.

— Você disse que me escolheu — replicou ele, sua voz ficando mais baixa. Ele estendeu a mão, pressionando a palma na frente da minha garganta. Ele não apertou, apenas deixou o toque descansar ali como uma reivindicação possessiva. — Então, me *escolha*. Confie em mim para fazer o que é melhor para o futuro de unir o nosso lar.

Suspirei, virando meu olhar para fora da janela. Gray sentou-se do meu lado, esperando impaciente enquanto eu contemplava os jardins no lado de fora. Contemplei a floresta ao longe, a lembrança dos Amaldiçoados, e seu sacrifício na minha visão atiçou a minha mente. Eu ainda podia ver a imagem do labirinto em minha cabeça, do caminho destinado à minha filha.

Eu não estava pronta para ela ainda, e havia trabalho a ser feito.

No entanto, eu queria que o mundo em que ela vivesse fosse um lugar onde ela pudesse ser livre para escolher o amor em vez do dever.

— Está bem, Gray — falei, por fim, voltando o olhar para o meu marido. — Vou me casar com você diante da Deusa. — Ele apertou mais ainda as minhas mãos, a vulnerabilidade naquele toque confirmando o que eu já sabia:

Não era apenas o coven que precisava disso.

Era o Diabo em si.

Ninguém jamais o havia escolhido. Ninguém jamais havia se colocado diante daqueles que tanto o julgavam e proclamado seu amor a ele para todos verem.

Até eu aparecer.

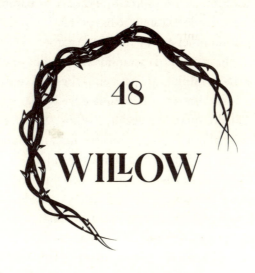

48
WILLOW

Entrei nas salas do Tribunal, me recusando a olhar para o lacre por medo de perder o controle. Só um dia tinha se passado desde que tudo aconteceu, e a perda de Margot nunca ficou tão palpável quanto no instante em que o coven se reuniu na sala onde eu a perdi.

Os recém-selecionados membros do Tribunal esperavam nos seus próprios tronos enquanto eu me encaminhava em direção ao palanque, suas famílias espalhadas pela sala junto com eles.

Della e Nova estavam paradas no palanque à minha direita, usando vestidos bonitos que representavam suas casas. A seriedade no rosto delas refletia a minha, a bruxa ausente sentida com mais peso ainda à luz do dia que tinha chegado tão rápido.

Gray ficou parado no centro, todo vestido de preto. Ele usava uma gravata verde floresta por mim, e Leviatã estava do seu lado junto com Mamom. Nós dois sabíamos que Belzebu estaria com eles se ele não estivesse perdido junto com Margot.

Nós os traríamos de volta. Tínhamos que trazê-los de volta.

Mas primeiro eu precisava me fortalecer. Precisava ser capaz de manter o lacre aberto por tempo suficiente para eles escaparem, sem arriscar a minha vida. Quem eu sacrificaria no meu lugar caso contrário?

Talvez a próxima bruxa que ousasse me desafiar pudesse acabar sendo útil.

Subi no palanque, colocando minha mão na de Gray. Seus olhos estavam calorosos quando pousaram em mim, descendo para as faixas de renda delicada no meu vestido preto. A cauda que se estendia atrás de mim desaparecia em um brilho esmeralda cintilante, uma homenagem à minha mãe no dia que nenhuma de nós fora capaz de prever.

— Tenho uma última surpresa, antes de você se tornar minha de novo — anunciou Gray, concentrando sua atenção nas portas da sala do Tribunal. Eu me virei, fitando-as quando Juliet entrou na sala. O garoto ao seu lado se agarrou nela em busca de apoio, seus olhos castanhos arregalados ao observar o coven.

Puxando a barra da minha saia para cima, desci do palanque correndo, sem me importar com como minha atitude deve ter parecido. Os olhos de Ash estavam arregalados quando eu caí de joelhos na sua frente, colocando a mão em volta da sua cabeça. Eu o abracei com força, secando as lágrimas de felicidade que ele derramava no tecido do meu vestido.

Recuando, toquei no seu rosto e olhei para ele com mais atenção.

Mesmo em apenas poucas semanas, ele tinha crescido.

Juliet o tinha vestido com um terno para a ocasião, e uma risada chorosa escapou pela minha garganta enquanto eu o encarava.

— Low — disse Ash, o som daquela vozinha me atingindo no fundo do coração.

— Ei, Bichinho — cumprimentei, sorrindo por entre as lágrimas. Fiquei de pé, peguei sua mão, e imediatamente me senti em casa quando me virei e encontrei os olhos cor de âmbar de Gray me encarando.

Ele sorriu, e Ash me chocou quando se aproximou e se colocou do lado de Gray. Ele respondeu minha pergunta silenciosa.

— Passamos um tempo juntos enquanto você estava se arrumando hoje.

Desviei meu olhar para Ash, imaginando como ele reagiria ao saber de tudo o que tinha mudado.

— Você... — parei, sorrindo ao perceber que eu não ia conseguir lidar com a resposta se fosse um não. Eu não ia aguentar se eles não pudessem suportar um ao outro. — Você concorda com isso? — perguntei, sentindo mais nervosismo neste momento do que no dia em que Gray bateu na minha porta se autodenominando um convite que eu não queria.

— Eu só quero que você seja feliz, Low — respondeu Ash, olhando para mim com aqueles olhos castanhos gentis que foram o centro do meu universo por tanto tempo.

Agora eu tinha dois.

Aquiesci, afastando as lágrimas tempo suficiente para sorrir para ele novamente. Leviatã se aproximou, pegou a mão de Ash e o guiou para ficar ao lado de Gray com os padrinhos. Entendi o significado daquilo, ao mesmo tempo em que falei com a garganta travada.

— Por favor, não mande ele embora de novo.

— Ele está exatamente onde deve estar, Bruxinha — disse Gray, pegando minhas mãos.

Concordei, apertando de volta as mãos de Gray, que se virou para encarar as janelas. Uma luz dourada entrava por elas, brilhando tão intensamente que precisei semicerrar os olhos.

A Deusa atravessou o vidro, aparecendo diante de nós em um espetáculo deslumbrante. Ela sorriu para Gray, se aproximando e acariciando carinhosamente sua bochecha. Um por um, os líderes do Tribunal se aproximaram da base do palanque, colocando os símbolos de sua magia aos nossos pés, como uma oferenda.

Petra e Beltran trouxeram cristais de todas as cores, os verdes vívidos aquecendo meu coração.

Realta e Amar trouxeram frascos cheios de luz das estrelas.

Bray trouxe um único galho.

Tanto Aurai quando Devoe colocaram sinos dos ventos no chão, os cacos de vidro colidindo uns contra os outros enquanto eles lhes davam vida.

Tethys e Hawthorne trouxeram um jarro de água e uma concha.

Erotes e Peabody trouxeram elixires e poções de amor.

Collins e Madlock trouxeram lampiões.

Retirei minhas mãos das de Gray, girando-as em um círculo e fechei os olhos. Uma única rosa cresceu na palma das minhas mãos, e eu a coloquei ao lado do osso que eu havia retirado do túmulo de Loralei mais cedo naquele dia para a oferenda.

— Seu coven amado fez uma oferenda encantadora em seu nome, Lúcifer Estrela da Manhã — elogiou a Deusa, seus olhos cheios de travessura ao observar o irmão.

Ele sorriu, sem nunca tirar os olhos de mim enquanto pensava na sua resposta.

— Pode pedir qualquer coisa, Deusa — declarou ele, dando um passo para se aproximar mais de mim. Eu olhei para ele, seu rosto tão perto do meu. — Contanto que eu possa ter esta mulher.

Ele segurou meu rosto em sua mão, o calor desse contato me envolvendo.

— Então, tudo o que peço é que você seja feliz, querido irmão — replicou a Deusa, pousando as mãos sobre os meus ombros.

Sua luz se infiltrou dentro de mim, me enchendo de calor enquanto Gray selava nosso último pacto com um beijo.

Um pacto por uma eternidade ao seu lado.

Um pacto de amor.

EPÍLOGO

MARGOT

OS OLHOS DE WILLOW estavam arregalados e em pânico quando o vidro preencheu a fronteira entre os planos, suas mãos batendo com desespero na superfície, como se ela pudesse rompê-la. Vi suas unhas arranharem a janela, seu sangue sujar o vidro.

A pedra que se espalhou devagar para cobrir o lacre era clara, e repousava por cima das manchas de sangue que ela tinha deixado para trás. Eu não conseguia tirar meus olhos do lacre, não conseguia focar na luta acontecendo à minha volta. Belzebu grunhiu, gritando enquanto sua asa se debateu, me acertando.

— Tire ela daqui! — gritou Asmodeus, balançando a mão e passando entre os demônios que lutavam com ele.

As mãos de Belzebu pegaram minhas bochechas, e aninharam meu rosto com uma delicadeza tão em desacordo com a violência dos demônios ao redor.

— Preciso que saia daqui, passarinha — falou ele, o apelido me atingindo bem no fundo do peito. Aquilo me forçou a superar o trauma, e me encolhi quando as asas de Belzebu me puxaram para mais perto.

Satanás enfrentava o arcanjo Miguel, que lutava sem os dedos. Levaria algum tempo até sua magia curá-lo nesse lugar, tão distante do Pai, que foi quem lhe forneceu a magia inicialmente; mas suas asas batiam e golpeavam Satanás.

Senti Belzebu estremecer quando alguma coisa arranhou sua asa, rasgando o tecido fibroso. Olhei para ele e confirmei com a cabeça.

Ele aquiesceu de volta, colocando as mãos na minha cintura, recuei do toque por instinto e em seguida me aproximei para encorajá-lo a continuar.

Ele me segurou mais firme, me puxando para junto de sua enorme figura. O calor pulsava dos símbolos dourados espalhados pelo seu peito, sendo que a luz contida neles brilhava mais forte quando minhas mãos roçavam naqueles que ficavam à mostra, saindo pelo colarinho de sua camisa.

Eu me forcei a envolver os braços no seu pescoço, colocando Jonathan entre nós. O sangue do gato escorreu devagar pelos meus braços, suas feridas não eram profundas, então sabia que ele ficaria bem.

Isso se conseguíssemos sobreviver.

Belzebu me apertou no seu peito, dobrando os joelhos, e eu me agarrei nele. Ele saltou no ar, a extensão gigante daquelas asas que pareciam as de um morcego se expandindo. Elas abriram ao vento na hora em que demônios nos alcançaram. Por minha causa, percebi. Eles não estavam interessados em Belzebu, só estavam tentando passar por ele para chegar a mim.

Suas asas bateram, mandando uma rajada de ar em direção ao chão. Os demônios mais próximos de onde estávamos caíram quando levantamos voo. Belzebu avançou mesmo com o sangue respingando da asa e gotejando no chão embaixo de nós, aquele rasgo na sua asa tornando o voo errante. Ele fez uma careta pela dor, mas não parou, seu caminho nos levando por intermináveis morros de terra de um vermelho intenso.

Os demônios rarearam sob nós enquanto viajávamos, os corpos poluindo a terra vermelha se alterando à medida que abríamos distância entre nós e o lacre. A carne vermelha e emaranhada deles se destacava bem menos contra a terra abaixo de mim do que as almas perdidas que vagavam sem rumo.

— O Primeiro Círculo — explicou Belzebu, sua voz alta o suficiente para abafar o som do deslocamento de ar. Ele parou de bater as asas, nos acomodando em um planar suave enquanto o silêncio e a paz do voo o dominavam.

Um tanto da tensão sumiu da sua expressão, uma calma que eu nunca tinha visto naquele homem aflito, fazendo com que ele parecesse bem menos severo. Sua mandíbula quadrada ficou mais relaxada, como se ele vivesse constantemente cerrando os dentes, seus olhos escuros vagando pelo chão abaixo.

— Limbo — falei para mostrar que entendi. Eu não sabia para qual parte do Inferno o lacre se abria, mas fazia sentido que fosse no limite mais externo. O círculo para aqueles que não haviam se comprometido com Deus, mas levavam vidas virtuosas de outra forma, o Limbo era o menos severo dos Nove Círculos.

Era um Círculo onde não me seria permitido permanecer quando eu morresse, porque o pecado da minha magia me condenaria a outro lugar.

O solo abaixo de nós se tornou mais montanhoso, os altos e baixos da terra parecendo mais naturais do que as planícies uniformes e vermelhas embaixo do lacre em si. Havia um edifício ao longe, pedra ônix se projetando da encosta da colina. Os topos do palácio eram pontiagudos como agulhas, me lembrando a arquitetura gótica de igrejas como a Notre Dame.

As janelas à frente reluziam com a luz de vitrais, refletindo a terra vermelha à frente. Belzebu fez uma curva acentuada à esquerda, deslizando em direção ao palácio. Descemos aos poucos, cruzando por cima do portão na frente da construção. Belzebu me ajeitou nos seus braços, arrancando um suspiro surpreso de mim quando rapidamente colocou a mão atrás dos meus joelhos e me segurou em seus braços.

Ele pousou suavemente, sem hesitar, e assumiu um ritmo uniforme. Ele se dirigiu para as portas do palácio. Um demônio masculino abriu as portas, sua pele do mesmo tom de marrom claro que a de Belzebu.

— Belzebu — disse o demônio, se afastando para segurar a porta enquanto o arquidemônio me carregava para dentro. Jonathan pulou imediatamente do meu colo assim que cruzamos o limiar, sacudindo a poeira que se acumulara nele durante o nosso voo. Ele se contorceu imediatamente, lambendo os três cortes no peito.

— Pare com isso — eu o repreendi quando Belzebu me colocou de pé. Agachando-me, toquei de leve no focinho dele. — Gatinho mau.

Ele me encarou sério com aqueles olhos roxos sinistros, uma expressão de pura incredulidade, e deu um tapa no meu dedo em desafio.

— O gato vai precisar levar pontos — afirmei, interrompendo Belzebu, que falava com o demônio. Estendendo a mão com cuidado, enrosquei os dedos na ponta da asa de Belzebu, puxando-a para fora para que eu pudesse examinar a fissura na membrana da asa. — E você também.

Ele fez um som que era meio gemido e meio rosnado, qualquer coisa, menos algo ameaçador, e virou a cabeça para me olhar. Engoli em seco, franzindo os lábios e olhando fixamente nos seus olhos escuros e intensos.

O outro demônio limpou a garganta.

— Devo chamar o curandeiro de Raum? — perguntou ele, observando a área onde eu ainda segurava a asa de Belzebu.

Eu a soltei, dei um passo para trás e desviei o olhar.

— Leve o gato ao curandeiro — disse Belzebu, sem tirar os olhos do meu rosto. Senti pelo canto do olho, mas não aguentei encará-lo. Não quando eu tinha a clara sensação de que acabara de fazer a porra de algum tipo de preliminar.

Na frente de outro homem.

— E quanto ao senhor? — perguntou o demônio, se abaixando para pegar Jonathan no colo. O gato chiou, enterrando as garras na carne do homem.

— Minha passarinha vai cuidar de mim — disse Belzebu, suas palavras enviando uma onda imediata de pânico por mim.

Eu não cuidaria de *nada*.

— Eu não sou curandeira — argumentei, erguendo o olhar para encará-lo séria.

Ele sorriu diante da raiva estampada no meu rosto, a mesma resposta estranha que eu sempre obtinha quando ele finalmente me fazia ultrapassar os meus limites.

— Não é nada que alguns pontos não consertem — afirmou ele, dando um passo na minha direção. Ele pegou a minha mão, me guiando em direção à escadaria nos fundos do grande saguão. — Satanás e Asmodeus vão chegar aqui logo! — complementou ele, olhando para trás, sem me deixar escolha a não ser segui-lo, enquanto suas pernas longas demais se encaminhavam para a escada.

— Eu não sei dar pontos! — protestei, tentando puxar minha mão do seu aperto firme.

— Você sempre pode me curar de outras maneiras, passarinha — atiçou ele, nós dois sabendo que a maioria dos Vermelhos só lhe ofereceria prazer e usaria aquela energia para curá-lo.

— Pare de me chamar assim! — protestei, puxando sua mão.

Ele me guiou até o topo da escada, parando na frente de uma porta. Finalmente, testou a maçaneta, me conduzindo para a privacidade de um belo quarto.

Tentei ignorar como tudo era bonito apesar da paleta de cores escura, me sentindo totalmente à vontade com o vermelho que me cercava.

— Por quê? Para você não precisar admitir como gosta disso? — provocou ele, entrando e fechando a porta.

Ele foi até a cômoda, abriu uma gaveta e pegou uma agulha e algo que parecia uma mistura entre linha de pesca e linha de costura.

Engoli em seco, sem saber como encontrar as palavras para admitir por que eu odiava tanto aquele maldito apelido.

No dia em que ele me deu o apelido, na primeira vez que vi Belzebu, ele me pegou cantando sozinha. Era só um cantarolar baixinho, eu achava que estava sozinha no pátio que Willow tanto amava. Adorei ver como suas flores tinham se inclinado na minha direção, como se elas, também, não pudessem resistir à magia da minha canção.

Eu não podia imaginar que havia um demônio assistindo, me escutando cantar e caindo como uma presa no meu feitiço.

Cada vez que ele me chamava assim, cada vez que ele fazia referência à magia em minhas veias, era apenas mais um lembrete.

Ele estava preso sob meu feitiço, quer eu gostasse ou não. E não importava o que eu fizesse, uma coisa permanecia certa: eu não tinha como libertá-lo; eu havia arrancado seu livre arbítrio de uma forma tão cruel quanto Itar tinha tirado o meu.

Belzebu talvez não tenha sentido nenhum sofrimento direto da minha violação, e provavelmente nunca sentiria. Mesmo assim, se eu pudesse apenas *não* cantar para ele e não tocar nele, então um dia o feitiço se dissiparia por si só. Então, ele seria capaz de seguir com a vida dele.

Deixando-me em paz, finalmente.

LEIA TAMBÉM

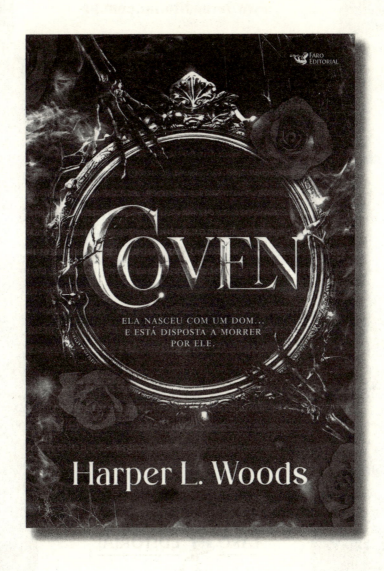

ASSINE NOSSA NEWSLETTER E RECEBA INFORMAÇÕES DE TODOS OS LANÇAMENTOS

www.faroeditorial.com.br

CAMPANHA

Há um grande número de pessoas vivendo com HIV e hepatites virais que não se trata. Gratuito e sigiloso, fazer o teste de HIV e hepatite é mais rápido do que ler um livro.

FAÇA O TESTE. NÃO FIQUE NA DÚVIDA!

ESTA OBRA FOI IMPRESSA EM AGOSTO DE 2024